KB113213

사랑은 끝났고
여자는 탈무드를 들었다

IF ALL THE SEAS WERE INK
by Ilana Kurshan

© 2017 Ilana Kurshan
All rights reserved.
Korean translation rights arranged with The Deborah Harris Agency, Jerusalem
through Danny Hong Agency, Seoul.
Korean translation copyright © 2018 by Sallim Publishing Company

이 책의 한국어판 저작권은 대니홍 에이전시를 통한 저작권사와의 독점 계약으로
(주)살림출판사에 있습니다.
신저작권법에 의해 한국 내에서 보호를 받는 저작물이므로 무단전재와 복제를 금합니다.

사랑은 끝났고
여자는
탈무드를 들었다

○

일라나 쿠르샨 지음
공경희 옮김

살림

차 례

| 일러두기 |

- 이 책은 '바빌로니아 탈무드'로 7년 반을 공부하는 '다프 요미'를 따라 진행되며, 각주에 명시된 인용문들 또한 바빌로니아 탈무드를 바탕으로 한다.
- 성경이나 책에서 인용한 구절은 해당 편명과 장, 절을 일일이 밝힌 것으로 저자가 단 것이다.
- 그 밖에 모든 각주는 역자가 단 것이다.
- 『탈무드』『토라』『성경』 등의 경전 제목 앞뒤에 쓰이는 『』(겹낫표)는 생략한다.
- 「출애굽기」 등의 편명 제목 앞뒤에 쓰이는 「」(홑낫표)는 전부 생략한다.

텍스트와 인생의 교차점에서

이른 새벽, 집은 고요하고 세상은 잠잠하다. 살그머니 침대에서 빠져나와 발꿈치를 들고 욕실로 간다. 손을 씻고 칫솔에 팔을 뻗지만, 뿌연 여명 속에서 내 옥색 칫솔과 남편의 하얀 칫솔이 쉽사리 구분되지 않는다. 그래서 창을 파고드는 옅은 빛을 향해 칫솔 두 개를 치켜든다. 슬리퍼를 신고 최대한 조용히 문을 연다. 복도 맞은편 방에서 쌍둥이가 잔다. 한 녀석이 뒤척인다면, 모든 게 허사로 돌아간다.

탈무드의 랍비들은 밤이 세 개의 시간으로 나뉜다고 말한다. 제1시에는 나귀가 울고, 제2시에는 개가 짖고, 제3시에는 어머니가 아기에게 젖을 물리고 남편에게 소곤댄다. 하지만 내 남편과 아이들은 여전히 꿈나라에 가 있다. 혀를 늘어뜨린 개도 없고, 언덕 아래 도로에서 아직 첫 경적 소리가 나지 않은 시간. 소파에서 날 기다리는 탈무드를 펼친다. 이 고요는 의미와 마음이 깃든 순간이며, 완벽한 책으로 들어가는 통로다. 다윗왕도 자정에 풍명금* 줄에서 바람이 춤추는 소리에 깨어, 아직 어두울 때 공부했다. 하지만 여느 왕들처럼 다윗왕은 새벽이 밝은 후에도 세 시간쯤 자는 호사를 누린 반면, 나는 곧 일과를 시작해야 한다. 그러니 서둘러 공부해야 한다. 탈무드의 책장이 파괴된 예루살렘 성전 같다는 것을 알고 있다. 우물쭈물하면 엘리야 선지자가 채근할 것이다.

난 책 위로 고개를 숙인다. 깨닫고 싶다. 이 책 자체로서의 학자가 되고픈 마음이 간절하다. 그래서 독자가 책이 되어가는 그때—하나님이 비둘기처럼 울고, 무너진 성전을 애달파하는 소리가 들린다고 생각한 순간—실은 딸이 우는 소리임을 깨닫는다. 아기는 배고파 우니 이제 다른 시간이 시작될 때다.

* * *

내가 탈무드 공부를 시작한 것은 10년 전쯤 어느 새벽이었다. 그날 친구 안드레아와 둘이 언덕을 달렸다. 이곳이 예루살렘에

---

* 바람이 불면 울리는 가야금.

서 조깅할 수 있는 유일한 구역이다. 공기가 서늘하고 청량했지만, 이 도시의 불문율에 따라 무릎길이의 반바지를 입어서 이미 땀범벅이었다. 헉헉대며 가파른 언덕을 올라 크네세트*로 가면서 안드레아에게 고개를 돌리며 농담을 던졌다.

"우린 환희의 극치에서 예루살렘에 오를 거야."

이는 유대 전통 혼례식에서 암송되는 구절이었다. 1년 전 내 결혼식에서 암송한 기억을 떠올리며 찡그렸다. 하지만 안드레아는 흔한 어구로 여길 뿐 결혼식과 연결하지 않는 듯했다. 그녀가 몇 걸음 뒤에 있는 내게 몸을 돌리고 태연하게 대꾸했다.

"말한 적이 있던가? 나, 하루 한 장씩 탈무드를 공부하기 시작했어."

하도 어이가 없어서 입이 벌어졌다. 더 자세히 듣고 싶어 얼른 그녀 앞으로 다가섰다. 안드레아가 탈무드를 공부한다고? 언제부터? 내가 아는 안드레아는 술집 순례, 문고판 스릴러 소설, 멋 부리기에 몰두하는 사람이었다. 한편 탈무드는 유사 이래 첫 몇 세기로 거슬러 올라간 유대 율법을 다룬 방대한 개론서다. 에두른 표현, 지엽으로 흐르기, 세세한 유대 율법을 복잡하게 분석한 것으로 유명하다. 스티븐 킹의 최신간과는 전혀 다른 책. 그런 안드레아가 탈무드라니 웬일일까?

---

* 이스라엘 국회.

"'다프 요미'라는 거야"라고 그녀가 말했다. 난 무슨 뜻인지 알아들었다. 'daily page(매일 한 쪽)'라는 말의 히브리어. 사실은 'daily folio(매일 한 장)'이라고 하는 게 더 정확하다. 탈무드는 최소한의 여분을 제외하면 히브리 글자가 양면으로 빼곡히 인쇄되어 있으니까. 최근 매디슨 스퀘어 가든*에 유대인 수천 명이 모여 탈무드 완독을 자축하는 대대적인 '다프 요미 축하 잔치'를 열었다. 대부분 돌돌 말린 귀밑머리를 기른 검은 코트 차림의 남자들이었다. 안드레아는 내 생각을 읽은 듯 덧붙여 말했다.

"누구라도 할 수 있지. 탈무드를 하루 한 장씩 읽으면 7년 반 후에는 다 읽게 되거든. 진짜 멋지지? 7년 반 후면 가장 중요한 유대 율법서를 통독하게 된다니까."

나는 그녀에게 물었다.

"그런데 왜? 왜 유대 율법에 그렇게 신경 쓰는 거야? 내 말은, 넌 안식일을 지키지 않고** 비유대인들이랑 사귀잖아. 한데 왜 별안간 무슨 일로 랍비의 가르침을 받고 싶은 거야?"

"왜냐면 랍비들이 율법 얘기만 하는 게 아니니까. 아내랑 부부싸움도 하고 학생들한테 욕도 하고, 동료들을 치고 나가기도 하고 또 율법을 논할 때는 뭘 하라고 잘라 말하지 않아. 성경뿐 아

---

* 뉴욕에 있는 스포츠 경기장.

** 유대교인은 안식일인 토요일에는 일하지 않는다. 이날은 휴식하며 예배로 보내는 전통을 지킨다.

니라 민담, 우화, 문화적인 미신까지 모든 걸 펼쳐놓지. 어제 공부한 장에는 세 군데 지옥 입구에 대해 나왔어. 하나는 예루살렘에 있대."

야구 모자를 눌러쓴 안드레아가 내게 미소 지었다.

"그렇겠지." 내가 중얼거렸다.

예루살렘 거리들을 지나왔는데, 정확히 어디에 지옥의 문이 있을까?

"그래서, 거기서 얻고 싶은 게 대체 뭔데? 탈무드 통독에서 말이야."

"나도 몰라."

안드레아가 어깨를 으쓱하며 대꾸했다. 그녀의 어깨에서 땀이 줄줄 흘렀다.

"도전의 짜릿함도 이유가 되겠지. 마라톤을 하는 거랑 비슷하잖아. 불가능한 목표를 정해서 천천히 실현하는 재미가 있지."

2세기의 위대한 은자 랍비 아키바가 산에서 돌을 야금야금 깎다가 결국 산을 뿌리째 뽑아 요단강에 던진 이야기가 생각났다. 랍비 아키바는 상당히 늦게 공부를 시작했지만, 토라* 전부를 통달했다는 은유적인 이야기다.

오후 7시쯤 조깅을 마치고 헤어졌지만 안드레아의 말이 머릿

---

* 유대교 율법. 좁게는 구약성서의 모세 5경.

속에서 떠나지 않았다. 장장 7년 반짜리 프로젝트를 시작하면 어떤 기분일까? 7년 반 후의 내 삶을 상상하는 것은 불가능에 가까웠다. 여전히 이스라엘에 살까? 가슴에 쌓인 고통과 수치심을 여전히 느끼려나? 다들 장담하듯 시간이 약이 되어 거기서 벗어나 있을까? 내가 즐겨 인용하는 시에서 에드나 세인트 빈센트 밀레이는 "시간은 평안을 가져오지 않네 / 당신들 모두 거짓말을 한 것"이라고 썼다. 시간은 평안을 가져오지 않고 끝없이 뻗은 듯했고, 7년 반 후에도 여전히 슬픔에 젖은 나를 상상하는 것은 견디기 힘들었다.

당시 하루를 버티기도 버거운 판에 바빌로니아 탈무드 통독이라니 어처구니없었다. 총 6부, 37권의 주석집, 약 2,700장으로 이루어진 책이 아닌가. 그런데 다시 생각해봤다. 나아간다는 것은 한 걸음씩 내딛는 것이고, 한 장씩 읽어나가는 게 그 방법일 듯 했다.

한 챕터에서 다음 챕터로 넘어가고, 그다음으로 넘어가면 곧 주석집 한 권을 다 읽게 되리라. 이것은 시간을 나이 드는 흔적으로 보지 않고 지혜를 키울 기회로 보는 관점이었다. 그러니 시간과 건강하게 관계 맺는 방법이었다. 매일 한 장씩 익히면, 하루 더 나이 들었다고 체념하는 대신 하루 더 지혜로워졌다고 위안 삼을 수 있었다. 결국 이것이 유대인이 시간을 보는 관점임을 깨달았다. '아보트(선조들)' 편에서 랍비들은, 5세에는 토라를, 10세에는 미시나를, 15세에는 탈무드를 공부할 연령이라고 가르친다.

당시 내 나이는 아보트에 명시된 나이의 두 배에 가까웠지만, 역시 아보트 편에 나오듯 "지금이 아니면 또 언제?" 배울까. 어쩌면 트레드밀에 올라서서 다프 요미의 일정에 따라가야 할 때였다. 적어도 발목을 붙들린 것 같은 치욕감은 멈추겠지. 지난해 여름, 폴과 나는 결혼하자마자 이스라엘행 비행기에 올랐다. 남편을 따라가려고 뉴욕의 직장과 친지들을 떠나 낯선 곳으로 향했다. 그것은 오로지 나의 선택이었다. 성경 속 예레미아 선지자의 이야기를 낭만적으로 보자면, 이스라엘 민족은 신을 따라 광야를 건넜고 나중에 신은 그들에게 말한다. "내가 신랑이 되어 너희가 나를 사랑하여 광야—씨가 뿌려지지 않은 땅—를 건넌 것을, 너희 젊음의 헌신을 기억하노라."

난 폴을 사랑했고 그를 따라서 친구도 가족도 없는 곳으로 왔다. 새롭게 뿌리를 내리려 애써야 하는 땅으로. 하지만 성장과 환생의 계절인 봄이 왔을 때, 우리가 알던 사랑은 뿌리째 뽑혔다. 땅에서 뗏장이 벗겨지듯 완전히. 우리는 곧 인연을 끊었다. 이스라엘에는 새로운 친구 몇 명이 있을 뿐이었다. 말상대라곤 도서관 코트 보관소 직원과 우유와 빵을 사는 구멍가게 주인밖에 없는 나날이 흘렀다.

몇 안 되는 친구 중 안드레아까지 바빠져서 조깅을 같이 하지 못했다. 하지만 탈무드는 "자기 길을 걷느라 동행이 없는 사람은 토라 공부에 매달려야 한다*"고 가르친다. 그래서 난 조금씩 그 가르침에 따랐다. 다프 요미 프로그램을 시작할 무렵, 그때 나는 탈무드 전집 중 한 권도 갖고 있지 않았다. 처음에는 책을 사지도 않았다. 서점에 가는 게 너무 부담스러웠다. 당시 다프 요미 프로그램에서 공부 중인 요마(속죄) 편을 사면 7년 반 내내 얽매이게 될 것 같았다. 짧은 결혼 생활 끝에 이혼한 직후여서 어디에도 매이기 싫었다. 그래서 책을 사지 않고, 대신 탈무드를 매일 50분씩 공부하는 팟캐스트를 찾아 아침 조깅을 하면서 듣기 시작했다.

이따금 책을 보지 않고 듣는 것으로는 논쟁을 따라가기 어려웠지만, 예루살렘을 누비면서 토론의 향방을 좇았다. 예루살렘의 각 지역은 역사적인 특정 시기, 인물이나 학문 영역의 이름이 적절하게 붙어 있다. 나무가 우거진 레하비아 언덕들의 이름은 중세 성경 주석가들의 이름이다(람반, 라다크, 이븐 에즈라, 바카 등의 좁은 골목의 이름은 12지파의 이름. 독일 식민지구의 예스러운 거리들은 19세기 유럽인 랍비들의 이름). 난 조깅할 때 미리 코스를 정해 놓지 않고, 어디든 그날의 탈무드 본문에 나오는 길들을 달렸다. '랍비 아키바'에서 왼쪽으로 돌아 '힐렐'에서 오른쪽으로 빠졌다. 잠시 후 조용한 교차로에서 '랍비 히스다'가 '랍비 메이르'로

---

* 에루빈 54a.

이어졌다.

결국 어느 날 아침 종교 서적 전문점에서 조깅을 마쳤다. 서점 손님 중 조깅하는 사람도 나 하나였고, 여자도 나 하나였다(머리에 두른 스포티한 반다나가 간소한 머릿수건처럼 보여서 다행이었다). 민첩한 몸놀림으로 주머니에서 지폐 몇 장을 꺼내, '요마' 편을 사 들고 서점에서 나왔다. 요마란 아람어로 '대속죄일'을 뜻하며, 유대력에서 가장 성스러운 날 '욤 키푸르*'를 다룬다. 그저 그런 여름날 저녁, 땀이 줄줄 흐르는 낮에서 서늘하고 맑은 밤으로 넘어가는 시간에 탈무드 '요마' 편을 공부했다. 방충망이 없는 열린 창가 침대에 올라앉아, 세운 무릎 위에 탈무드를 펼치고 방주**를 읽고 내 견해를 적었다. 달빛이 책장을 비추었다.

19세기부터 찍은 빌나 판본***의 경우, 중앙의 본문 주위에 방주들이 달려 있다. 내가 구입한 '요마'서는—이후 한 권씩 사들인 주석서들도—내가 헷갈릴 때 여백에 적은 주석들, 놀랄 때 찍은 느낌표, 논점들의 요약 부분에 표시한 사각형이 빼곡하다. 탈무드는 맹세, 축복, 결혼 증서로 번역될 논제를 다루는 주석서로 구성되지만, 일부 명목상 제목에 불과한 경우도 있다. 탈무드가 논리적으로 펼쳐진 이야기가 아니라, 연상되는 이야기들로 이어

---

* 죄를 씻고 하나님과 화해하는 명절.

** 본문 옆에 다는 주석.

*** 현재 빌누스인 리투아니아의 수도. 이곳에서 인쇄한 판본이 가장 흔하다.

지는 종잡기 힘든 텍스트여서 그렇다. 모든 페이지가 다른 데에 나오는 내용을 안다고 전제하기 때문에, 사전 배경지식 없이는 공부를 시작하기 어렵다. 하지만 모든 페이지는 다른 페이지의 대화와 연결되기 때문에 일단 공부를 시작하면 멈출 수가 없다. 내가 바로 그랬다.

탈무드를 한 장씩 읽고 다프 요미를 하면서, 탈무드의 풍부한 논제와 토론의 구조를 익혔다. 탈무드는 세상에서 가장 촘촘히 편집된 책으로 꼽힌다. 텍스트가 거듭 개정되어 이질적인 대목이 없고 빤한 구절이 드물다. 수 세기에 걸쳐 집필된 탈무드는, 2세기 랍비들부터 전승된 율법서 '미시나'로 시작된다. 이후 학자들은 미시나를 해석하고 주석을 달면서, 사적인 일화와 세세한 사연뿐 아니라 율법에 관한 견해를 포함시켰다. 그들의 대화가 탈무드의 근간을 이루고, 이후 400년간 거듭 개정되고 편집되면서, 내가 공부한 여러 책과—하버드대 학부생으로, 케임브리지대 대학원생으로, 뉴욕과 예루살렘에서 편집자와 출판 대행사로 일하면서 접한 책들— 어우러지는 텍스트가 되었다. 지금껏 책을 읽으며 살아왔지만, 평생 함께할 한 권의 책이 여기 있었다.

어떤 교사는 "가장 흥미로운 것은 탈무드의 다음 페이지"라고 말했다. 나도 그 말에 동의한다. 탈무드는 유기적인 구조여서 랍비의 의식이 이 페이지에서 다음 페이지로 어떻게 흘러갈지 감이 안 잡힌다. 토론 주제가 시간 표시 방식에서 율법 문건의 연대 결정으로, 홍수가 일어난 밤의 별자리로 넘어간다. 이는 전부 로시 하샤나(신년제) 편의 앞부분에 나오는 내용이다.

탈무드의 책장을 넘길 때마다 난 매번 놀랐고, 다른 논제보다 덜 흥미로운 주제가 있을지언정 어떤 페이지든 눈길을 끄는 대목이 꼭 있었다(병든 은자의 민간치료법, 랍비끼리 주고받는 적나라한 면박, 발끈한 랍비 부인의 갑작스런 고함 등). 랍비들의 토론 내용보다 은근슬쩍 다른 주제로 넘어가는 전환 방식이 더 흥미로울 때도 많았다. 예를 들면 처녀의 섹스를 논하다가, 갑자기 손가락으로 귀를 막아 유해한 말을 듣지 않는 방법이 나왔다. 마치 현명한 처신 방법이 동서고금 딱 한 가지라는 듯이! 내용을 따라가다가 나도 모르게 논쟁의 물살에 휘말리고, 유독 랍비들의 입씨름이 폭풍우처럼 몰아치면 거친 파도처럼 밀려갔다 밀려났다.

차츰 탈무드의 랍비들이 오랜 친구 같아졌다. 토라 공부가 좋은 나머지, 귀한 공부 시간을 결혼과 가정생활로 희생할 수 없었던 벤 아짜이. 토라를 배우러 예루살렘에 가려고, 부친의 뜻을 거역하고 집안의 큰 농토를 저버린 랍비 엘리에저. 어머니가 임신 중 늘 공부방 앞을 지나다닌 덕에 태중에서 토라를 흠모하기 시작한 랍비 여호수아. 난 오랫동안 책 편집을 하면서, 탈무드 현자들에게 관심이 생겨 밤에 랍비들의 전기를 번역하기 시작했다. 랍비 부인들과 딸들, 그들에게 가르침을 구한 공동체 내 여성들을 비롯해 랍비들 개인에 대해서도 알게 되었다.

1,500년간 남성만의 영역으로 여겨진 텍스트를 접하면서, 여

성인 내게 열린 가능성들이 많아 점점 흥분되었다. 지난 몇십 년간 전통적인 신학교와 학문 분야에서 탈무드 공부를 시작한 여성 수가 더 늘었다. 하지만 이것은 새로운 현상에 불과할 뿐, 남성과 대적할 정도로 오래 공부한 여성은 여전히 드물다. 난 강한 페미니스트 감수성 속에서 성장했다. 아버지는 남녀가 평등하게 예배에 참여하는 평등주의 회당의 랍비고, 어머니는 유대인 비영리 단체의 고위직이었기에 어릴 때부터 남녀의 지적 능력이 똑같다고 배웠다. 하지만 탈무드는 이와 다르게 가르친다.

탈무드의 현자들은 여자들은 토라를 공부할 의무가 없다고 선포하고*, 랍비 엘리에저는 '딸에게 토라를 가르치는 사람은 경솔을 가르치는 것'이라고 단언한다**. 하지만 탈무드에는 반대되는 내용도 나온다. 벤 아짜이는 남자는 딸에게 토라를 가르쳐서, 간음으로 고발당하면 무죄를 주장할 수 있게 해야 한다고 말한다. 이 예가 보여주듯이 탈무드에서 여자들은 사거나 강간하거나 처녀 검사를 받아야 되는 성적 대상이다. 지식인으로 묘사되는 소수의 여성—얄타, 베루리아, 라브 히스다의 딸—들은 토라가 일부러 평정심 없게 그린 것마냥 놀랍도록 맹렬하다. 남자들은 여성 심리와 신체를 잘 아는 것처럼 굴고, 텍스트의 주인공은 거의 남자로 여자인 경우는 극히 예외적이다.

---

* 키두신 약혼 29b.

** 소타 부정한 여자 21b.

탈무드의 현대 여성 독자인 나는, 랍비들이 예측한 여성들의 결혼관과 자녀관에 매료되었다. 또 요즘 여성들도 공감할지 궁금했다. 이혼 직후 몇 달간 '여인은 혼자인 것보다 결혼하는 것을 선호한다'는 랍비들의 주장이 여전히 사실인지 궁금했다. 랍비들은 남편이 '개미 크기만' 할지라도 있는 편이 낫다고 했다. 여성들이 재산을 소유하고 독립적으로 사는 시대에도 그 주장이 유효할까? 어떤 나라에서는 사회적 제약 없이 혼외 자녀를 낳을 수 있는 요즘에도?

곧 확실해졌다. 탈무드의 기준으로 보면 난 여자가 아닌 남자였다. '남자'는 독립적이고 자립 가능한 성인인 반면 '여자'는 아버지나 남편의 집에 살지 않으면 의지처가 없는 비독립적인 사람으로 정의되는 경우, 난 후자에 속한다. 어떤 의미에서는 다행스러웠다. 탈무드의 성에 대한 고정 관념을 화나는 도발이 아닌, 역사적인 호기심으로 보면 되니까. 또 난 탈무드에 분개하지 않았다. 탈무드식의 분류를 거부하고 내가 직접 텍스트를 접했으니까. 전통적인 탈무드 해석들에는 남녀에 대한 가설이 반영되어 있다. 그러니 텍스트를 여성의 눈으로 보면 전혀 새로운 의미를 부여할 가능성이 짙다. 내가 고전적인 유대 텍스트들의 재발견에 한몫한다니 신이 났다. 이전 학자들이 대대로 일궈낸 탈무드를 새로운 통찰력과 신선한 관점을 얻을 비옥한 대지로 바라보니 짜릿했다.

여러 해 동안 그런 깨달음과 견해를 일기장에 기록했다. 뭘 배웠는지, 어디서 배웠는지, 가장 감동적인 게 뭔지 적었다. 다프 요미는 오토바이를 타고 달리는 여행과 비슷하다. 매혹적인 요소가 다분하지만 무척 빠르게 나아간다. 글로 적으니 좋아하는 구절이 더 잘 외워졌다. 또 배운 내용에 상응하는 5행시나 12행시를 짓는 도전도 시작했다. 이 시들은 오랜 시간이 지난 후 좋아한 구절들을 기억하는 데 도움이 됐다. 그중 하나가 로시 하샤나* 편의 마지막에 부분에 대해 쓴 시다.

> 라브 예후다는 기도를 좋아하지 않았네
> 토라를 배우고 말하는 게 더 좋았지
> 내 영혼이 불결하다 할지 몰라도
> 30세의 하루는
> 하루 세 번보다 낫지

탈무드의 랍비들도 기억을 되살릴 장치들에 자주 의존했다. 탈무드가 온전히 기록되지 않고 대대로 구전 전승되다가 오랜 후에야 집대성되었기 때문이다. 어찌 보면 나는 탈무드를 시구로 개작했고, 한편으로는 탈무드의 현자들을 그대로 답습했다. 지식을 내 것으로 만들려고 노력했다. 그래서 랍비 엘리에저처

---

* 신년제 35a.

럼 어느 날 '토라 두루마리 두 개 같은 내 두 팔'이라고 말할 수 있기를 바랐다. 나 또한 토라를 가슴에 새길 수 있을 것처럼.

일기장 표지에 아람어 시 「아크다뭇」의 한 구절인 'Dyo ilu uamey'라고 썼다. 「아크다뭇」은 11세기 시로, 시내산에서 토라를 받은 일을 기념하는 오순절에 낭송되는 전통이 있다. 이 시의 저자인 랍비 메이어 바 애차크는 랍비 문학에 나오는 다양한 문체를 구사한다. "하늘이 양피지일지라도, 숲이 깃펜일지라도, 모든 바다가 물이 모인 것일 뿐만 아니라 잉크일지라도, 땅에 사는 이들이 머리글자의 필사자이며 기록관이라 해도 하나님의 영원한 영광은 새겨질 수 없네." 일기는 깃펜을 들고 양피지에 매일 배운 것을 남기려는 노력이었다. 랍비 엘리에저가 임종 때 말한 "난 개가 바다에서 물을 핥듯 많은 지식을 겉핥기 했다*"처럼 될까 늘 두려웠다.

이제 돌아보니 일기들은 배운 내용뿐 아니라, 슬픔과 두려움이 고인 깊은 샘에서 길어 올린 내 삶의 기록임을 알겠다. 또 시간이 흐르면서 샘에는 기쁨이 흘러넘치게 되었다. 예루살렘에 혼자 사는 이혼녀로 배우기 시작할 때는 앞에 어떤 미래가 있을지 몰랐다. 한참 지나서야—주석서 몇 권이 끝난 즈음에야—내 페이스를 찾았다. 난 인생을 주석서로 세고, 인생의 특정 시기를

---

* 산헤드린 68 a.

탈무드의 어떤 주석서를 공부한 기간으로 칭했다. 결국 가족 친지와 수천 마일 떨어진 예루살렘에서 혼자 가정을 꾸리기 시작했다. 어느 날 가까운 회당에서 오전 다프 요미 광고문을 보고 참석하기로 결정했다. 여자는 나 혼자였지만 랍비가 따뜻한 미소로 맞아주었고, 곧 참여자들 속에 흡수되었다. 나머지는 은퇴한 노인들이었다. 수업 후 남자들은 회당 성소로 기도하러 갔고, 나는 탈무드를 가방에 넣고 동네 수영장으로 향했다. 수영하면서 그날 배운 탈무드의 내용을 마음속으로 복습했다.

처음에 혼자 시작한 다프 요미는 곧 내 생활에 공동체를 가져다주었다. 어쩌면 놀랄 일이 아니다. 전 세계에서 유대인 수십만 명이 다프 요미를 익히고, 다 같이 같은 페이지를 공부한다. 다프 요미는 탈무드를 하루 한 장 공부하는 데서 그치지 않고, 동참자 전원이 같은 페이지를 공부하는 프로그램이다. 1923년 루블린 신학교의 랍비 메이어 샤피로가 처음 창안하면서 정한 일정표에 따른다. 랍비 샤피로는 다프 요미를 유대 세계를 하나로 묶는 길이라고 설명했다.

얼마나 대단한 일인가! 어느 유대인이 게마라 베라크호트(탈무드 제1권) 편을 팔에 끼고 배에 올라 여행한다. 그는 총 15일간 에레츠 이스라엘부터 미국까지 항해하면서 '다프(페이지)'를 공부한다. 그리고 뉴욕에 도착해 '베이스 메드라시(학당)'에 들어갔다. 유대인들은 그가 '다프'를 공부하는 것을 보고 모임에 합류했다. 다른 유대인은 미국을 떠나 브라질이나 일본으로 여행하고, '베이스 메드라시'에 가니 다른 사람들은 그가 그날 공부한 그 '다프'를 배우고 있다. 이보다 마음과 마음을 묶는 멋진 끈이 있을 수 있을까?

랍비 샤피로에게 전 세계가 거대한 탈무드 강의실로, 학생들은 대화의 실로로 이어져 있었다. 비슷한 이미지로, 탈무드의 랍비들은 탈무드 수업을 포도밭으로 묘사했다. 학생들이 포도나무처럼 질서정연하게 앉아 있고. 다프 요미는 가상의 강의실에 들어가 앉아 있는 것과 비슷했다. 텅빈 것처럼 보이는 줄에 앉아 혼자 공부하지만, 동시에 앞줄에서 이전 세대들과 똑같은 페이지를 공부하는 유령 같은 존재가 느껴졌다. 또 다른 존재도 있었다. 내가 앉은 줄은 사실 비어 있지 않았다. 동료 다프 요미 학습자들이 몇 자리 건너에 앉아 있었다. 예루살렘의 저쪽 편에, 브네이 브라크에, 오스트레일리아, 영국, 아메리카, 탈무드의 사람들이 있는 세계 어느 곳이나 그들이 있었다.

그런 유대감이 깊어졌다. 다프 요미를 시작하고 1년 후, 난 다시 연애를 시작했다. 그것은 결혼과 개인의 신분을 다룬 탈무드 나심(여자들) 편에 들어간 무렵이었다. 세데르 나심(부정한 여자) 편을 공부하면서 몇 번 연애를 하다가 이별했다. 이혼한 지 4년이 지났을 때, 매주 참석하는 토라 강의에서 결혼할 남자를 만났다. 그러니 토라는 동반자가 되어주었을 뿐만 아니라 인생의 동반자를 데려다주었다. 대니얼과 만난 지 몇 달 후 결혼했고, 결혼 3주년 무렵에는 아들과 쌍둥이 딸이 생겨 아이가 셋이었다.

35세에 첫 다프 요미를 완료한 무렵, 아들은 두 돌을 훌쩍 넘겼고 딸들은 첫돌 전이었다. 난 아이들이 깨기 전 새벽 시간을 쪼개서 공부했다.

모든 상황을 거치면서 다프 요미는 내 생활 속에 계속 남아 있다. 시기마다 다른 방식으로 짬을 냈지만 하루도 공부를 거르지 않았다. 독신일 때는 저녁 식사를 하면서 공부했다. 성전 제단에 피가 튀는 대목을 공부하면서, 토마토케첩을 떨어뜨리지 않으려고 조심했다.

대니얼과 결혼한 후에는 같이 공부했다. 한 사람이 설거지를 하거나 빨래를 개면, 다른 사람이 탈무드를 읽어주었다. 아이들이 태어나자, 그날 공부할 페이지의 마지막 줄이 아니라 아기가 깰 때마다 공부가 끝났다. 그 몇 개월에 공부한 부분에는 여기저기 읽다가 중단한 표시가 나온다. 나중에 잠자리에서 그 대목부터 공부하고, 잠자리 셰마*는 몇 시까지 하면 되는가에 대한 랍비들의 논쟁을 떠올리면서 잠들었다.

내가 텍스트를 좇아가는 게 아니라, 텍스트가 내 삶의 굽이굽이를 따라온 느낌이 든다. 유독 힘든 시기, 아침에 일어날 이유를 몰랐던 시절, 매일의 탈무드 공부는 구명정까진 아니어도 닻이 되어주었다. 그날 다른 성과가 없어도 다프 공부는 했으니 다

---

* 신의 절대유일성에 대한 신앙 고백.

행이었다. 인생에서 가장 경이로운 날에는—아이들을 출산했을 때—다프 요미 덕에 내가 탈무드의 애독자임을 깨달을 수 있었다. 젖을 먹이면서 탈무드를 낭독해주면, 내 아이들은 젖을 빨면서 토라 구절을 삼켰다.

탈무드의 랍비들은 '사람이 임무를 완수할 의무는 없지만, 그것을 단념할 자유도 없다'라는 유명한 가르침을 남겼다. 그래서 나는 상황 불문하고 꾸준히 밀고 나갔다. 지난 7년 반 동안 도서관, 카페, 슈퍼마켓 계산 줄, 병원 대기실 가리지 않고 탈무드를 익혔다. 틈틈이 연필을 들고 생각한 바를 적으려고 애썼다. 그런 기록들이 7년 반 동안 배우고 살아온 흔적을 추적하려는 노력인 이 책의 근간이 되었다. 다시는 행복해지지 않을 거라고 절망하며 안드레아와 조깅을 한 날부터 딸이 울기 전에 반 장을 겨우 공부한 오늘 아침까지. 7년 반 전, 앞날이 막막하기만 했다. 돌아보면 그런 배움을 얻는 특혜를 누린 게 축복으로 다가온다.

텍스트에서, 텍스트 너머의 세상에서, 텍스트와 인생의 교차점에서 많은 걸 배웠다.

그 넓은 교차점에서 이 글을 쓰고 있다.

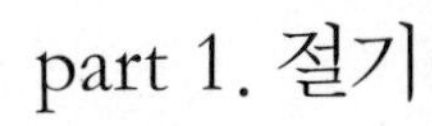

part 1. 절기

시작하면서 하루 더 지혜로워지다.

요마(대속죄일)

예루살렘에서 홀로

요마서를 공부하기 시작하면서, 원룸 아파트의 현관 안쪽—호텔 객실에 비상대피도가 붙어 있는 자리—에 예루살렘 성전 지도 사본을 걸었다. 요마 편은 기본적으로 성전 안내서로, 다양한 욤 키푸르(속죄일) 의례를 집전하는 대제사장의 발자취를 따라간다. 나는 요마서 각 장에 나오는 길을 지도에서 확인하면서, 예루살렘 성전의 많은 방과 통로를 지나갔다. 그리고 대제사장이 염소를 잡아 제단에 피를 뿌리고, 흉판에 금색 종이 달린 흰색 제의를 입는 모습을 보았다.

내 작은 아파트는 사각 모양이었다. 한쪽 벽에 조리대와 소형 냉장고가 있고, 맞은편 코너에 욕실이 있었다. 하나뿐인 창문 밑에 책상이 있고, 좁은 창턱 위쪽에 빨래를 널어 말렸다. 유럽인 집주인은 넉살 좋게 이 창턱을 "로미오와 줄리엣 발코니"라고 불렀다. 바닥에는 화려한 사각형 타일이 초록색과 갈색 꽃문양으로 깔려 있었다. 소파나 안락의자 같은 앉을자리가 없었지만 손님이 거의 없어 상관없었다. 침대는 주방 위쪽, 2층에 있었다. 제대로 된 침대가 아니라 중고점에서 택시 지붕에 위태롭게 실어온 매트리스였다.

나는 책꽂이가 없어 옷장에 책을 쌓아두었다. 또 침대 옆에 책을 쌓고, 잠들 때면 안경을 벗고 책더미를 협탁 삼아 그 위에 올려두었다. 매일 밤 전등을 켜둔 채 잠들었다. 읽던 소설책이 텐트처럼 얼굴을 덮었다.

쓸쓸하다고 서러워하기보단 혼자 잠드는 기쁨을 속으로 흥얼댔다. 그 기쁨 중 하나가 침대에서 독서에 몰두하는 일이었다. 초저녁뿐만 아니라 새벽 3시에도 깨서 한밤의 오붓한 시간을 누릴 수 있어 좋았다. 또 새벽에 알람 시계가 울기 전에 깨서, 열린 창으로 밀려드는 빛으로 책을 읽었다. 침대에서만 읽고 싶은 책들이 있었다. 그런 책들은 이불 속에 고이 모셔두고 낮에는 더 격조 있는 책들을 읽었다.

침대에서 글쓰기 역시 새로 발견한 쾌락이었다. 부정적인 얘기들은 환한 대낮에 내놓을 수 없기라도 하듯, 어둠의 장막 아래서만 일기장에 끄적일 수 있는 얘기가 있었다. 솔직히 말하자면 그런 부정적인 감정이 많았다. 그런데 나는 별로 솔직하지 못했다.

한동안은 내가 어떤 사람인지 몰랐기에 현실을 인정하지 못했다. 매일 아침 기계적으로 도서관에 가서, 성전 붕괴에 관련된 책을 만드는 작업에 매달렸다. 결혼 생활이 무너진 그해, 원고 대필을 시작했다. 독창적인 사고가 불가능한 상황이니, 남의 생각을 받아쓰는 작업이 나았다. 내게 생기를 주던 아이디어들과 한때 나를 움직이게 한 감정들에게 외면당하는 느낌이었다. 그러던 어느 밤 안드레아가 찾아와 최근의 연애 얘기를 해주며 날 위로해주었다. 그녀는 말을 쏟아냈다.

"내가 글을 쓰러 가는 단골 커피숍에서 일하는 사람이야. 가외로 돈을 벌려고 아르바이트하는 거야. 사실 작가거든. 그이가 읽어보라면서 소설 원고를 줬는데 연애 소설이더라고! 소설을 얼마만큼이나 그의 실제 경험담으로 봐야 할까?"

뭐라고 대답할지 난감했다. 연애 소설은 과거지사로 여겨졌기 때문이다. 한때 거기 살아봐서 언덕과 계곡을 정확히 그릴 순 있어도 돌아가지 못할 게 뻔한 곳 같았다. 평생 혼자 살 운명이라면 적어도 외로움을 타지 않기로 결심했다. 몇 안 되는 친구들에겐 여전히 따뜻하게 대했지만, 나 자신에게는 매몰차고 무덤덤했다. 마음이 밑바닥까지 냉랭하면, 혹여 희망이 떠오르려다가도 물러가 사라질 것 같았다.

하지만 가끔 그런 감정들이 수면 위로 떠올라 내가 아는 사실들과 마주쳤다. 내가 늘 가망 없는 낭만주의자였다는 사실. 문학열에 사로잡혀 연애를 바라본다는 사실. 십대 때 짝사랑에 대한 테니슨의 장시 「샬롯의 아가씨」를 외웠다는 사실. 대학 시절 해질녘 찰스강변을 산책하면서, 바이런의 「이제는 더 이상 헤매지 말자」를 암송해주었다는 사실(상대는 남자가 아니라, 내 낭만적인 신파를 참아주는 여자친구였다). 대학 시절과 졸업 후 몇 번 연애를 했지만, 여전히 내가 '빨강머리 앤'인 줄 알았고 길버트* 같은 사람은 나타나지 않았다는 사실. 어차피 어색한 연애보다는 좋은 책을 들고 웅크리고 있는 게 늘 나았다는 사실. 현실의 연애는 뭘 입을지, 언제 답장을 보내는 게 좋을지, 스치는 눈길을 어떻게 해석해야 될지 같은 멍청한 질문들 속에서 지내야 되니까. 그러나 폴을 만나면서 이 모든 게 변했다는 사실. 폴은 나와 내 책 옆에 웅크리고 있으려 했고, 내 프란체스카 시늉에 파올로 시늉으로 응수했다**.

하지만 또 결혼이 무너지자, 그동안 쌓은 문학적인 낭만 체계도 무너진 것 같았다는 사실. 연애 인생이—바이런, 배럿 브라우닝***, 브론테 자매가 알려준 상상 속의 세계가—영원히 끝났다는 확신이 생겼다.

하지만 아무에게도 이런 말을 하지 않았다. 안드레아가 들떠서 한참 말한 뒤 불쑥 머쓱해하며 진지한 말투로 '한데 넌 어때?

* 『빨강머리 앤』에 등장하는 앤의 남자친구.
** 프란체스카와 파올로는 단테의 『신곡』 「지옥 편」에 나오는 애절한 사랑의 주인공들.
*** 연애시로 유명한 여성시인.

잘 지내는 거야?'라고 물었을 때조차 난 잠자코 있었다. 탈무드 요마 편에서는 잠언서의 "사람의 마음에 근심이 있으면 그것을 억누르게 하나"라는 구절에 근거해, 사람이 낙심할 때 어떻게 해야 되는지에 대해 두 랍비가 논쟁한다. '억누르다'에 해당하는 히브리어는 '야쉬헤나Yashhena'이고 '딴 데로 돌리다'라는 '야세나Yashena'처럼 들리지만, '말하다'라는 '이시헤나Yisihena'와도 비슷하다. 랍비 아미는 낙심한 사람은 다른 일로 마음을 돌려야 한다고 말했다. 반면 랍비 아시는 고민을 남에게 털어놓아 마음의 짐을 덜어내야 한다고 했다.

나는 그중 랍비 아미의 조언대로 고백보다는 관심을 딴 데로 돌리는 쪽을 택했다. 실패한 결혼에 대해 말하다보면 내 탓이라고 자책할 게 분명했다. 내가 충분히 성숙하지 못했다는 둥. 타인의 욕구를 배려하지 못했다는 둥. 해결을 위해 적절한 노력을 하지 않았다는 둥. 자칭 낭만주의자면서 가장 중요한 낭만적인 관계에 실패했으니 어쩌다 이 꼴이 됐는지 의아했다. 애가에서 예레미아 선지자가 성전의 몰락을 슬퍼하며 외치는 '어쩌다'란 말이 귓전을 맴돌았다. 책상 위로 늘어진 블라인드 끈을 만지작대면서, 희생양이 절벽에서 떨어지고 사람들의 죄가 사해지는 순간 성전에서 진홍색 끈이 기적적으로 희게 변하는 대목을 읽었다.

나는 혼자 사는 나 자신을 욤 키푸르 7일 전부터 불순한 것과 접촉하지 않도록 성전 특별실에 격리되는 대제사장 같다고 생각했다. 이 기간에 다른 성직자들은 대제사장의 아내가 죽는 경우에 대비해 '예비 부인'을 정해두었다. 의례를 행하는 중 대제사장이 아내에게 보상해야 되는데, 아내가 없으면 의례의 진행이 불가능하기 때문이었다. 지독히 낭만적이지 않은 얘기다.

탈무드는 거래라는 결혼의 본질에 무척 현실적으로 접근한다. 하지만 그것은 랍비들이 갈망하는 대상이 부인이나 다른 여인들이 아니었기 때문이다. 오히려 랍비들이 가장 시적으로 말하는 것은, 탈무드가 편찬되기 오래전 파괴된 예루살렘 성전에 대해 말할 때였다.

요마 편을 공부하면서 낭만적인 성전 설명에 매료되었다. 가지가 일곱 개인 황금 촛대, 사제들이 손을 씻는 대야, 성전 바닥의 물구멍에 대야를 내리는 도르래 장치 '문크니'를 꿈꾸었다. 랍비들이 느끼는 성전의 전성기에 대한 향수를 나도 공감했다. 특히 제1 성전기*, 아직 사제들이 부패하지 않았고(랍비들은 그렇게 주장한다), 언약궤가 지성소에 고스란히 놓여 있던 시절이 그립다. 제2 성전기 무렵, 탈무드의 가르침에 따르면 지성소는 비었고, 언약궤는 사라져 그 소재를 둘러싼 미스터리와 흥미만 남았다.

탈무드에 예루살렘 성전 예배에 관계된 어느 사제의 이야기가

---

* 제1 성전은 BC 958년 솔로몬 왕이 짓기 시작해 건축 기간이 7년이었고, BC 586년에 파괴되었다.

나온다. 그는 바닥에 깔린 판석 중 하나가 다른 돌들보다 약간 높은 걸 알아차렸다*. 그래서 이 사실을 동료 사제들에게 알려주려고 나갔지만, '말을 마치기 전에 급사했다(탈무드에는 이런 불시에 벌어지는 사건이 흔하다).' 탈무드는 이곳이 언약궤가 묻힌 자리가 분명하다고 결론짓는다. 누군가 숨겨진 궤를 발견하려 하면 직전에 목숨을 잃어 그 말을 하지 못한다. 이 구절은 두 사제의 이야기로 이어진다. 그들은 번제단에서 태울 나무토막에서 벌레를 잡느라 분주했다. 한 사제가 도끼를 떨어뜨리자—아마 언약궤가 묻힌 자리에—즉시 불길이 일어나 그를 휘감아버렸다.

탈무드 속 이야기는 극적일수록 더욱 생명력이 있었다. 어느 저녁 아파트 바닥을 청소하다가 타일 한 개가 흔들리는 걸 알았다. 이미 바닥에 비눗물을 풀어놓고 대걸레로 물을 빨아들이는 중이었다. 앞쪽 타일 조각이 흔들리자, 몸이 떨렸다. 전율을 느끼면서 그 자리에 다가섰다. 내가 엉뚱한 자리에 비눗물 양동이를 내려놓으면 불꽃이 솟구쳐 날 휘감으리란 기대도 있었다.

성전에 대해 랍비들이 벌이는 논쟁은 강렬하고 열띠며, 때로 에로틱하다. 여리고와 예루살렘은 제법 멀지만, 예루살렘에서 날아드는 향냄새가 너무 강해 여리고 여인들은 향수를 바를 필요가 없었다고 랍비들은 말한다. 심지어 여리고의 염소들은 향

---

* 요마 53.

내에 코가 간질간질해서 재채기를 하곤 했다. 예루살렘에서는 향냄새가 워낙 짙어서 보통 여인들뿐 아니라 신부들도 향수를 바르지 않아도 괜찮았다. 계피, 샤프란, 카시아, 몰약 외에 이름도 향기만큼 유혹적인 향신료들로 만든 향에 탈무드의 현자들도 취했다. 한 랍비는 이렇게 말했다. "한번은 실로*에 갔다가, 벽에서 새어나오는 향냄새를 흠뻑 들이마셨다." 아가서는 젖가슴을 성벽에 비유하고, 사랑하는 이를 화자의 가슴골에 끼운 몰약 주머니로 말한다. 하지만 여기는 그 반대인 듯했다. 실제 건물 벽들은 젖가슴에 비유되고, 성전의 틈새에서 향냄새가 풍기니. 가쁜 숨소리가 귀에 들리는 듯했다.

물론 남아 있는 것에는 향수를 느끼지 않는다. 향수는 한때 있던 것에 대한 그리움이다. 행복한 결혼 생활을 하는 사람은 결혼에 향수를 갖지 않는다. 바이런은 "생각해보길, 로라가 페트라르키의 아내였다면 / 그가 평생 소네트들을 썼을까?"라고 비아냥대지 않았던가. 그러니 성전이 여전히 거기서 제구실을 했다면 아무도 성전에 향수를 느끼지 않았겠지. 그러니 요마 편의 첫 챕터에서 성전이 파괴된 이유들에 대해 장황한 논의를 벌일 만도 하다.

제1 성전의 경우 파괴된 이유는 전부 유대 민족이 하나님에게

---

* 이동 성소가 있는 자리.

저지른 죄악과 관련이 있다. 성전은 우상이나 간음, 살인의 죄 때문에 파괴되었다. 랍비 요하난은 간음죄를 설명하면서 이사야서 구절을 인용했다. "침상이 짧아서 능히 몸을 펴지 못하며." 그는 이 구절을 침상이 비좁아 하나님과 우상, 둘은 몸을 펼 수 없다는 뜻으로 설명한다. 침실이라는 은밀한 공간이 상상된다. 성전은 하나님과 이스라엘 간에 가장 은밀하게 이어지는 공간이었음을 연상시킨다.

라브 크티나는 말한다. "이스라엘이 축일에 성전에 가던 시절, 언약궤 장막을 걷으면 천사들이 나타났고, 천사들은 서로 끌어안고 말했다. 너희가 하나님에게 얼마나 사랑받는지 보아라, 남녀 간의 사랑과 비슷하거늘*." 이 구절은 언약궤 장막 아래로 불거진 기둥들을 옷 위로 봉긋한 여인의 젖가슴에 비유한다. 하나님의 침상에 우상이 있어서 하나님이 주무실 자리가 없고, 그 우상 때문에 하나님의 은밀한 방은 파괴된다.

어느 저녁, 로미오와 줄리엣 발코니에 앉아 다프 요미를 공부하다가, 문득 생각이 아름다운 베로나로 날아가 그 장면에 빠져들었다. 줄리엣이 발코니에서 장갑 낀 손으로 턱을 괴고 앉아 있을 때, 로미오는 어둠 속에서 그녀를 올려다보는 상상을 했다. 줄리엣은 한숨을 쉬고["아!"] 로미오는 그녀의 모든 소리와 몸

---

* 요마 54 a.

짓에 전전긍긍하면서["그녀가 말을 하네! 아, 다시 말해요, 빛나는 천사."], 발코니 아래서 아가서를 연상시키는 언어로 구애한다. 셰익스피어는 이따금 아가서를 상기시키는 것 같다.["냉혹한 제한들이 사랑을 몰아낼 수는 없어요."] 나는 연이은 야밤의 밀회 장소가 발코니였다고 상상했다. 몬터규와 캐풀렛 가문의 원한에 아랑곳하지 않고 연인들이 자유롭게 대화할 수 있는 장소였으리라. 분명히 줄리엣은 매일 밤이 오기를 갈망했다. 그러면 발코니에 나가 로미오와 이야기를 나눌 수 있으니까.

그러다 어느 날엔 이런 상상을 했다. 줄리엣이 집에 와보니 부모가 발코니를 막아버렸다. 창을 판자로 엉성하게 막았고, 발코니에는 도끼와 삽으로 부숴버린 난간 조각들이 나뒹군다. '성문이 땅에 묻히며 빗장이 부서져*.' 줄리엣은 제정신이 아니다. 이날 저녁 로미오를 어떻게 만날까? 연인과 어떻게 이야기를 나눌까? '여호와여 보시옵소서. 내가 환난을 당하여 나의 애를 다 태우고**.' 그녀는 발코니만 잃은 게 아니다. 규칙적으로 만나려고 둘이 함께 만든 신호체계와 계획까지 잃고 말았다. 줄리엣은 통곡한다. '밤에는 슬피 우니 눈물이 뺨에 흐름이여. 사랑하던 자들 중에 그에게 위로하는 자가 없고***.'

---

* 예레미아 애가 2:9.

** 예레미아 애가 1:20.

*** 예레미아 애가 1:2.

랍비들이 성전 파괴를 애달파하는 것은, 물리적인 건축물뿐만 아니라 하나님과의 연결 구조—매일의 헌제, 향긋한 향, 아름다운 성직복, 황금 나팔—가 소실된 데 대한 탄식이다. 나도 결혼의 파탄뿐 아니라 모든 로맨틱한 꿈들—늦은 밤에 찾아드는, 이루어질 수 없는 사랑과 관계된 꿈들—이 무너진 게 가슴 아팠다. 제1 성전 파괴 후 유대인이 언젠가 제2의 성전이 생기리라는 희망을 가졌는지 모르겠다. 다만 내 삶에서 그런 기대는 없었음은 분명하다.

* * *

다시 결혼하는 일은 없으리라 확신했지만 어느 밤, 로맨틱한 상상에 떠밀려서 다시 신부가 되는 상상을 했다. 금요일 초저녁, 날이 저물고 밤이 내리기 시작하는 마법 같고 신비로운 시간. 랍비들이 하루의 끝인 '두 태양 사이'라고 부르는 시간. 긴 밤을 혼자 보낼 생각에 심란해하며 나풀대는 하얀 긴 치마와 헐렁한 블라우스를 입었다. 안식일 신부* 같은 차림으로 외출해 회당으로 향하는 행렬에 섞였다. 하지만 구시가의 성벽으로 향하지 않고, 돌문으로 들어가 좁은 돌길들을 지나 통곡의 벽으로 갔다. 가는

---

* 금요일 의례 중 회중은 레하도디라는 성가를 부르면서 '안식일 신부'에게 절한다.

내내 안식일을 환영하는 기도들을 노래했다. 몇 주째 공부 중인 요마에 나오는 모든 의례가 열리는 장소인 예루살렘 성전의 마지막 남은 벽에 가보고 싶었다. 또 성전산이—수천 년간 유대인의 갈망의 대상이었고, 전 세계 유대인이 기도할 때 향하는—집에서 걸어서 30분 거리라는 사실이 감동적이었다. '렉하도디*' 구절들을 부를수록 점점 들떠서 '일어나서 흙먼지를 털라 / 가치를 보여주는 영광의 옷을 입으라'라고 노래했다.

통곡의 벽에 도착할 즈음, 저녁 예배 '마리브'의 찬송들을 다 불렀다. 그래서 입술을 달싹여 간단히 기원을 읊조리고 집으로 돌아왔다. 요마에서 대제사장은 지성소에 들어가서 짧게 기도해야 한다고 배웠다. 밖에서 초조하게 기다리는 회중이 그가 부적절한 행동을 해 지성소에서 못 나올까 걱정하지 않게 하기 위함이었다. 난 통곡의 벽에서 몇 초간 기도했을 뿐, 기도서를 들고 예배하는 신자들 사이를 비집고 벽에 다가가지 않았다. 차가운 돌을 만질 필요가 없었다. 탈무드 책장을 손가락으로 누르면 그 역사의 무게가 고스란히 느껴졌다. 집에 도착한 무렵 하늘은 칠흑처럼 어두웠고, 난 허기지고 지쳤다. 저녁 식사를 하면서 다프 요미를 공부하고 침대에 쓰러지고 싶었다.

평소에는 안식일 만찬을 혼자 하기 때문에 음식 준비에 공들

---

* 금요일 의식에서 부르는 성가.

이지 않았다. 금요일 오후 노트북으로 다프 요미 강의를 들으면서, 조리대에서 요리하곤 했다. 어느 주에는 연어구이를 준비하면서 다프 요미를 듣는데, 우연하게도 강의 주제가 생선이었다. 강의하는 랍비는 이날 읽은 탈무드에 나오는 성경구절을 인용했다. '우리가 애굽에 있을 때에는 값없이 생선,……을 먹은 것이 생각나거늘*.' 흥미로웠지만 계속 음식을 만들어야만 안식일을 엄수할 수 있었다. 그래서 연어 포장을 풀어 수돗물로 분홍살을 헹구면서, 컴퓨터 스피커로 나오는 탈무드 논쟁을 들으려 애썼다.

수도를 잠그고 귀를 기울였다. 욤 키푸르에 우리는 고통을 자처해야 한다. 사막에서 이스라엘 민족이 먹은 만나manna**는 스스로 짊어진 고통이었다. 이스라엘의 자녀들은 매일 새 만나가 하늘에서 떨어지리라고 하나님을 믿어야 했으니까. 사실 이스라엘 민족은 만나 대신 생선을 원했다. 그래서 모세에게 '우리가 애굽에 있을 때에는 값없이 생선을 먹은 것이 생각난다'고 불평했다.

하지만 이스라엘 민족이 애굽에서 정말 생선을 공짜로 먹었을까? 그들은 노예이지 않았던가? 3세기의 뛰어난 바빌로니아 랍비인 라브와 사무엘은 이 구절을 해석하려고 애쓴다. 둘의 논쟁

---

* 민수기 11:5.

** 광야에서 먹을 음식과 마실 물이 없어 방황하고 있을 때에 여호와가 하늘에서 날마다 내려 준 기적의 음식.

을 들으면서 난 연어를 두 도막 냈다. 라브 토막에 오레가노와 레몬즙을 뿌리고, 집이 좁아 오븐으로 쓰는 토스터오븐에 생선을 넣었다. 사무엘 토막은 라브 토막이 구워지기까지 조리대에 두었다.

탈무드는 현자들의 이견을 계속 말한다. 라브는 성경을 문자 그대로 읽어야 한다고 주장하면서 '생선은 생선을 의미한다'고 말한다. 사무엘은 음식을 섹스에 비유하는 탈무드의 방식을 도입해 '생선은 간통하는 관계를 의미한다'고 말한다. 나는 토스터의 문을 닫지만 그들은 논쟁을 이어간다. 라브는 성경은 '생선을 먹은'이라고 말한다. 이것은 '음식을 칭하는 게 분명하다'고 말한다. 사무엘은 성경에서 '값없이'라고 한 것에 주목한다. 우리가 정녕 음식을 공짜로 얻었는가? 이것은 이스라엘인이 토라를 받기 전에 자유롭게 누린 부정한 성관계를 의미하는 게 분명하다. 라브는 꼬리 반쪽을 움직이면서 방어하려 애쓴다. 애굽에 있을 때 이스라엘 사람들은 나일강에 단지를 넣었다. 하나님은 기적을 베푸시곤 했다. 단지 속에 물고기가 들어갔고, 사람들은 그것을 먹었다. 사무엘은 '먹는다'는 것은 다른 것을 완곡하게 표현한 말이라고 주장한다. 그는 잠언서 구절을 인용한다. '음녀의 자취도 그러하니라. 그가 먹고 그의 입을 씻음 같이 말하기를 내

가 악을 행하지 아니하였다 하느니라[*].'

난 조리대에 놓인 연어 토막에게 '사무엘, 엉큼하기는'이라고 나무랐다. 이웃들이 듣지 않았기를 바라면서 생선에 은박지를 씌웠다. 오븐에서 노릇노릇해진 라브는 열세를 만회할 채비를 한다. '이스라엘의 딸들은 간부들이 아니었다! 그들은 방종한 여인들이 아니었다!' 결국 아가서에 나오지 않던가. '내 누이, 내 신부는 잠근 동산이오[**].'

사무엘은 그렇게 믿지 않는다. '하지만 이스라엘 민족은 사막에 있을 때 가족 때문에 울부짖었다! 가족 때문에[***]'가 무슨 뜻이라고 생각하는가? 그들은 이제 토라를 얻었기에, 마음이 동하는 대로 아무 여자하고나 잘 수가 없어서 한탄했다.

토스터가 '땡!' 하고 울었다. 라브는 나올 준비가 되었다. 나는 사무엘의 은박지를 벗겨서 가만히 오븐에 넣었다.

탈무드는 양쪽을 화해시키면서 '하 브하 하바이[Ha v'ha havay]'라고 말한다. 양쪽 다 옳다. 이스라엘인은 생선이 아쉬워서 울었고, 또 이집트에서 즐긴 부정한 성교가 아쉬워서 울었다.

난 '하 브하 하바이'라고 중얼대며 느긋하게 한숨을 쉬었다. 파이렉스 접시에 연어 두 토막을 나란히 올렸다. 마음먹고 수화

---

* 잠언 30:20.

** 아가서 4:12.

*** 민수기 11:6.

기를 들어 친구에게 전화했다.

"오늘 저녁 먹으러 올래? 방금 생선을 구웠는데."

* * *

난 매주 안식일을 위해 음식을 만들지는 않았다. 편집 업무를 하던 중 헤드바와 아리 부부를 만났다. 어린아이 셋을 키우는 젊은 부부는 안식일 식사에 나를 자주 초대했다. 헤드바는 나보다 몇 살 위였지만, 몇 광년쯤 앞서 있는 것 같았다. 부드럽고 침착하게 미소 짓는 그녀는 유치원 교사였다. 단정하게 빗은 머리, 예쁘장하지만 요란하지 않은 옷차림. 전체적으로 아름다운 외모였다. 아리는 내가 논문을 편집해준 학자였다. 똑똑하고 친절하며 점잖았다. 완벽한 결혼으로 보이는 이 부부가 나의 우상이었다. 풀 먹인 하얀 식탁보, 환하게 웃는 자녀들, 매주 헤드바가 굽는 황금빛의 맛있는 할라*.

탈무드 요마에 베이트 가르무 집안의 빵 굽는 사제들 이야기가 나온다. 그들은 레시피를 비밀로 한다. 내가 물어보면 헤드바는 레시피를 알려주겠지만, 혼자 사니 할라를 구울 일이 없었다. 구멍가게에서 대량 생산된 할라 두어 개를 살 수 있었고, 빵 두

---

* 안식일에 바치는 새끼 모양으로 꼰 빵.

덩어리 축복이면 충분했다. 요마의 구절이 떠올랐다. '빵이 든 바구니를 가진 사람과 빵이 들지 않은 바구니를 가진 사람은 비교가 되지 않는다*.' 탈무드를 통틀어 몇 차례나 나오는 구절로, 음식뿐 아니라 섹스에도 통용된다. 가진 것과 갖지 못한 것은 가히 비교가 되지 않는다. 헤드바와 아리가 만든 할라는 맛이 있었지만, 금요일 밤 작별 인사를 하고 돌아올 때마다 그들이 가진 게 아니라 내가 갖지 못한 것에 대해 생각했다.

* * *

이혼 직후에는 매일 아침 조깅을 했다. 아침에 깨서 길바닥을 탁탁 밟고 싶은 충동이 없다면 침대에서 나올 엄두가 안 날 것 같았다. 조깅하려면 도로가 복잡해지기 전인 새벽 7시 이전이어야 했다. 당장 침대에서 나가야 한다는 뜻이었다. 겨울에는 레깅스를 입고 귀를 가리는 따뜻한 머리띠를 했다. 추위는 상관없었다. 치솟는 아드레날린과 찬 공기 덕에 아침의 침울함을 떨칠 수 있었다. 예루살렘의 언덕과 계곡을 달리고 구가하면, 몸이 흠뻑 젖어서 샤워가 급했다. 그러고 나면 당연히 옷을 입어야 했고, 그 무렵이면 하루를 시작해도 좋겠다는 마음이 들었다. 그렇게

---

* 요마 74 b.

달리기로 우울을 떨쳐냈다.

고교 시절부터 달리기를 했다. 난 다니던 공립 고교 육상 팀의 에이스였다. 여름 방학에는 친구 키티와 훈련하곤 했다. 키티도 나처럼 시를 좋아하는 여학생이었다. 우린 매주 다른 시를 골라서 트랙을 뛰면서 암송했다. 난 시 복사본을 운동복 반바지에 넣어 갖고 다녔고, 서로 번갈아 암송하는지 검사하며 막힐 때만 복사본을 꺼내 확인했다. 밀턴*의 소네트부터 외우기 시작했다. 발이 바닥에 닿는 박자와 「내 빛이 어떻게 소모되는가를 생각할 때」라는 시의 약강격이 딱딱 맞아서 잘 외워졌다. 꾸준히 암송하면서 점점 긴 작품으로 넘어갔고, 테니슨의 「샬럿의 여인」에서 정점에 이르렀다. 난 예루살렘의 원룸 아파트 다락에 침대를 놓고 살면서, 그 시를 다시 외우며 고독을 낭만이라고 자위했다.

고교 시절, 거의 전교생이 비유대인이었고 키티도 마찬가지였다. 그래서 나는 유대 명절 때마다 결석해야 하는 이유를 설명해야 했다. 어느 여름, 키티가 달리기 훈련에 못 오는 이유를 묻자 성전 파괴를 기리는 금식일이라고 대답했다. 당시 우리 동네 회당은 별관 신축 공사 중이었다. 아버지가 랍비여서 우린 회당 단지 내의 주택에 살았고, 이따금 키티가 집에 놀러 왔다. 나는 금식일 아침에 훈련에 못 간다고 전화하면서, 키티가 혼란스러워

---

* 「실낙원」 등을 지은 17세기 영국 시인.

할 걸 예상하지 못했다.

“미안, 오늘 같이 못 뛰겠어. 금식해야 하거든. 왜냐고? 성전이 파괴되었어.”

키티는 내 설명을 듣고 어리둥절해서 잠시 가만히 있었다. 그러다가 이렇게 물었다.

“성전이 파괴되었다고? 난 공사 중인 걸로 알았는데.”

* * *

요마 편을 공부하던 여름, 발이 부러졌을 때 내 세상도 망가진 느낌이었다. 몸에 신경을 쓰지 않아 어쩌다 그랬는지 정확히 모르겠지만, 어느 아침 조깅에서 돌아와 샤워실에 들어가는데 왼발로 걸을 수가 없었다. 절룩대며 택시를 타고 응급실로 가는데 눈물이 줄줄 흘렀다. 통증 때문이 아니라—단순히 신체적인 고통이라면 얼마든지 견딜 수 있다—발이 부러졌다면 발을 못 쓰고 지내야 된다는 두려움 때문이었다.

내게 가장 큰 기쁨은 예루살렘 거리 산보였다. 두 해 전 폴과 이스라엘에 온 후, 늘 예루살렘 거리들을 걸었다. 버스나 택시를 타지 않고 내 속도에 맞춰서 걷는 게 더 좋았다. 매일의 리듬과 빛의 미세한 변화에 따라 걸었다. 이따금 바닥에서 발을 떼는 것은, 이스라엘 땅을 신성시해서가 아니라 내가 텍스트 애호가여서다. 또 내 독서와 학습은 늘 산보와 깊이 관련된다. 가능할 때마다 예루살렘이 배경인 소설들을 읽고, 거기 나온 장소들을 찾아간다. 데이비드 그로스만의 『같이 달릴 사람』에서 리노가 축구 경기를 관람하는 와이엠시에이 경기장(아쉽게도 몇 년 전 철거되었다), 바트야 구르의 『베틀레헴 가의 살인』에서 자하나가 가혹하게 폭행당한 낡은 아랍 주택, 메이어 샬레브의 『비둘기와 소년』에서 투어 가이드가 거기서 독립전쟁 전투가 벌어졌다고 설명하는 산시몬의 공원. 그런데 한동안 쉬게 생겼으니.

엑스레이 결과가 명확했고 의사의 지시사항 역시 분명했다.

"최소한으로 걷고 6주간은 달리기를 금해야 합니다."

그날 밤 침대에 누워 책더미에 다리를 올리자—하나뿐인 베개는 머리를 받쳐야 하니까—요마에 나오는 이야기가 떠올랐다. 사제 둘이 성전 제단 앞 경사로를 경주하듯 뛰어갔다. 먼저 제단에 도착하는 사람은 전날 번제에서 남은 재를 치울 수 있었고, 그 작업이 매일 아침 성전에서 올리는 첫 번째 희생제였다. 한 사제가 동료에게 다가가면서 밀치자, 떠밀린 사제는 넘어져서 다리가 부러졌다. 이 사제도 안식일 아침마다 암송하는 '내 모든 뼈가 이르기를 여호와와 같은 이가 누구냐*'라는 상황에 빠졌을까. 물론 전례에서 다른 경우에 암송하는 '모든 뼈를 보호하심이여. 그중에서 하나도 꺾이지 아니하도다**'가 이상적이겠지. 하지

---

* 시편 34.

** 시편 35.

만 내 뼈가 협조해주지 않았다.

다음 날은 유대력 마지막 달의 첫날인 로시 호데시 엘루르*였다. 욤 키푸르를 준비하면서 회개하는 날이다. 유대 전통은 엘루르 한 달 내내 우리 생활이 균형 속에서 배회한다고 말한다. 잘 듣는 발을 앞에 디딜까, 앞에 놓인 장애물에 걸려 비틀댈까? 죽음을 새길까, 삶을 새길까? 욤 키푸르 때 여러 번 암송하는 긴 고백기도 '알 헤트'는 대개 신체와 관련된 죄악과 연결된다. "방종한 눈의 죄에 대해, 뻣뻣한 목의 죄에 대해, 사악한 혀의 죄에 대해." 물론 발에 대한 구절도 있다. "악행을 향해 다리로 달려가는 죄에 대해." 적어도 현재 상태에서 난 그 죄를 지을 수가 없었다.

마음이 가벼울 때는, 발이 묶였으니 눈이 내면을 향하기를 바랐다. 욤 키푸르 전례는 "하나님은 배 속 안쪽 방들을 뒤지시고 콩팥과 심장을 점검하신다"고 말한다. 그러면 하나님은 궁극의 엑스레이 기계이니, 우리는 그의 예를 따라야 한다. 난 너무 오래 달리기를 했다. 외로움을 피해, 수치심을 피해, 슬픔을 피해. 하지만 이제 발이 부러져서 요마 편을 들여다보자니, 그 모든 상념이 밀려들었다.

---

* '엘루르'는 태양력의 8~9월. 로시 호데시는 한 달의 첫날인 신월절.

* * *

되돌아보면, 성전을 세밀히 살핀 것이 내 마음을 세밀히 살핀 것임을 알겠다. 탈무드에서 랍비 아키바는, 남자를 뜻하는 히브리어 '이시[Ish]'와 여자를 뜻하는 히브리어 '이샤[Isha]'는 '헤이[Hey]'만 다르며, 이것은 하나의 이름을 상징하는 문자라고 말한다[*]. 두 단어에 공통적인 두 글자는 '알레프[Aleph]'와 '신[Shin]'이며 두 글자를 합하면 '아이시[Aish]', 즉 불이 된다. 남자와 여자 간 합일에 장점이 있다면 신성한 '헤이'가 둘 사이에 거한다는 것이다. 그렇지 않으면 울퉁불퉁한 바닥에서 불길이 솟아 둘을 삼킬 것이다.

떠올리기 꺼려지지만, 폴과 내가 함께 빵을 뗀 마지막 밤에 이런 사건이 벌어졌다. 그날 우리는 셋집의 휑한 벽에 붙은 작은 식탁에 앉아 안식일 만찬을 했다. 뒤쪽에서 안식일 촛불이 너울댔지만, 갑자기 난 다른 게 너울대는 걸 알아차렸다. 사실 그것은 너울대는 게 아니라 타올랐다. 훨훨! 우리가 사는 1층 창문으로 아파트 뒷마당에서 활활 타는 불길이 보였다. 난 충격을 받아 순간적으로 얼어붙어서 헐떡댔다. 그러자 무슨 일이 벌어졌을까? 불길을 보자 폴은 도움을 구하려고 전화기를 들었고, 난 그

---

* 소타 17a.

의 손을 잡으려다가 놓고 문으로 뛰어갔다. 달리고 또 달렸고 오랫동안 계속 뛰기만 했다.

예루살렘 성전이 파괴되자 랍비들은 가르친 내용을 모아 미시나를 편찬하기 시작했고, 이것이 탈무드로 이어졌다. 결국 전에는 종교의 핵심이 성전 의례였지만 이제 문헌 공부로 바뀌었다. 예루살렘 성전처럼 내 결혼 생활도 대화재로 막을 내렸다. 하지만 적어도 한동안은 요마 편 공부가 안식처가 되어주었다.

수카(초막절) / 베이짜(축제일)

임시 거처

이혼 후유증으로 미국에 여러 번 다녀왔다. 한번은 맨해튼 거리를 걸으면서 여동생과 장래에 대해 이야기했다. 96번가에서 길을 건너며 동생은 내게 "10년 후 어디 있을지 상상할 수 있어?"라고 물었다. 차량들이 멈추었고 10년 후가 영원처럼 느껴졌다. 나는 늘 보행 신호로 바뀔 때까지 차들이 얼마나 쌩쌩 지나는지 잊어버린다. 당시 동생의 미래가 훨씬 확실해 보인다는 생각밖에 못 했다. 그녀는 안정된 결혼 생활을 했고, 첫아이를 임신한데다 의대에 입학했다. 난 두 살 위였지만 여전히 하루하루 살아가는 처지니 그 질문에 뭐라고 대답해야 할지 난감했다.

당시 나는 애굽에서 풀려난 후 40년간 광야를 떠돈 이스라엘 자손이랑 비슷했다. 방랑 기간에 그들은 음식 투정을 하고, 지도자에 대해 불평하면서 '수카*'라는 임시 거처를 지었다. 탈무드의 수카 편을 공부하던 시기에 난 장기적인 생활을 감당 못 하고 아파트를 연신 옮겼다. 사실 다프 요미 시작 후 첫 2년간 거주한 아파트는 네 군데였다. 약속의 땅에 도착하고도 광야를 떠돈 셈이었다.

'수카'라는 어휘는 유대 축일이기도 하다. 매년 가을 유대인은 이스라엘 민족이 광야를 떠돈 기간을 기리기 위해, 일주일간 안락한 집에서 나와 뒷마당이나 아파트 앞에 작은 오두막이나 부스를 짓고 지낸다. 수카 편의 상당 부분이 이 오두막들의 건축에 대한 내용이다. 어떤 자재들을 써야 하는지, 크기가 어느 정도여야 하는지, 벽은 몇 면이 있어야 하는지. 이런 규례들을 부지런히 공부하면서도 나는 수카를 짓지 않았다. 단기 임대 아파트에 사는 데 임시 거처가 따로 필요할까.

그 무렵 삶에 안정감을 주는 것은 집이 아니라 일이었다. 이혼 직후 예루살렘에 있는 작은 출판 저작권사에 취직해서, 외서 저작권을 이스라엘 출판사에 판매하는 일을 했다. 도서 카탈로그를 살펴보고 이스라엘 출판 시장에 적합할 책을 찾고, 이스라엘 편집자들과 관심 분야에 대해 의논했다. 신간을 내는 전 세계 출

* 나뭇가지와 잎으로 지붕을 덮은 초막.

판 관계자의 이메일에 답장을 하고, 같은 책의 저작권을 사려는 이스라엘 출판사의 경매를 진행했다. 내 일에 대한 환상은 없었고, 내 업무는 창의적이거나 독창적인 일이 아니었다. 하지만 많은 양서를 접하는 게 좋았고, 정기적으로 출근해야 하니 일과의 기본 틀이 만들어졌다. 책상 위쪽 창으로 올림픽 경기장만 한 수영장이 보였다. 휴식이 필요할 때마다 아이들이 워터 슬라이드를 내려오고 물싸움을 하는 광경을 바라보았다. 그러다가 다시 책상에 쌓인 신간들을 검토했다.

내 직업의 최고 장점은 단연코 책이었다. 일주일에 두 번씩 우체국에 다녀온 말단 직원이 우편물이 쌓인 철제 카트를 밀고 들어왔다. 우편물마다 미국 대형 출판사의 따끈따끈한 홍보 책자들이 담겨 있었다. 사탕 가게에 간 아이처럼 번쩍이는 카탈로그들을 훑어보고, 저작권을 중개할 수 있을 것 같은 책뿐 아니라 읽고 싶은 책—소설, 좋아하는 현대 시인들의 시집, 탈무드와 유대인식 교육과 관련된 최신 학술서—을 주문했다. 우편물을 여는 것은 매일 생일 선물을 받는 것과 비슷했고, 이런 책들이 있는 한 결코 외로울 수 없다고 중얼댔다.

책에 대한 집착은 새로운 현상이 아니었다. 고교 시절, 동네 공공도서관에서 명칭도 적절한 '페이지(사환)' 일을 했다. 어느 날 지하실에서 책 분류는 하지 않고, 너덜너덜한 『소유』* 문고판을 펼쳐서 좋아하는 대목에 줄을 긋다가 상사에게 들켜서 해고될 뻔했다(이 소설은 학자가 도서관 지하실에서 방주에 몰두하는 장면으로 시작된다). 하버드대 시절에는 와이드너 도서관에서 배포 담당자로 일하면서, 여가 시간은 대부분 책 속에서 보냈다. 아침 식탁에서 챙겨둔 팬케이크를 씹으면서, 빅토리아 시대의 과학 사상들을 밝히는 참고문헌을 찾으려고 당대 소설들을 샅샅이 뒤졌다. 그렇지 않으면 지상 6층에 있는 유대 관련 섹션에 진출했다. 하버드 졸업 후 1년간 케임브리지대에서 영국 낭만주의 시를 공부하고 나서, 랜덤 하우스** 편집부에서 3년간 일했다. 당시 맨해튼 거리를 걸어 출퇴근하면서 시를 낭송하곤 했다. 폴과 결혼하면서 퇴직하고 그를 따라 이스라엘로 왔다. 처음에는 편집자 겸 대필 작가로 일하다가 저작권사에서 일을 시작했다. 내 이력서에 명구를 써야 한다면, 매년 초막절에 암송하는 전도서의 마지막 대목이 딱일 것 같다. '많은 책을 짓는 것은 끝이 없고.'

책과 더불어 내 직업의 하이라이트는 매년 가는 두 번의 프랑크푸르트 도서전과 런던 국제 도서전 출장이었다. 처음 프랑크푸르트 도서전에 참석한 것은 2006년 10월이었고, 우연하게도 다프 요미 중 수카 편을 공부한 시기였다. 프랑크푸르트 국

---

* 바이트의 지성적이고 신비로운 소설.

** 세계 유수의 출판사.

제 도서전은 세계에서 가장 오래된 최대 규모의 도서 전시회로, 500년 전 요하네스 구텐베르크가 이동식 활자를 발명한 직후부터 개최되었다.

원래는 지역 서적상과 독자들이 참여했지만—힐러리 맨틀*은 『울프 홀』에서 올리버 크롬웰이 들렀다고 썼다—현재는 가장 중요한 독보적인 국제 도서전이 되었다. 프랑크푸르트 시내에 위치한 대형 무역 전시장은 층고가 높은 전시실이 엘리베이터, 무빙 워크, 트램으로 연결된다. 하지만 첫 참관 때 가장 놀란 것은 도서전의 규모가 아니라 전시실의 구성이었다. 나라별로 층이 배당되고, 한 층은 숫자를 붙인 열과 문자를 붙인 통로로 이루어져서, 참가 회사마다 고유의 기호가 있다. 랜덤 하우스 출판사는 S972, 노턴 출판사는 P973, 하퍼 콜린스 출판사는 H17. 이런 열과 통로를 따라 출판사나 저작권 대행사가 각자 부스를 세우고 최신작과 출간 예정작을 전시한다. 그러니 매년 초막절 시기에 열리는 프랑크푸르트 도서전은 사실상 부스들의 축제다.

처음 프랑크푸르트 도서전에 갔을 때, 저작권 안내서와 도서 카탈로그가 든 서류 가방을 들고 다녔다. 미팅 틈틈이 조심스럽게 공부할 요량으로 탈무드 수카 편도 가방에 담았다. 하지만 모든 게 눈에 띄는 도서전에서 조심스러운 일을 하기는 어려웠다.

---

* 영국 작가.

편집자와 출판인은 고급스런 정장, 우아한 하이힐, 값비싼 실크 블라우스로 성장한다. 이스라엘 생활이 좋은 이유에는 격식 차리지 않는 옷차림도 있다. 청바지와 스웨터 차림으로 출근해도 무방하다. 하지만 프랑크푸르트에서 난 벨트 있는 검은 정장 바지와 우아한 프릴이 달린 스웨터를 걸치고, 불편한 가죽 구두를 신어야 했다. 다른 경우였다면 결코 입지 않을 차림새였다. 호텔 방을 같이 쓰는 동료가 화장을 하라고 설득하려 했지만 난 그렇게까지 할 수는 없었다. 늘 화장은 어마어마한 시간 낭비, 돈 낭비로 여겼으니까. 하지만 전시장을 돌면서 립스틱을 안 바른 여자는 나뿐임을 눈치 챘다. 아마 탈무드를 들고 다니는 여자도 나 혼자였겠지.

출판사 부스들을 돌고 30분마다 잡힌 미팅을 하면서, '코셔* 수카'가 될 만한 장소가 있는지 무의식적으로 살폈다. 외국어 출판권, 사전 출간 계약, 다양한 제안에 대해 생각하는 대신, 벽면 수를 세고 천장에 구멍을 내는 상상을 하면서 랍비처럼 공간을 살피고 있었다. 예상과 달리 프랑크푸르트 부스 축제에는 코셔 초막으로 삼을 곳이 몇 군데 있었다. 둥근 벽이어야 한다는 계율을 위해, 단일 벽면의 각도가 알맞고 작은 천창이 있는 하퍼 콜린스 부스가 코셔로서 제격이었다. 한편 벽면이 두 개나 트여 있

---

* 유대 규례에 맞게 처리한 것.

는 한제르 부스는 코셔가 아니었다. 랜덤 하우스는 미국 홀의 한 줄을 다 차지했고, 2007년 봄 출간 예정작들의 컬러 표지 액자를 역광을 받게 걸었다. 이것은 랍비들이 '노이[Noi]', '공들인 장식'이라고 부를 만했다. 펭귄 푸트넘의 부스는 한쪽 벽면에 흰색과 검은색으로 대형 펭귄을 그려놓았지만, 랍비들은 동물은 초막의 벽 역할을 할 수 없다고 단언할 터였다. 그래서 나는 각 부스를 평가하면서 프랑크푸르트 도서전이라는 광야를 헤맸다.

밤에는 독일 출판사 '주어캄프'가 5성급 호텔에서 개최한 성대한 리셉션에 참석해야 했다. 올림머리를 한 여자들과 콧수염을 다듬은 남자들이 양 볼에 입 맞추며 인사했다. 나는 베이지색 커튼 옆에 서서 그들과 어울리려 애썼지만, 스위스 초콜릿 쟁반 옆 구석에 숨고 싶었다. 담배 연기 때문에 목이 아픈 와중에도, 광야 시기 내내 이스라엘 민족과 함께 한 하나님의 영광스런 구름을 떠올렸다.

귀국하면 친구의 초막에서 집밥을 먹을 기대를 했다. 프랑크푸르트는 코셔 음식을 구하기가 어려웠다. 기본적으로 소시지를 먹거나 굶어야 했다. 다행히 시리얼 바 네 상자를 가져간 덕분에 다음 미팅을 기다리며 조금씩 먹었다. 하지만 독일에 도착한 후 제대로 앉아서 식사하지 못했다. 탈무드에서 수카에서 먹지 않을 때 허용하는 간식 시간은 '아킬라 아라이[Achilat aray]', '일시적인 취식'이라고 부른다. 나는 이 시간을 '아킬라 어라이[Achilat awry]', '왜곡된 시간'으로 부르게 되었다.

다행히 프랑크푸르트 도서전 기간은 겨우 닷새였고, 정신을 차려보니 예루살렘의 내 '영원한 집' 같은 임대 아파트에 돌아와 있었다. 며칠 후 친구 야엘의 부모님의 초대로, 초막절의 첫 밤을 그들의 옥상 초막에서 함께했다. 아름다운 저녁이었다. 산들바람에 초막이 흔들렸고, 꽃무늬 여름 원피스에 흰 스웨터를 걸쳤는데도 추웠다. 아직 한낮은 여름이었지만 밤에는 쌀쌀했다. 야엘은 부모님과 마주 앉았고, 그녀의 양쪽에 초면인 나이 든 커플이 자리 잡았다. 야엘의 어머니가 내게 말했다.

"다프 요미를 한다고 들었어. 토라 몇 구절을 들려줄래?"

당시는 공부를 시작한 지 몇 달 안 되어 토라에 대해 잘 몰랐다. 또 남을 가르칠 의도로 공부를 시작하지도 않았다. 하지만 그날 밤 처음으로 토라 공부에는 배움을 나누는 책임이 따르는 걸 깨달았다. 그래서 늘 갖고 다니는 탈무드를 꺼내서, 랍비 아키바와 랍비 가믈리엘의 논쟁 대목을 읽었다. 좌중에서 야엘 혼자만 텍스트에 깔린 다른 의미를 알기에 드문드문 친구를 흘끔댔다.

현자들은 배에 초막을 짓는 사람의 경우를 토론한다. 아마도 그는 축일 기간에 장거리 항해를 하는 중이다. 랍비 아키바는 그런 초막이 코셔라고 주장하지만 랍비 가믈리엘은 동의하지 않는다. 탈무드는 다음의 적절한 일화를 제시한다. 내가 자유롭게 옮겨보겠다.

배를 타고 가던 랍비 가믈리엘과 랍비 아키바의 이야기가 있다. 랍비 아키바가 일어나서 배에 초막을 지었다. 다음 날 바람이 불어 초막이 뒤집혔다. 랍비 가믈리엘이 랍비 아키바에게 말했다. "이보게 아키바, 이제 자네의 초막은 어디 있나, 응?"

랍비 가믈리엘은 배에 수카를 짓겠다는 랍비 아키바의 결정에 반대한다. 그런 초막은 원래 불안정하다는 이유 때문이겠지. 아키바의 초막이 실제로 무너지자, 랍비 가믈리엘은 "내가 뭐라고 했나"라면서 아키바의 콧대를 누른다.

이어지는 논쟁을 보면, 두 현자의 이견은 초막이 얼마나 안정적이어야 하는가에 대한 견해차에서 비롯된다. 랍비 아키바에 따르면, 초막은 예상 가능한 통상적인 날씨를 견딜 수 있으면 코셔다. 하지만 랍비 가믈리엘은, 초막은 감당할 만한 날씨 이상을—극히 드물게 부는 폭풍까지도—끄떡없이 견딜 만큼 안정적이어야 한다. 달리 말해 랍비 가믈리엘은 전도서에 자주 나오는 '헛되고 헛되니 모든 것이 헛되도다'를 인용하고 싶었을 것이다.

식탁에서 이 이야기를 하지 않았지만, 랍비 가믈리엘과 랍비 아키바의 논쟁을 많이 언급했다. 이것은 머릿속으로 늘 떠올리는 말이다. 나 자신에게 말한다.

"그래, 넌 당장은 그럭저럭 살아가지. 그런데 갑자기 실직하면 어쩔 거야? 몇 안 되는 친구들이 이 나라를 떠나면? 또 이사해야 하면 어쩌지?"

옷장에서 쏟아진 빈 종이상자들이 떠올랐다. 외국에서 정기적으로 보내는 책 상자들을 재활용해, 소지품을 담아두었다. 워낙 자주 짐을 쌌다 풀기에, 다시 이사할 때 쓰려고 상자들을 보관하기 시작했다. 문득 내가 만든 삶의 패턴이 종이 상자들처럼 허술해 보였다. 그랬다, 나를 자주 출렁이게 만드는 가벼운 바람—버스 카드 분실, 약속 잊기—은 감당할 수 있지만, 만일 강풍이 불어온다면 어떡하나? 그러면 내 초막은 어떻게 될까?

결국 나는 랍비 아키바의 편에 섰다. 지금 여기서 부는 바람만 감당되는 곳이면 된다고 결정했다. 아마 강풍이 날 넘어뜨리겠지. 과거에도 날 쓰러뜨렸으니 또다시 불어올 터였다. 난 벌러덩 자빠져 무기력하게 버둥댈 게 분명했다. 그러나 매튜 아놀드*가 「도버 해협」에서 말했듯이, 세상은 불확실하지만 '오늘 밤 바다는 잔잔'했다. 바로 이 순간, 친구 부모님의 초막에 바람이 불지 않았고, 좋은 사람들과 따뜻한 밥을 먹었다. 천장에 드리운 색색의 종이사슬 장식이 산들바람에 흔들렸고, 내 앞에 탈무드가 펼쳐져 있었다.

성경의 모든 축일 중 '기뻐할 때'로 언급되는 날은 초막절—안전한 집을 떠나 자신을 비바람 속에 내놓는 날—이다. 바로 지금 가진 것을 축하하는 능력이 기쁨이겠지. 물이 반만 남은 컵을

---

* 19세기 영국 시인, 비평가.

넘쳐흐른다고 보는 능력이 곧 기쁨이다. 매년 초막절에 전도서를 읽도록 권유받는다. '이에 내가 희락을 찬양하노니 이는 사람이 먹고 마시고 즐거워하는 것보다 더 나은 것이 해 아래에는 없음이라*.' 그래서 나는 와인을 한 모금 더 마시고 달콤한 꿀을 바른 빵을 맛보면서, 이 순간을 즐거워했다. 이것이 덧없고 순식간에 사라질 거라 해도.

* * *

내 임시 거처에서 야단이 벌어진 것은 탈무드 수카 편에서 베이짜(축제일) 편으로 넘어간 시기였다. 베이짜는 축제일에 지킬 규례들, 특히 축제일의 거룩함을 극대화하기 위해 사람의 행동에 가하는 제한들을 다룬다. 히브리어 '베이짜'는 달걀을 의미하며, 축일에 닭이 낳은 달걀을 먹어도 되는가에 대한 논제로 시작되기에 주해서 제목이 베이짜가 되었다. 그런 달걀은 축일에 쓰려고 미리 예정되었을 리 없으니, 랍비들의 요구에 맞지 않는다.

주석서의 첫 몇 장은 여러 가금류의 성 습관, 이 비둘기장에서 저 비둘기장으로 사다리를 옮겨도 되는가, 새 둥지에서 알을 모으는 문제를 논한다. 베이짜 편을 공부하기 시작하고 며칠 지났

---

* 전도서 8:15.

을 때, 집에 오니 비둘기 두 마리가 들어와 있었다. 조류와 관련된 공부를 하는 중이면서 난 왜 그토록 놀랐을까.

그 무렵 새벽녘에 나가 해질녘이 한참 지나서야 귀가했다. 혼자 사니까 집에서 빈들대거나 저녁을 먹으러 집에 달려갈 이유가 없었다. 아침이면 얼른 일과를 시작하려고 허둥지둥 집을 빠져나갔다. 어느 아침, 부엌 창을 닫는 것을 깜빡했다. 그날 저녁, 얼른 소파에 앉아 '베이짜'의 다음 장을 읽고 싶어서 성큼 아파트에 들어섰다. 허름한 내 집에 비둘기 두 마리가 가정을 꾸린 걸 알자 난 깜짝 놀랐다. 한 마리는 안식일에 물을 끓이는 전열기에 편히 앉았고, 다른 한 마리는 책꽂이의 기도서와 사전 사이에 자리를 잡았다. 전통적인 기도를 가르칠 뿐 아니라 그 의미를 공부할 기세였다.

난 불시에 손님이 오면 적절히 대응하지 못했고, 그래서 처음에는 새들이 놀라서 날아가라고 빽 소리를 질렀다. 하지만 비둘기들은 차분함 그 자체였고, 내가 양팔을 마구 휘저어도 고개를 기우뚱하면서 호기심 어린 눈초리를 던졌다. 우리가 '몸으로 말해요' 게임 중이고, 그들이 답을 맞출 차례라도 되는 것처럼 굴었다.

난 계속 비명을 질렀고, 이웃에 사는 아미르가 궁금할 만큼 법석을 떤 듯했다. 그는 무슨 일인지 알아보려고 현관문을 두드렸다. 아미르는 30대 후반의 독신 이스라엘 남자로, 안식일 만찬에 사람들을 잔뜩 불러서 소란을 떨었다. 나도 초대받았지만 혼자 식사하면서 독서하는 게 좋아서 번번이 사양했다. 그런데 이번에는 역할이 바뀌어서 소동이 벌어진 곳은 내 집이었다. 아미르가 들어왔을 때, 난 여전히 혼비백산해서 무슨 말을 할지 몰랐다. 다행히 포*의 시 「갈가마귀」의 "엄청난 재앙이에요"라는 구절이 생각나서 방을 가리키면서 중얼댔다.

만약 아미르가 포의 시를 읽었다 해도 영어로 읽지는 않았다. 그는 내 말을 무시하고 날 진정시키려고 애썼다. 뜻대로 되지 않자 그는 가서 장비를 가져오겠다고 했다.

"앉아요."

그가 달랬고, 나는 간신히 조언에 따랐다. 새들을 올려다봤지만, 두 마리 다 앉은 자리서 꼼짝하지 않았다. 새들이 어디 갈 의향이 없는 걸 알자 난 탈무드를 들고, 평소의 저녁 일과를 시작하기로 결정했다.

> 베이트 샴마이는 말한다. "사다리를 이 비둘기장에서 저 비둘기장으로 옮기면 안 되지만, 사다리를 이 창에서 저 창으로 기울이는 것은 가능하다." 베이트 힐렐은 이것을 허용한다.**

아미르가 사다리를 들고 올지 궁금했다. 새들이 천장에 걸어

---

* 에드거 앨런 포. 환상 문학의 창시자로 꼽히는 미국 작가.

** 베이짜 9a.

앉아 손이 닿지 않기 십상이었으니까. 하지만 그때 한 가지 생각이 떠올랐다. 애완동물을 키우는 즐거움은 이름을 지어주는 일이란 생각을 늘 하던 차였다. '한밤 중 지옥의 해변에서는 그대의 고매한 이름이 무엇인지 내게 말해보오*.' 힐렐과 샴마이의 논쟁이 대부분인 베이짜 편에 헌정하는 뜻으로, 침입한 새들에게 1세기 현자들의 이름을 지어주었다. 두 랍비는 힐렐 하우스(학파)와 샴마이 하우스라는 대조적인 학파들을 세웠다. 나는 안식일에 쓰는 전열기를 지나는 힐렐 비둘기를 보면서 중얼댔다.

"하지만 여기는 내 집이거든."

> [축일에] 길들인 헤롯 비둘기를 가두어도 무방하다…… 비둘기장에 사는 비둘기와 다락에 사는 비둘기를 가두면 안 된다**.

바로 그때 아미르가 빗자루, 가발, 수건, 세탁용 대야, 바퀴 퇴치 스프레이를 들고 들어왔다. 묘한 조합으로 날 웃게 하는 동시에 괘씸한 새들을 쫓으려는 준비물이었다. 그는 나를 복도로 내보내더니 몇 분 후에 다시 불렀다. 집에 들어가니 새들이 바깥 창턱에 앉아 안을 들여다봤다. 천창으로 들어오는 빛으로 토라를 공부한 현자 힐렐이 생각났고, 이 날개 달린 학자들이 내가

---

* 포 「갈가마귀」의 한 구절.

** 베이짜 24a.

다프 요미를 공부하는 소리를 듣고 싶어 저러는지 궁금했다. '그러고도 갈가마귀는 날아가지 않고 아직도 앉아 있었네.' 나는 의기양양하게 여닫이창을 닫고, 베이짜 편과 연필을 들고 침대로 들어갔다. 그리고 '이젠 끝이다!'라고 외쳤다.

* * *

일시적인 것은 사는 아파트뿐 아니라 이스라엘 거주도 마찬가지였다. 급여를 받고 전일제로 근무했지만, 친구들은 다 이스라엘에 교환 학생으로 왔다가 여름에 뉴욕으로 돌아가는 미국 학생들이었다. 9월이 되면 휴대폰에 입력된 번호들을 점검하면서 데이비드, 쉬라, 라헬 같은 이름들을 삭제해야 했다. 매년 6월 학생들과 헤어지고 9월에 새 학생들을 맞이하는 초등학교 담임교사의 기분이 이럴까. 하지만 업무가 많이 나아져서 갑갑한 기분이 잦아들고, 탈무드 공부도 꾸준히 계속해나갔다.

자주 이스라엘과 미국의 친구들에게 "이스라엘에 영구 거주하는 거야?"라는 질문을 받으면, 뭐라고 대답해야 할지 몰랐다. 이스라엘에 장기 거주한다고 장담한 적은 없었다. 임대 아파트에 혼자 사는 처지에 어떻게 그럴까? 게다가 한곳에 '영구' 거주한다는 것은 어떤 의미일까? 사람들은 세상의 다른 지역에 대해서도 그런 질문을 할까?

결국 '영구'란 어휘를, 유대력 새달이 되기 전 안식일에 암송하는 축복 기도의 '영원토록'으로 이해하기 시작했다. '우리의 모든 마음이 영원토록 충만하기를.' 그래서 나는 그렇다고, 인생에서 하는 모든 일이 긍정적인 끝을 향하기를 소망한다고 말했다. 하지만 그 이상은 말할 수가 없었다. 이스라엘은 내 직장이 있는 곳이고, 처음으로 직장이 나를 뿌리내리게 했다. 광야를 헤매는 이스라엘 자손들처럼, 가끔 짐을 싸서 다른 곳으로 옮겼지만, 단기 거주지에서 안정감과 쉼터를 얻었다. 그리고 '어떤 미래가 펼쳐질까'라는 여동생의 질문에 대답은 못 했지만, 난 이스라엘의 자손들과 달리 불평하지 않았다.

로시 하샤나(신년제)

생명의 책

로시 하샤나는 흔히 유대의 새해로 해석되고, 꿀에 사과를 떨어뜨리고 회당에서 장시간 보내면서 복된 한 해를 기원한다. 하지만 탈무드의 '로시 하샤나' 편에서 유대의 새해는 한 번이 아니라 네 번이다. 축일과 규례 문헌에 나오는 첫날, 소득의 10분의 1을 바치는 첫날, 농사의 첫날, 나무의 첫날. 이렇게 시간을 표시하는 다양한 방식은 아무 문제가 없었다. 그러다가 랍비 엘리에저와 랍비 여호수아가 천지 창조일이 언제인가를 두고—티시리*의 첫날이냐? 니산**의 첫날이냐?—

---

* '로시 하샤나'로 알려진 유대력 1월.

** 유대 민족이 이집트의 속박에서 해방된 유월절이 있는 달.

격론이 벌어졌다. 두 랍비는 주장을 뒷받침할 증거를 동원했고, 논쟁 결과는 궁극적으로—놀랍게도—노아의 홍수가 일어난 밤의 천궁도에 달려 있다. 토라는 홍수가 '둘째 달 곧 그 달 열이렛날'에 났다고 말한다.

내 우주관은 다르지만, 다양한 방식으로 시간을 표시한다는 걸 안다. 고교 시절 이후 계속 플래너를 이용해 일정을 관리해왔다. 뉴욕에 살 때 동네 드러그스토어에서 플래너를 구입하면 사용에 앞서 필요한 내용들을 기입해야 했다. 매년 유대력에서 축일 날짜를 찾아 양력 날짜에 기입했고, 안식일의 초 점등 시간, 회당에서 매주 낭송하는 토라의 제목 등을 적었다.

이스라엘에 오면서 미국의 플래너를 가져왔다. 그러다 로시 하샤나가 되자, 날짜가 맞지 않는 걸 알아차렸다. 이제 새해가 시작되었는데 왜 내 플래너는 12월 31일이 지나야 새해가 시작될까? 그래서 로시 하샤나로 시작되는 플래너를 새로 샀다. 이것은 이스라엘에서 다르게 표시된 시간의 리듬에 맞춰 사는 방식이었다. 이곳에서 '홀리데이'는 크리스마스부터 1월 1일 사이의 휴가 기간이 아닌, 축제의 달 티시레이*를 뜻하며, 이때는 어느 주에도 근무일이 연속 사흘을 넘지 않는다. 축일들뿐 아니라 제철 과일로도 시간의 흐름을 파악하는 것을 배웠다. 로시 하샤

* 설날부터 한 달의 기간.

나 무렵에는 석류가 붉게 물들기 시작하고, 가을이 되어 해가 짧아지면 귤이 점점 초록색에서 노랗게 익는다. 사과와 감은 겨울 노천 시장에 가장 흔한 과일이고, 즙이 많은 말랑한 살구는 샤부오트* 무렵에만 나온다. 농산물을 살 때면 절기의 변화와 과실이 익는 대지의 변화가 연결된 느낌을 맛본다.

시간과 절기를 표시하는 방식이 탈무드 '로시 하샤나' 편의 핵심이다. 이 주해서는 초승달을 본 것과 달력을 정하는 것에 대한 규례들을 많이 다룬다. 하늘에서 초승달을 본 사람들이 예루살렘 중앙 법정에 와서 보고하면 새 달이 시작되는 날이 결정되었다.

때로 이 증언들이 아주 다채로웠다(그래서 의심스러웠다). '말레 아두밈의 언덕을 오르다가, 달이 두 바위 사이를 지나는 것을 봤습니다. 그 머리는 송아지를 닮았고 귀는 염소를 닮았으며 뿔은 사슴과 비슷했습니다. 허벅지 사이에 꼬리가 늘어져 있었습니다.' 이런 묘사력이 부족한 증인들을 위해 족장 라반 가믈리엘은 다양한 달 그림이 그려진 도표를 제시해서, 증인들이 하늘에서 본 달이 어떤 모양인지 고르게 했다. 이스라엘 땅에서 족장과 법정만이 달력 제정에 영향을 미쳤다. 그래서 달력은 이스라엘 땅의 핵심임을 주장하는 수단일 뿐 아니라 랍비 권위의 상징이 되

---

* 칠칠절. 추수기 시작을 알리는 농경 축제.

었다.

이스라엘에 와서 전과 다른 시간관념을 갖게 된 것도 당연하다. 이곳에서는 1년뿐만 아니라 한 주도 다른 패턴으로 흘러간다. 이스라엘의 주말은 금요일과 토요일에 해당하는 반면, 일요일은 근무일이다. 이곳의 미국인 거주자들은 일요일이 없는 게 이스라엘로의 이주를 어렵게 한다고 말한다.

그러나 나는 일요일이 좋았던 적이 없다. 대학 시절, 한 친구와 나는 '일요일 우울증'이란 용어를 만들었다. 할 일이 많고 일할 시간도 많은 것 같은데, 나중에 해놓은 일이 없으면 침울해지는 현상을 뜻한다. 20세기 초 신경학자 샌도르 페렌치는 그런 증세를 '일요일 노이로제'라고 불렀다. '특별한 이유 없이 이날 주로 두통이나 위통이 생기며, 젊은이의 휴일을 완전히 망치기 일쑤다.' 내가 바로 그런 증세에 시달렸다. 매주 일요일 오전 7시에 알람을 맞추고 7시 반까지는 일어나 외출해서 시간을 활용하기로 마음먹었다. 하지만 12시간 후 해질녘이면 완전히 지쳤고, 한 일이 없다고 느꼈다. 그저 고역스런 한 주가 앞에 놓여 있을 뿐.

미국에서 일요일은, 할 일을 못 한 채 시간이 저절로 빠져나가 공허한 밤이 되는 날 같았다. 하지만 이스라엘에서 금요일은 안식일이 가까워질수록 활력이 넘치고 정신없이 돌아간다. 금요일 아침에 깨면, 일몰 전까지 해야 할 일들을 처리할 시간이 얼마나 남았는지 정확히 안다. 그래서 세탁기에 빨래를 넣고 부리나케 빵집에 가서 갓 구운 할라를 사서 돌아온다. 야채를 구워 샐러드를 준비하고 세탁이 끝난 빨래를 널고, 그 주에 돌려주기로 약속한 원고의 편집을 마무리한다. 얼른 이메일 답장을 몇 통 보내고 빨래를 갠 다음, 해가 기울기 시작하기 전에 바닥을 닦는다. 가장 평범한 일들이 '안식일을 기리면서' 행해지기에 신성한 분위기가 감돈다. 21세기 위대한 신학자인 랍비 요세프 솔로베이트치크가 미국의 안식일을 설명하면서 이 신성함을 잃었다고 한탄했다.

> 내 마음이 아픈 것은 안식일 때문이 아니라 잃어버린 '에레브 샤바트(안식일 전야)'다. 미국에도 안식일을 지키는 유대인이 있지만, 뛰는 가슴과 두근대는 마음으로 안식일을 맞으러 나가는 '에레브 샤바트' 유대인은 없다. -『참회에 관하여』

이곳 예루살렘에서는 안식일이 시작되면 식당들이 문을 닫고 도로에서 차량이 서서히 사라진다. 안식일 전야는 나름의 특징이 있다. 해가 지면 난 금요일의 '할 일 리스트'를 치운다. 꼭 처리할 일들은 다 마무리된 상태고, 일단 초를 켜면 나머지 일들은 신경 쓰지 않는다. 휴일의 평온한 리듬이 느릿느릿 밀려든다. 안식일을 끝내는 하바달라*를 마친 후에야 다시 플래너를 꺼내 다

* 특별한 축복 기도.

음 주에 할 일들을 챙긴다.

* * *

하나님도 일종의 플래너를 들고, 로시 하샤나 전에 그의 하루하루가 아닌 우리의 하루하루를 계획했다. 탈무드에 따르면 심판의 날에 하나님은 세 권의 책에 모든 유대인의 이름과 운명을 기록했다. 첫 번째는 완전히 정의로운 자들에 해당되는 책. 하나님은 로시 하샤나에 그들의 이름을 적어 알린다. 두 번째는 완전히 악한 자들에 해당되는 책. 하나님은 역시 로시 하샤나에 죽을 사람들의 명단을 적는다. 세 번째는 그 중간인 나머지, 우리에게 해당되는 책. 하나님은 로시 하샤나에 연필로 우리 이름을 기입하지만, 죽을지 살지 운명을 결정하는 것은 욤 키푸르까지 미룬다. 신이 우리의 시간을 계획하는 것은 이 기간이다. 누가 살고 누가 죽일지, 누가 불로 죽을지 누가 물로 죽을지, 누가 생명의 책The book of life에 들어가고 누가 들어가지 않을지.

하지만 내 'Book of life*'는 단순한 플래너가 아니다. 난 플래너에 외적인 현실들을—언제 어디서 누구와 있어야 되는지—기록한다. 하지만 일기가 있다. 수면 아래, 깊고 불안정한 감정의

---

* life의 뜻인 생명, 생활 중 여기서는 생활을 기록한 책.

영역에서 생기는 일을 거기 적는다. 그 마음이 때로 너무도 낯설고 황량해서 달—지구 주위를 돌면서 지상의 현실과 보조를 맞추지만, 전혀 다른—에 있는 것 같다. 달처럼 이 일기가 비추는 모든 것이 바로 내 모습이고, 거기 얼마나 빛을 뿌리느냐에 따라 달이 차고 기울며 커지고 작아진다.

일기를 쓰기 시작한 것은 2학년 때였다. 부모님이 페이지마다 색이 다른 일기장을 주었다. 나중에 읽으려고 일기장을 펼치니 노란색과 오렌지색 페이지는 연필 자국이 보였고 파란 페이지는 글자를 알아볼 수가 없었다. 그래도 '노란' 날보다 '파란' 날에—행복하고 걱정 없는 날보다 슬프거나 걱정스러운 날에—일기를 더 많이 쓴 경향이 있었다. 하긴 걱정이 없는데 뭐하러 하루를 되돌아볼까? 내 일기 쓰기는 축하가 아니라 허우적대거나 기껏해야 결심 쏟아내기 정도였다.

하시드파*인 베르딧체브의 랍비 레비 이츠차크에 대한 이야기가 있다. 그는 매일 밤, 잠자리에 들면 그날의 생각과 행동을 점검했다. 문제점이 발견되면 '레비 이츠차크는 다시는 그러지 않을 거야'라고 중얼댔다. 그런 다음 '레비 이츠차크는 어제 똑같은 말을 했지'라고 자책했다. 그러고 나서 '어제 레비 이츠차크는 진실을 말하지 않았어. 오늘 그는 진실을 말하는 거야'라고

---

* 기독교 등장 이전에 있던 유대교 분파로 엄격하게 율법을 준수한다.

말했다.

마음 약한 하시드파 거목처럼 나도 생활을 적고 되새기면서 '더 나은 사람이 되겠다'고 다짐한다. 수많은 실수와 나쁜 습관은, 어떤 일을 왜 하는지 의식하면서 마음을 다해 살지 못한 결과다. 얼마나 여러 번 '밤 10시 이후에는 초콜릿을 먹지 않겠다'고 써야 마침내 내 마음에 귀를 기울일까? 글쓰기는 신년제 기간에 반성하라고 부는 양뿔 피리 '쇼퍼'와 비슷하다.

늦여름 예루살렘에서 조깅을 할 때마다, 로시 하샤나를 맞아 아침 기도 말미에 울리는 쇼퍼 소리를 들었다. 예루살렘에는 한 블록에 회당이 서너 개나 되어서, 새벽에 시내에서 달리면 쇼퍼 소리를 연달아 들었다. 쇼퍼 소리를 듣는 것은 계율이다. 탈무드 로시 하샤나 편에 회당 앞을 지나면서 쇼퍼를 듣는 것도 계율을 준수한 것으로 간주되는가에 대한 논제가 나온다. 랍비들은 '마음을 거기로 향해야', 즉 의도적으로 쇼퍼에 귀 기울여야만 이 계율을 준수한 것이라고 결론짓는다. 가장 중요한 것은 쇼퍼 소리가 아니라, 내면에서 울리는 소리라는 뜻이다.

쇼퍼가 깨진 경우에 대한 토론에서 쇼퍼를 변화의 도구로 이해하는 랍비들의 관점을 볼 수 있다. 로시 하샤나 편에 쇼퍼가 갈라져서 다시 붙인 경우가 나온다. 그런 쇼퍼를 코셔로 볼 수 있을까? 깨진 조각을 붙이려고 다른 물질을 덧붙인 경우에는? 수리한 쇼퍼는 풀을 발랐는데도 코셔일까? 토론은 '테세우스의 배'로 알려진 고대의 그리스 역설을 연상시킨다. 이 역설은, '모든 부품이 교체되어도 근본적으로 같은 물건인가?'라는 문제를 다룬다. 역설의 내용은 일반적으로 이렇다. 나무 널빤지를 붙여 만든 배가 있다. 널빤지 하나가 삭아서 새 널빤지로 교체된다. 이후 다른 널빤지가 삭자 이것도 교체된다. 그런 식으로 원래의 널빤지는 남지 않게 된다. 그래도 이 배는 여전히 애초의 그 배인가?

탈무드의 쇼퍼는 테세우스의 배와 닮았다. 부품을 교체해야 (적어도 재조립해야) 온전히 남아 있기 때문이다. 배의 역설처럼 탈무드는 '사물이 언제 변하고 언제 그대로인가'라는 논제를 다룬다. 언제 쇼퍼는 코셔 쇼퍼로 남는가? 또 언제 못 알아보게 변하는가? 우리가 이런 사람들인데 쇼퍼가 회개하게 만들 거라고 기대할 수 있을까?

릴케는 명시 「고대의 아폴로 토르소」에서, 그리스 신 조각상 앞에 서서 황홀경에 빠지는 장면을 그린다. 조각상을 올려다보니—두상과 눈이 없는 흉상인데도—신이 강렬한 눈빛으로 마주 보는 것만 같다. '그대는 삶을 바꾸어야만 하네'라는 무시무시한 구절로 시는 끝난다. 나는 일기장 표지에 이 구절을 써야 할지 자주 고심하지만 곧 깨닫는다. 글쓰기는 내 삶을 변화시키려고 모색하는 한 가지 방법에 불과하다는 것을. 기도를 통한 방법도 있다. 기도는 신년제에 하는 가장 중요한 활동으로 꼽힌다. 로시 하샤나 의례에서 "회개와 기도와 정의는 악함을 방지하네"라고 암송한다. 그러니 내가 변하려 애쓰는 것은 일기를 쓸 때만이 아니다. 기도 중에 신 앞에 서 있을 때도 변화를 모색한다.

* * *

어린 시절, 우리 회당의 성궤 위에 금색으로 '누구 앞에 서 있는지 알라'라고 적혀 있었다. 하지만 로시 하샤나 편을 공부할 무렵, 내 '하나님 앞에 서기'는 흔한 회당이 아니라 소기도 모임 '민얀'에서였다. 민얀은 친구들을 모아 조직한 공동체였다.

예루살렘에는 늘 새 기도 공동체들이 생겨난다. 알맞는 회당을 찾는 일이 오웰의 이상적인 술집 찾기에 비견되는 곳이 예루살렘이다. 우리의 기도 모임 '카뎀'은 완전한 평등주의를 지향해서, 남녀가 예배의 전 과정에 똑같이 참여했다. 우리는 전통 전례에 따라 안식일 아침마다 토라를 낭송했다. 이스라엘은 종교 진영과 세속 진영이 명확히 구분되는 나라였다. 일반적으로 양성평등은 세속에서만 통용되기에, 회당의 관점에서 카뎀은 오래도록 변칙으로 보였다. 하지만 평등을 지향하는 회당에서 성장한 나로서는 남녀가 분리된 공간에서 기도하는 것이 상상되지 않았다.

카뎀의 구성원은 대개 잠시 머무는 미국인, 특히 학생들이었다. 따라서 여름이 끝나면 떠나는 사람들이 많아 잠깐 거쳐 가는 분위기가 짙었다. 9월이 되면 쇼퍼를 불고 축일 예배를 인도할 새 자원봉사자들을 구해야 했다. 물론 예배 공간—초등학교의 음악실에서 만났고, 그랜드 피아노 위에 기도서들을 쌓아두었다—을 정돈할 사람도 필요했다.

나는 카뎀의 설립자로서 온갖 일을 도맡았다. 높이가 1.8미터인 담장을 넘는 일부터, 안식일에 난방 장치를 가동시키려고 필리핀인 관리인에게 뇌물을 주는 일까지. 유대율법은 안식일에 전기 사용을 금하기에 전기를 켜는 일을 이교도에게 부탁해야 했다. 어느 하누카*에 우리는 다른 회당에서 여분의 토라 두루마리를 빌렸고, 내가 아파트에 보관하겠다고 자원했다. 세페르 토라**를 책상에 두고 기도 수건으로 덮었지만, 거기 있는 게 너무나 신경 쓰였다. 수건을 두르고 욕실에서 나오려니 찜찜했다. 이제 혼자 사는 게 아니니 어떻게 알몸으로 다닐 수 있담? 또 친구들이랑 전화로 남 얘기를 하면 안 될 것 같았다. 토라에서 남의 이야기를 퍼뜨리는 대목이 튀어나와 날 꾸짖을 것 같았다. 그래서 토라 두루마리 룸메이트와 함께 지낸 30시간 동안, 극도로 조신하게 굴었다. 그러다가 토라를 돌려줄 시간이 되니 안도의 한숨이 나왔다.

탈무드는 '사람은 늘 기도할 준비를 하고 나서 기도해야 한다'고 가르치고, 기도서에 해당하는 히브리어 '시두르'는 '준비'라

---

* 성전 봉헌을 기리는 유대 명절.

** 공인된 서기관이 양피지 등에 쓴 모세 5경. 법궤에 보관했다가 예배 중에 낭독.

는 의미도 있다. 나는 기도 공동체의 운영자로서 이 문구를 진지하게 받아들였다. 매주 다가올 안식일의 예배를 준비하고 꾸리는 데 장시간 할애했다. 일주일 전체가 그날을 향해 있는 것 같았고 랍비들도 그런 말을 한다. 로시 하샤나 편에서 랍비 아키바는, 일주일의 각 날에 특별한 찬송가가 있다고 가르친다. 첫 엿새의 찬송은 천지창조에 대한 노래, 안식일의 찬송은 다가올 세상에 대한 노래다. 매일의 기도에서 안식일부터 헤아린 그날을 찬미한다. 오늘은 안식일 첫째 날, 오늘은 안식일 둘째 날의 방식으로. 매주 다가올 안식일 예배를 준비할 수 있는 시간을 계산할 때 마음속에서 이런 헤아림이 울렸다.

난 예배에 쓸 의자가 충분한지 확인하고, 사람들에게 성궤를 열 시점을 알려주느라 바빴다. 같은 도로에 있는 다른 회당을 찾다가 우연히 우리 민얀에 들어온 방문객에게 길을 알려주기도 했다. 모순되게도 기도 모임을 인도하니 회당에 오지만 기도는 하지 못했다. 챙길 일이 그렇게 많으니 하나님과의 대화에 집중할 짬이 어디 있을까? 로시 하샤나 말미에, 라반 가믈리엘이 농사꾼들에게 규칙적으로 기도하는 의무를 면해주려는 대목이 나온다. 농사꾼들이 농사일에 바빠 농작물을 버려두고 자리를 뜰 수 없기 때문이었다. 나 또한 바빠서 기도할 새가 없었고, 사람들이 기도할 수 있게 만들어주는 것도 예배로 인정받을 수 있는지 궁금했다.

회당에서 기도할 시간이 없기에 어디를 가나 기도서를 갖고 다녔다. 정신이 없는 순간마다—약속 장소에 못 갔을 때, 감정을 글로 옮기는 것조차 감당되지 않을 때—기도서를 통해 하나님과 대화했다. 늘 기도서를 펼치지 않더라도 필요할 때 그곳에 있다는 것을 알아두고 싶었다. 또 집을 떠날 때는 항상 플래너와 일기장을 챙겼다. 흐트러지지 않기 위해, 생각을 기록할 곳이 있다는 확신을 갖기 위해. 맨몸으로 움직이지 않는다는 말이 정확할 것이다. 플래너, 일기장, 기도서. 그것들은 나름의 방식으로 내 생명의 책이다.

타아닛(금식)

둘이 짝지어

로시 하샤나(신년제)에 우리는 삶을 바꾸려고 결심한다. 그 후 1년의 나머지 기간 동안 결심을 실행하려고 노력한다. 나는 몇 달간, 고독을 여름 햇볕인 것처럼 받아들이자고 다짐했다. 그렇게 볕을 쬐면 바싹 마른다는 걸 모르다가, 예기치 않게 영혼의 토양이 다시 목마르기 시작했다. 분위기를 바꿀 때였다. 다행히 이 무렵 탈무드 타아닛(금식) 편을 공부하기 시작했다. 가뭄이 드는 시기에 하는 금식을 다룬 주석서다. 목마른 랍비들처럼 하늘을 올려다보니, 갑자기 오므리가 내 인생에 뚝 떨어졌다.

오므리를 만난 것은 타아닛의 마지막 부분인 이스라엘의 구애 의례를 공부할 때였다. 놀랍게도 이 땅에서 구애는 유대력에서 가장 엄중한 금식일들에 벌어졌다. '이스라엘에서 아브* 15일과 욤 키푸르보다 기쁜 축제일은 없었다. 왜냐면 그때 예루살렘의 처녀들은 흰 옷을—남의 옷을 빌려야 하는 사람들이 창피하지 않도록 모두 빌린 옷을—입고 나왔으니까. 처녀들은 포도밭에 나와서 춤추면서 말했다.

"청년들, 누구를 선택할지 잘 보도록 해요. 미모만 보지 말고 덕 있는 집안을 찾아요. 품위는 거짓이고 미모는 헛되나니."

처음 오므리를 만났을 때 난 흰 드레스를 입지 않았고, 포도밭에 나가 춤추지도 않았다. 하지만 초반 몇 번의 데이트에 매혹적인 구석이 있었다. 오므리는 이스라엘 군대에서 예비군 복무 중이었고, 나는 국제 행사인 예루살렘 도서전을 준비하느라 분주했다. 1년에 두 차례 전 세계 편집자들과 저작권 대행사들이 일주일간 이스라엘 도서와 출판문화를 배우러 예루살렘에 모였다. 나는 그 주에 다른 참가자들과 호텔에서 지냈고, 오므리가 휴가를 나오자 익숙한 일인 듯 내 객실로 오라고 했다. 그는 밤에 와서 동 트기 전에 살그머니 빠져나가 부대에 복귀했다. 전쟁 중 통행금지하에서 밀회라도 하는 느낌이었다.

그 무렵 난 미모는 고사하고 매력도 없는 것 같았다. 전날 입은 단색 셔츠를 또 입으면서 "품위는 거짓이고 미모는 헛되나

---

* 유대력 8월.

니"라고 중얼댔다. 옷에 신경 쓰는 것을 참을 수가 없었다. '드레스는 언제나 경박한 위안이며, 의상에 대한 과도한 염려는 그 옷의 목적을 망치기 일쑤다'라는 제인 오스틴*의 말을 내세웠다. 옷 대신 지식에 몰두하는 자신이 대견했고, 배움은 우리 둘의 공통된 열정이었다. 전에도 항상 지성인이었지만, 다프 요미를 공부한 후 배움이 한층 윤리적인 의미를 갖기 시작했다. 그저 더 많이 알려고 배우는 게 아니었다. 배운 그대로 나를 만들고 변하려고 배웠다.

데이트를 준비하면서 입을 옷을 고르는 게 아니라, 어떤 탈무드 구절을 오므리와 나눌지 고심했다. 연애 초기 어느 날, 카르도—하드리아누스** 시대에 생긴 주요 도로—를 걸으면서, 탈무드에 나오는 황제의 딸과 랍비 여호수아 벤 하나니아의 일화에 대해 대화했다. 황제의 딸은 추남으로 알려진 랍비에게 추한 외모가 토라의 대가인 것인지 묻는다.

"어떻게 그런 아름다운 지혜가 그다지도 추한 그릇에 담길 수 있을까요?"

랍비 여호수아는 도전적으로 응수한다.

"부친인 황제께서는 금 그릇에 포도주를 담습니까?"

황제의 딸이 대답한다.

---

* 『오만과 편견』을 쓴 영국 소설가.

** 2세기 초 로마 황제.

"물론 아니지요. 하지만 아버님은 황제세요. 그분이 최고급 그릇을 써야 할 필요가 있을까요?"

황제의 딸은 아버지의 포도주를 죄다 금 그릇으로 옮겼다. 그랬더니 당연히 포도주는 상하고 만다. 중요한 것은 그릇이 아니라 거기 담기는 것이다. 아니, 처음에 난 그렇게 생각했다.

오므리는 황제의 포도주가 금 그릇에 담기자 상한 것을 지적하면서, 그릇의 본질은 담긴 물질의 특성과 관계있다고 말했다. 더구나 이 구절에서 토라는 포도주가 다른 액체들처럼 그릇의 모양을 띤다는 점을 제시하는 듯했다. 나는 이런 맥락에서 나 자신을 생각하기 시작했다. 나 자신을 배운 지식 전부가 담기는 그릇으로 본 것이다. 내 본모습은 내가 가진 지식과 관계가 있다. 그릇이 거기 담긴 포도주의 모양을 결정하듯이. 내 지식의 모양을 결정하는 것은 나니까. 더구나 금 그릇이 포도주를 상하게 하듯, 나와 내가 배운 토라 사이에 화학 작용 같은 게 일어난다. 내가 공부하는 토라는 날 변화시키고, 내 통찰력은 공부 중인 토라를 변하게 한다.

오므리와 하는 공부 데이트는 새로운 관계에 눈뜨게 했다. 함께 공부하는 토라가 우리 모습을 띨 뿐 아니라 둘 사이의 공간을 채웠다. 그와 동시에 두 사람이 토라를 배워도 똑같은 걸 배우지 않는 것도 알게 되었다. 두 사람이 똑같은 토라를 배우는 것은 불가능했다. 배운 것을 내면화하는 순간, 지식은 그 사람의 모습을 띠기 시작하니까. 이런 의미에서 그릇과 거기 담기는 내용물은 본래 밀접한 관계가 있다.

물론 그릇에 해당하는 외모는 내 본모습이 아니라 보이는 모습이다. 예이츠*는 "여자로 태어나는 것은—학교에서 가르쳐주지 않아도—아름답기 위해 노력해야 한다는 것"이라고 주장했다. 고교 시절 수업에서 이 시를 처음 접했을 때, 학교에서 가르쳐주지 않는 것보다는 가르쳐주는 것에 매진하기로 결심했다. 나는 대학 시절 머리를 풀고 다니지 않았다. 드물게 머리끈이 끊어져 머리를 풀어야 할 때면 늘 예쁘다는 말을 들었는데도 묶고 다녔다. 아름다움이 의심스러워서만은 아니었다. 시선을 끄는 미모의 힘을 익히 알았지만, 필요할 때 꺼낼 수 있는 무기가 있으니 든든했다. 매일 머리를 풀면 아무도 언급하지 않을 터였다. 항상 평범해 보이다가 약간의 노력을 기울이면, 사람들이 알아보리라. 그러면 필요할 때 쉽게 예뻐 보일 수 있었다. 말하자면 초능력을 아껴두었다가, 악한에게 쫓기는 위태로운 순간에 꺼내서 불쑥 날아오르거나 모습을 숨기는 것과 같다.

오므리에게 초능력을 쓸 필요를 느끼지 않았다. 관계가 급격히 가까워진 초기에는 적어도 그랬다. 사귄 지 몇 달 지난 후 난 다프 요미를 해서 같이 공부하자고 권했다. 하지만 곧 실수였음을 깨달았다. 오므리는 작은 부분도 대충 못 넘기는 철두철미한

---

* 계관시인이 된 아일랜드 시인.

학생이어서, 난 진도를 나가자고 채근하느라 애썼다. 그는 탈무드의 모든 구절의 흐름과 논리 전개를 파악해야 했다. 그러나 다프 요미는 어느 정도 훑고 지나지 않으면 진도를 따라갈 수 없는 프로그램이었다. 오므리는 나의 빠른 속도가, 나는 오므리의 더딘 속도가 답답했다.

타아닛 편은 이상적인 공부 짝꿍에 대해 말하고, 혼자 토라를 공부하는 것은 불가능하다고 가르친다. 랍비 하마는 랍비 하니나를 기리며 말했다. 왜 "철이 철을 날카롭게 하는 것같이*"라는 구절이 있을까? 철이 철을 날카롭게 벼리듯, 두 학자는 서로의 가르침을 날카롭게 벼린다. 랍비 바 바 하나는 말했다. 왜 토라를 불에 비유하는가? 이런 구절이 있다. '여호와의 말씀이니라. 내 말이 불같지 아니하냐?**' 불이 스스로 점화되지 못하는 것처럼 토라 공부도 혼자서 하면 한계가 있다. 사랑에 빠질 때처럼 토라를 배우려면 불꽃이 튀어야 한다. 난 제짝을 만나면 '로맨틱한 화학 작용'뿐 아니라 '지식의 화학 작용'도 생길 거라고 믿었다. 하지만 마음과 머리가 제각기 움직이기도 해서, 각자 공부하기 시작한 후에도 우린 함께했다.

내가 연애에 열중한 것은, 오므리가 외로움을 막아준 이유도

---

* 잠언 27:17.

** 예레미아 23:29.

있었다. 타아닛 편에 이름이 나오는 '원 그리는 사람 호니*'가 떠올랐다. 호니가 원을 그리고 거기서 나오기를 거부하자, 결국 하나님은 건기인데도 비를 내려 나오게 한다. 호니는 타아닛 편의 같은 장에 실린 다른 이야기에도 등장한다. 그는 콩을 따 먹지 못할 줄 알면서도 구주콩나무를 심는다. 호니는 지나가는 사람에게 선조들처럼 후손을 위해 콩나무를 심는다고 설명한다. 그러다가 그는 7년간 깊은 잠에 빠진다. 깨어보니 그를 알아보거나 존중해주는 사람이 없다. 호니는 깊은 절망에 빠지고 신에게 죽게 해달라고 기도한다. 호니가 죽고, 사람은 사회적으로 고립되어 살 수 없다는 랍비의 주장으로 이야기는 끝난다. '함께하거나 죽거나 둘 중 하나다.' 오므리는 함께했고, 안 그랬으면 삶이 무척 적적했을 것이다.

내가 예루살렘을 많이 알게 된 것도 오므리 덕분이었다. 그는 이 도시를 탐험하는 것을 즐겼고, 심야에 나를 잘 모르는 지역과 골목들로 데려갔다. 오므리도 나처럼 비가 오나 해가 뜨나 어디든 걸어다녔다. 하지만 그가 늘 우산을 들고 다닌 반면 나는 성가셔서 그러지 않았다. 두 종류의 사람이 있고—우비를 입는 사람과 우산을 챙기는 사람—난 전자다. 우비를 입는 사람들은 우비로 최대한 몸을 가리고, 방수 외투가 비를 충분히 막아준다고

---

* 기적을 수행한 유대인.

기대하면서 비를 맞는다. 우산을 챙기는 사람들은 더 주도적이다. 이들은 머리 위로 우산을 써서 비가 내리지 않는 작은 공간을 만들어낸다.

랍비 하니나의 이야기가 생각났다. 그가 길을 나섰을 때 비가 내리기 시작했다. 하니나가 "우주의 주인이시여, 온 세상이 평화로운데 왜 하니나는 곤란한 겁니까?"라고 외친다. 그러자 비가 멎는다. 그는 집에 돌아와서 외친다. "우주의 주인이시여, 온 세상이 곤란한데 왜 하니나는 평화로운 겁니까?" 그러자 비가 내린다. 하니나와 달리 난 외진 마른자리를 만들 필요성을 못 느낀다. 비가 내 몸에, 물이 필요한 꽃과 나무에 내리는 게 좋다. 우비를 입고, 불편이 닥쳐도 받아내는 게 좋다.

일기 예보에서 갈릴리 바다의 수위를 보도하는 이스라엘이니만큼 비가 온다고 불평하면 안 된다. 그런 점이 비를 더 불편하게 느끼게 한다. 내가 비가 내린다고 투덜대면 오므리는 "비는 축복이야"라고 나무랐다. 그리고 타아닛 편에서 랍비들은 "비 내리는 날은 천지 창조일 만큼 근사하다"고 말한다. 나는 비의 낭만을 음미하려고 애썼다. 사무실 창으로 비를 보면서, 서랍에서 따뜻한 숄을 꺼내 두르고 아늑하게 앉아 있을 때면 더욱 그랬다. 지구온난화가 걱정인 때에 여전한 계절 변화에 감사해야 한다고 중얼댔다. 무지개가 뜨고 지는 걸 고마워해야 한다고. 햇살은 찬란한 탄생이며, 이 모든 영광이 지구에서 없어지지 않아 다행이라고. 비가 내릴 때마다 어디 있는지, 우비나 우산이 있건

없건 타아닛의 나훔 이쉬 감주처럼 반응하려고 연습했다. 그는 어떤 재앙이 닥쳐도 '이것 또한 최고를 위한 일이야'라는 믿음을 가진 현자였다.

미 동북부에서 성장한 나는 보통 사람들처럼 비를 당연시했다. 항상 물이 풍부했고, 강수량이 바다를 채우기에 충분한가가 아니라 내일 날씨가 화창할까를 걱정했다. 하지만 이스라엘은 건기와 우기가 뚜렷하다. 10월부터 3월까지 어느 날이든 비가 내릴 수 있지만, 이후 봄과 여름은 건기가 된다. 이따금 불시에 우기가 시작되기도 한다. 하늘이 평소보다 우중충하지도 않고, 일기예보도 며칠간 똑같아서 아무도 우산을 챙기지 않는다.

그런데 갑자기 하늘이 요동친다. 순식간에 도로에 물난리가 나고, 골목마다 흙탕물 웅덩이가 생긴다. 버스 운전수들은 와이퍼 단추가 어디 달렸는지 기억하려고 애쓴다. 보행자들은 식품점 차양 밑에서 비를 피하고, 학생들은 백팩을 뒤져 비닐을 꺼내 머리에 뒤집어쓴다. 모두 우기가 시작되는 순간에 어디 있었는지 기억한다. 이 비는 성경에 '요레*'라는 이름을 가진 특별한 이벤트다.

타아닛에서 랍비들은 '요레'라는 명칭을, 같은 어원을 가진 토라의 가르침과 연결 짓는다. 그들은 비 내리는 날이 토라를 받

---

* 가을의 이른 비.

은 날과 똑같이 근사하다고 말한다. 토라 공부는 가랑비처럼 우리를 씻기고, 물이 토양을 비옥하게 하듯 우리 영혼을 살찌운다. 타아닛을 공부할 때, 우연하게도 토라에서 노아의 방주 대목을 낭독한 안식일에 요레가 내렸다. 회당에서 방주와 홍수 이야기를 읊조릴 때, 갑자기 극적으로 하늘의 수문이 열렸다. 난 오므리와의 관계가 폭풍우를 견딜 만큼 굳건한지 아직도 재고 있었다. 그러다 하늘이 열리자, 같이 안으로 들어갈 짝이 있는 것에 감사했다.

* * *

마침내 오므리와 결별한 것은 2년이 지나서였다. 다프 요미로 보면 긴 기간이었다. 사귀는 사이 다프 요미의 진도는 모에드(절기) 나머지와 나심(여자) 전체로 나갔다. 손해에 대한 계율을 다룬 네지킨(손해) 편을 시작하면서 이별할 때임을 알아차렸다. 어느 비 오는 저녁, 우린 청과물 시장에서 장을 봤다. 늦은 시간이었고 둘 다 지치고 짜증스러웠다. 장보기 데이트를 하기에 적당한 때가 아니었던 것 같다. 나는 사과 노점상에 다가가서, 비닐봉지에 사과를 담기 시작했다. '사과나무 아래에서 내가 너를 깨웠노라'라는 아가서 구절에서 사과는 사랑의 시작을 상징한다. 하지만 지금 오므리는 그렇게 보지 않았다. 그는 나를 힐난했다.

"뭐하는 짓이야. 사과에 멍든 데가 있는지 하나하나 확인해야지."

그는 상점 주인이 싫어하는데도 내가 비닐봉지에 담은 사과를 다시 쏟더니, 꼼꼼하게 확인하면서 사과를 담기 시작했다. 어느 시점에서 오므리를 살피는 것은 이걸로 충분하다는 확신이 들었다. 그가 완벽하진 않아도—누구나 멍들고 다친 부분이 있으니까—둘이 삶을 꾸릴 수 있을 거라고 느꼈던 때도 있었다. 그런데 2년이 지난 후에도 오므리는 나를 그의 봉투에 담을지 말지 여전히 고심했다. 그래서 무거운 마음으로 헤어졌다. 다음 비가 내릴 때는 나 혼자였다. 하지만 나훔 이시 감주처럼 그것도 최고를 위한 일이라고 자신을 다독였다.

메길라(에스더서 두루마리)

누가 알까

메길라 편은 부림절과 에스더서에 관련된 주해서다. 에스더서는 계시 이후의 세상에서 신의 임재에 대한 확신을 보여주고, 이 성경은 현자들에게 특별한 의미를 주었다. 에스더서 두루마리에서 유대 민족을 악한 하만*의 손아귀에서 구출한 사건은, 순전히 인간의 손으로 이룬 것처럼 보인다. 두루마리에서 하나님이 언급되지 않는 것은 익히 아는 얘기다. 하지만 탈무드의 랍비들은 에스더라는 이름을—이 이야기의 여주인공—히브리어 '숨김'과 연결하고, 메길라의 세계를 '헤스터

---

* BC 5세기 페르시아 총리대신으로 유대인 학살 계획을 세웠으나, 유대인 왕비 에스더가 사전에 막음. 이 사건을 기념하는 축일이 부림절.

파님', 즉 신이 얼굴을 숨겼지만 모든 끈을 당기는 세계로 본다.

이 숨은 하나님은 내가 오래 고심해온 개념이다. 짧은 결혼 생활 중 특히 그랬다. 매일 아침 폴은 일어나면 집중해서 기도했다. 하나님의 임재를 믿고 교제를 확신하면서 입술을 달싹였다. 그의 하나님은 메길라의 하나님—숨은 하나님—이 아니라, 아브라함과 이삭과 야곱에게 나타난 하나님이었다. 타는 가시덤불 사이로 모세에게 말하는 하나님, 여호수아를 위해 하늘에서 태양을 막고 백주대낮에 기적을 행하는 하나님이었다.

나는 폴 옆에 서서 기도서를 펼치고 절망하곤 했다. 거의 매일 기도해도 아무 일도 일어나지 않았다. 의무감에서 기계적으로 기도했지만, 그런 순간에 하나님과 연결되는 느낌이 없었다. 폴과 달리 내가 하나님을 아는 것은 주로 사람들이 드리우는 그림자 속에서였다.

타인에게 손을 내미는 누군가를 보면서, 모르던 능력을 발휘하는 친구를 지켜보면서, 신의 빛이 인간의 존재를 비춘다고 상상했다. 폴은 사람들이 태양을 올려다보는 식으로 신을 바라봤고, 그 빛을 못 보는 사람을 맹인으로 치부했다. 그에 반해 난 숲을 지나는 여행자가 나무들 사이로 달을 찾는 식으로 신을 찾았다. 때로 달이 숨었지만 어떤 날은 희미한 초승달이, 또 다른 날은 달무리에 싸인 보름달이 보였다. 하지만 모든 달빛은 그림자 놀음일 뿐이었다.

라브 이자크 후트너는 부림절과 유월절에 대한 글에서 하나님을 아는 방식들을 언급한다. 그는 유월절에 대해, 우린 하나님이 애굽에 손을 뻗어 행하는 명백한 기적을 통해 그를 알게 된다고 말한다. 우린 이것이 '하나님의 손길'이라는 점을 거듭 되새긴다. 라브 후트너는 어둠 속에서 비틀대면서 앞의 얼굴을 알아보려고 애쓰는 사람에 비유한다. 유월절은 앞을 보려고 손전등을 비추는 사람과 비슷하다. 전등을 위로 들면 곧 앞이 똑똑히 보인다.

하지만 부림절은 손전등이 없으므로 명확하지 않은 단서를 동원해야 되는 사람과 비슷하다고 라브 후트너는 설명한다. 이날 밤 여행자는 육감에 의지해서 앞에 있는 것을 알아내야 한다. 마찬가지로 부림절 이야기에서 신의 임재는 간접적으로만 감지된다. 부림절의 기적은 신의 간섭이 아니다. 무서운 전염병이 퍼지지도, 극적으로 바다가 갈라지지도 않는다. 부림절 이야기에 하나님은 숨겨진 영광이 만든 그림자 사이로 쳐다봐야만 찾을 수 있다. 우린 신의 부재 속에서 그의 임재를 직감한다. 그러려면 믿음뿐 아니라 『한여름 밤의 꿈』과 같은 상상력이 필요하다.

상상력이 미지의 형체들을
실체로 만들듯, 시인의 펜은
그것들에 형태를 주고
무형물에게 살 자리와 이름을 준다오.
강력한 상상력은 그런 속임수를 지니기에,
어떤 기쁨을 감지만 하여도

그 기쁨을 가져오는 것을 알아차리지요.

혹은 밤에 어떤 두려움을 상상하면,

덤불이 얼마나 쉽게 곰이 되어버리는지요!

– 『한여름 밤의 꿈』(5막 1장)

부림절 양식으로 신을 알려면 그림자에 형상을 부여해야 한다. 하지만 유월절 양식으로 신을 알려면 완전한 흑백 세상에서 살아야 한다. 거기서는 모든 것에 이유가 있고 모든 것은 더 거대한 신의 섭리의 일부다. 어느 밤 폴과 내가 저녁 식탁에 앉아 있을 때, 구급차 사이렌 소리가 들렸다. 폴이 조용히 입술을 달싹여 기도했다. 내가 "무슨 말을 하고 있어?"라고 물었다.

"저 구급차에 탄 사람이 별일 없게 해달라고 하나님께 간구하고 있어."

그는 하나님과 직통 전화로 통화라도 할 수 있는 것처럼 대답했다. 또 한번은 내가 말을 걸려 하자, 폴은 하나님과 대화 중이니 기다리라고 했다. '와, 신앙심 한번 끝내준다'라는 생각이 들었다. 늘 하나님이 환한 빛 속에서 기다리시니 말이지.

가끔 기도하기 힘들 때면 대신 소설을 읽었다. 아름다운 문장을 만나거나 빛나는 아이디어에 영감을 받으면, 기도하면서 바라지만 얻지 못하는 감동을 경험했다. 문학 작품에서 영적으로 감화받은 것은 탈무드의 랍비들도 마찬가지였다. 그들은 '아미다'—유대 의례의 중심 기도인 '서서하는 기도'—에서 일련의 성경 구절로 축성했다. 메길라 편에서 랍비들은 아미다에 어떤 기도들이 포함되는 이유를 묻고—왜 장로들이 언급되는가? 왜 하나님의 능력이 언급되는가?—각 질문의 대답은 성경에 기초한다. 문학적인 서술이 기도의 원천이라면, 때로 기도 대신 독서도 괜찮다고 난 합리화했다.

하지만 이런 생각을 폴은 용납하지 않았다. 어느 저녁 그가 저녁 기도를 할 준비가 되었느냐고 묻기에 나는 "하나님께 기도하기보다 『돈키호테』의 이 챕터를 마저 읽고 싶은데. 마리브*를 건너뛸 테야"라고 대답했다. 그는 눈에 보이게 동요했다. 난 "왜 그러는 거야?"라고 물었다. 그가 대답했다.

"난 하나님에게 기도하는 것보다 『돈키호테』를 읽는 게 더 중요한 사람과 함께할 수 없어."

지금 내가 아는 것을 당시에는 말할 용기가 없어서 아쉽다. 내게 하나님은 『돈키호테』 속에서도 찾을 수 있는 분이라고. 돈키호테의 치밀한 통찰은 세상이 우리가 어느 순간 느끼는 것보다 더 대단하다는 걸 알려준다고. 내 하나님은 '헤스터 파님'이지만 '아시는' 하나님이고 실재하는 하나님이라고. 어쩌면 결혼이 파탄에 이르리라는 걸 본능적으로 안 것이 부림절인 것도 그럴 법했다. 또 유월절 전야에 내가 반쯤 씩은 사과를 들고 부엌에 서

---

* 유대교의 저녁 예배.

있을 때, 폴이 결혼 생활을 지속하기 어렵다는 의사를 비친 것도 그럴 법했다. 폴에게 그것은 이혼을 의미할 터였다. 반면 나는 한동안 그림자 속에서 그의 존재를 느꼈다.

* * *

결별을 극복하기 위해, 기억이 밀려들어도 잊으려 애썼다. 이 기억과 망각의 갈등이 부림절 전 안식일의 중심 주제다. 이날은 '샤바트 자코르'—기억의 안식일—라고 한다. 메길라 편은 아다르[*]의 네 번의 안식일에 토라의 특정 부분을 읽어야 한다고 말한다. 네 번 중 두 번째인 '기억의 안식일'에 읽는 구절은, 모세가 설명하는 애굽 탈출 직후 아말렉 족속이 이스라엘을 무참히 공격하는 부분이다. 하만은 악한 아말렉의 후손이었다.

'너희는 애굽에서 나오는 길에 아말렉이 네게 행한 일을 기억하라. 그들은 너를 길에서 만나, 네가 피곤할 때에 네 뒤에 약한 자들을 쳤고 하나님을 두려워하지 아니하였느니라. 그러므로 네 하나님 여호와께서 사방에 있는 모든 적군으로부터 네게 안식을 주실 때에 너는 천하에서 아말렉에 대한 기억을 지워버려라. 너는 잊지 말지니라[**].'

---

* 유대력 12월.

** 신명기 25:17-19.

이것은 모순되는 두 가지 지침이 담긴 명령 같다. 먼저 토라는 '기억하라'와 '잊지 말지니라'라고 명령한다. 다른 한편 토라는 '아말렉에 대한 기억을 지워버리라'라고 명령하고, 이것은 아말렉을 머릿속의 흔적으로도 남기지 말고 완전히 잊어야 한다는 뜻이다. 두 번째 명령을 제대로 이행하면, 첫 번째 명령은 말이 되지 않는다. 어떻게 이미 지워버린 것을 기억할 수 있을까? 난 탈무드가 아니라, 에드나 세인트 빈센트 밀레이*의 시에서 답을 찾았다.

내게는 가보기 두려운 곳이 100군데나 있지
그의 기억이 넘쳐나는 장소들!
그래서 그의 발이 닿거나 얼굴이 빛난 적 없는 조용한 곳에
안도하며 들어서면 나는 말하네.
"이곳에는 그의 기억이 없네!"
그리고 경악해서 서 있지, 그가 너무도 기억나서!

시인은 연인을 잊으려 애쓰면서, 그와 관련된 기억의 흔적이 없는 곳을 찾는다. 그가 하늘 아래서 완전히 지워진 장소를. 마침내 그런 곳을 발견하면, 그녀의 본능은 그곳에 '그의 기억이

---

* 미국 시인, 극작가.

없네!'라고 지적한다. 그렇게 그의 흔적이 없는 것이 오히려 기억의 봇물을 터뜨리고 만다.

부림절이 안식일과 겹치는 경우, '파크샷 자코르*'는 먼저 기억이 없어지지 않도록, 그 전 주에 읽어야 한다고 탈무드는 가르친다. 먼저 아말렉을 기억해야 부림절을 축하하면서 하만의 이름을 딱딱이 소리로 지울 수 있다는 뜻이다. 또 부림절에 메길라에 하만의 이름이 나오면, 악인의 이름이 들리지 않게 하려고 소란을 떨면 안 된다. 랍비들이 이렇게 명령한 결과, 아말렉과 하만은 유대인의 집단 기억 속에서 지워지지 않고 경험의 그림자 속에 늘 숨어 있다. 이혼 직후의 행복은 없을 것 같았던 고통스런 몇 달이 생각난다. 그때는 그게 정답 같았지만 내 예상은 빗나갔다. 결국 행복이 내게 다가왔다.

* * *

메길라 편으로 넘어가는 타아닛의 마지막에 "아다르 월이 시작되면 행복이 커진다"고 탈무드는 말한다. 아다르에 유대 민족을 기적적으로 구한 축일이 있으므로, 우린 그달이 시작되는 순간부터 행복해야 한다. 처음 이스라엘로 이주했을 때, 다들 이

---

* 아말렉의 악행을 기억하기 위해 기억의 안식일에 읽는 토라 구절.

명령을 엄중하게 지켜서 놀랐다. 부림절 전달에 예루살렘의 모든 상점 입구는 분장용 의상이(왕, 왕비, 해적, 카우보이, 요정, 나비 등) 내걸린다. 또 '투비슈밧*'에 대비해 말린 과일을 파는 노점들에 사탕과 젤리 코너가 생긴다. 이런 과자들은 명절에 이웃과 친구에게 돌리는 식품 꾸러미에 들어간다. '아다르 월이 시작되면 행복이 커진다'는 구절이 온 도시의 상점들에서 반복해서 울려 퍼진다. 미국에서 12월이면 어디서나 '징글벨'을 듣는 것과 같다. 부림절이 든 달이 되면, 요구라도 받듯이 행복해져야 한다. 하지만 그게 정말 가능할까?

이 질문은 학계와 출판계에서 행복 심리학이라는 분야를 탄생시켰다. 최근 몇 년 사이 '무엇이 우리를 행복하게 하는가**' '정치적인 영역에서 긍정적인 심리의 의미***' '여성의 행복은 남성의 행복과 다른가****'와 같은 주제를 다룬 책들이 물결처럼 등장했다. 길버트, 보크, 고어는 행복은 심리 작용을 잘 이해한다면 어렵지만 얻을 수 있다고 단언한다. 이런 기조에 맞선 반대 견해가 출현했다. 이들은 행복 추구가 결국 좋은 일이냐는 질문을 던진다*****. 요즘은 행복이 격정적이지만, 아다르 월에는 그런 것만은

---

* 4개의 신년 중 농사를 위한 신년.

** 대니얼 길버트의 『행복 발견』.

*** 데렉 보크의 『행복의 정치학』.

**** 에리얼 고어의 『블루버드』.

***** 바바라 에런라이크의 『밝은 면』, 에릭 윌슨 『행복에 반하여』.

아니다.

몇몇 책들은, 행복의 열쇠는 고마움을 아는 것이라고 주장한다. 이스라엘의 행복 전도사 탈 벤 샤하르는, 매일 밤 자기 전에 감사한 일 다섯 가지를 기록해보라고 권한다. 나는 매일은 아니라도 최소한 일 년에 한 번은 그러려고 애쓴다. 매년 부림절이 되면 예전 부림절이 떠오르고, 내 인생의 두루마리를 펼쳐서 회고할 때마다 기뻐할 일이 있다. 다프 요미에서 메길라를 배웠을 때 어느 정도는 감사했다.

나와 부부로 살기 싫은 사람이 이제 곁에 없어서 고마웠고 다시 데이트를 시작한 것도 고마웠다. 또 하나님과 관계가 계속 발전하는 것도 감사했다. 둘이 영원히 숨바꼭질 중이고 하나님이 그늘 속에 숨은 것 같긴 해도 고마웠다. 내가 행복하다는 확신은 없어도 행복의 가능성은 전보다 또렷했다.

* * *

매년 부림절 이야기의 해피 엔딩을 놀라워해야 한다. 메길라 편에서 랍비들은 에스더서를 읽을 때 역순으로 읽으면 안 된다는 계율이 있다고 가르친다. 에스더서의 끝에서 두 번째 장에 나오듯 '슬픔이 변하여 기쁨이 되고, 애통이 변하여 길한 날*'이 되는 방향으로 이야기가 전개된다. 물론 매년 부림절에 메길라를 읽으니까 우린 이미 결말을 안다-유대 민족을 말살하려는 하만의 음모를 아름다운 에스더 왕후가 저지하고, 하만은 처형된다. 결과를 알지만 매년 메갈리아를 순서대로 읽어야 한다. 이미 벌어진 사건을 읽으려고 되돌아가도 안 되고, 아직 일어나지 않은 일을 예상하려고 건너뛰어도 안 된다. 하지만 난 인생에서 늘 뒤로 갔다 앞으로 갔다 한다.

다프 요미에서 메길라 편을 배울 때, 6년 후 부림절 저녁에 내가 쌍둥이 임신 9개월째일 줄은 상상도 못 했다. 때마침 침대에 앉아 평소 좋아하는 구절을 읽고 있었다. 모르드개가 사촌인 에스더에게 페르시아 왕 아하수에로를 찾아가 유대인을 구명하라고 지시하는 대목이었다. 에스더는 이미 페르시아의 왕후가 되었지만, 왕은 그녀가 유대인인 줄 모른다. 모르드개는 에스더에게, 왕이 부르지 않았더라도 목숨을 걸고 왕 앞에 나아가야 한다고 말한다. 왜냐면 '네가 왕후의 자리를 얻은 것이 이때를 위함이 아닌지 누가 알겠느냐**?' 에스더가 애당초 왕후가 된 것은 동포를 구할 운명이기 때문이라는 뜻이다.

모르드개는 에스더에게 "누가 알겠느냐"라고 말하면서, 시간

---

* 에스더 9:22.

** 에스더 5:14.

이 지나 돌아보는 것과 내다보는 것, 전반에 대해 묻는다. 인생의 특정한 순간이 우리가 창조된 이유인지 '누가 알겠느냐'는 의미다. 첫 결혼은 날 이스라엘에서 인생의 동반자를 만나게 하려는 신의 계획이었을까? 아니면 언젠가 각각의 운명을 가질 아이들을 낳게 하려고 재혼하게 했을까? 누가 알까? 모르드개가 던진 질문의 핵심은, 모든 순간이 더 큰—더 무한한—의미가 있다는 말이 아니라, 어떤 순간이 그런지 알 수 없다는 것이다.

메길라에는 에스더가 민족에게 뜨거운 기도로 함께 해달라고 하는 대목이 나온다. 그녀가 목숨을 걸고 아하수에로 왕에게 나아갈 때 매사 순조롭게 풀리도록 기도해달라고 했다. 메길라 편의 첫 챕터에서 현자들은, 유대인을 멸망하고 학살하라는 왕의 칙령을 듣고 에스더가 보인 반응에 대해 논한다. '바-티탈할(동요하게 되다)'이 뭘까? 라브는 그녀가 생리 중이라고 말한다. 랍비 이르미야는 '그녀는 유산을 겪었다'고 말한다. 라시는 그녀의 몸속 구멍들이 녹았다고 설명한다. 이 모든 해석은 구멍과 여성의 상징이라는 히브리어 '바-티탈할^Va-tithalhal'과 '하랄^Halal'의 어원이 유사한 데서 비롯된다. 여성을 뜻하는 히브리어 '네케바슴스^Nekevasms'는 '구멍'을 의미한다.

탈무드에서 무척 성적인 특징을 보이는 에스더는 그렇게 불릴 만도 하다. 그녀는 모르드개와 아하수에로, 두 남자와 동침하고 한 사람의 무릎에서 일어나고 다른 사람의 무릎에 앉는다. 하지만 성적인 면이 있다 해도 탈무드의 에스더는 죄가 없다. 현자들은 그녀가 아하수에로와 동침할 때는 '땅바닥'과 비슷했기 때문에 쾌락을 얻지 않았다고 말한다. 그도 그럴 것이 그녀는 왕이 행위를 할 때 그의 몸 밑에 꼼짝 않고 누워 있었다. 하지만 왕이 유대 민족을 파멸할 계획이라는 말을 들었다. 에스더가 이제 수동적으로 굴면 안 된다는 걸 깨닫자 온몸의 구멍들이 녹았다. 에스더는 유대 민족의 운명을 자궁 속에 갖고 있다가 출산한다고 느꼈을까.

부림절 이전 몇 주간 난 실제로 임신 중이었다. 배가 불러 발끝이 보이지 않았고, 며칠 후와 몇 주 후 무슨 일이 생길지 알 수 없었다. 출산 예정일이 부림일이니 그날 출산하려나? 순산하고 아기들은 건강할까? 쌍둥이의 엄마가 되면 어떤 기분일까? 알 수 없었다. 처음 메길라를 배울 때, 재혼해서 새 인생을 살고 새 생명들을 세상에 내놓게 될 줄 몰랐듯이. 미래를 예상할 수 없다는 걸 알고 기도하기로 했다. 내 인생 이야기를 되짚어 읽을 때 이 챕터가 해피 엔딩이 되기를.

모에드 카탄(소절기)

트랩도어의 시절

메길라가 행복의 주해서라면, 모에드 카탄*은 반대 감정을 드러낸다. 애도 관련 규례를 다루는 세 번째와 네 번째 챕터에 이르면 더욱 그렇다. 나는 이 주해서에 나타나는 개념들과 감성에서 묘한 동질감을 느꼈다. 유족이 아니라—그런 경험은 없었다—인생의 여러 시점에 어두운 감정을 겪은 사람으로서.

내 우울증에 대해 고개를 숙이고 머뭇대면서 쓴다. 난 어두운 감정을 낭만적으로 보는 경향이 짙다. 즉 그런 감정을 창의적이

* 소절기. 유월절 이후에서 장막절 사이의 규례를 다룸.

고 예술적인 영혼의 상징으로 본다. 혹은 더 깊이 느끼는 능력을 보인다고 믿는다. 하지만 정신 질환의 장점이 있다 해도, 난 우울한 성향에 대처하는 방법을 터득하지는 못했다. 운이 좋아서 지지해주는 가족과 사회관계망이 있어서 혼자 악마와 싸우지 않아도 됐다.

모에드 카탄 편에서 탈무드는, 누구든 사악한 성향에 사로잡히면 "검은 옷을 걸치고 검게 몸을 감싸고, 아는 사람이 없는 곳으로 가야 한다"고 말한다. 랍비들이 말하는 것은 죄의 유혹을 느껴 배출구가 간절히 필요한 사람들이다. 하지만 우울의 나락에 빠지고 싶은 것 역시 유혹이기에, 난 검은 옷을 입고 검게 몸을 감싸고 아는 사람이 없는 곳에 가고 싶은 충동을 느낀다. 문제는 어디를 가든 거기 내가 있다는 것이다. 아는 사람이 없는 어두운 곳에서도, 여전히 나 자신에게 사로잡혀 있기에 혼자인 것은 어두운 감정을 악화시키기만 한다.

이런 글을 쓰자니 결혼이 파탄난 시절로 되돌아간다. 그해 처음으로 성구함을 부착하려 했다. 그것은 소절기 편에 놀랍도록 자주 등장하는 물건이다. 성구함은 작은 가죽 상자로, 성경 구절을 새긴 양피지 두루마리가 담겨 있다. 미니어처 토라 두루마리인데, 이마와 팔에 차면 토라가 몸이 되어 가르침을 계속 의식하게 된다. 탈무드의 현자들은 성구함을 차는 규례를 무척 진지하게 받아들였다. 소절기 편에서 라브 후나는 성구함 끈 하나가 뒤집힌 것을 알고 40일간 회개하며 단식한다. 요즘은 아침 기도 중에만 성구함을 차지만, 탈무드 시대에는—이후 대대로—기도와 무관하게 종일 몸에 달고 다녔다. 예를 들어 탈무드에는 한 남자가 성구함을 풀어놓고 욕실에 갔다 나오니 타조가 쪼고 있더라는 이야기가 나온다!

성구함을 차라는 규례가 처음 나타나는 것은 출애굽기다. '이것으로 네 손의 기호와 네 미간의 표를 삼고, 여호와의 율법이 네 입에 있게 하라. 이는 여호와께서 강한 손으로 너를 애굽에서 인도하여 내셨음이니*' 성구함은 머리의 의도와 팔의 활동을 직접 연결하는 구실을 하고, 머리와 팔은 토라와의 인도를 받아야 한다. 랍비들은 여자들이 토라 공부를 면제받으므로 성구함을 매는 것도 면제된다고 명시한다. 하지만 평등한 현대 세상에서 나 같은 여성들은 남자들과 나란히 토라를 배운다. 난 성구함을 매는 규례를 지키지 않을 이유를 찾아보려 애썼다. 그러다가 매일 아침 폴이 성구함을 매는 것을 보면서 나도 그러기로 작정했다.

성구함을 손에 찰 때는 호세아 구절을 읽는 게 관례다. 유대 결혼식에서 낭독되는 구절이기도 하다.

"내가 네게 장가들어 영원히 살되, 공의와 정의와 은총과 긍휼히 여김으로 네게 장가들며. 진실함으로 네게 장가들리니 네가 여호와를 알리라."

---

* 출애굽기 13:9.

아이러니하게도 팔에 성구함을 두르는 날이 늘어날수록 우리 결혼은 점점 망가졌다. 매일 아침 폴과 나는 정원이 보이는 1층 아파트 부엌에 나란히 서서 기도했다. 하지만 우린 상대보다 신과 더 오래 대화하는 것 같았다. 아이들이 평행 놀이처럼, 혼자 하는 놀이를 하듯, 우리도 평행 놀이를 했다. 좀 희망적인 날이면 난 프랭크 바이다트의 시구절을 떠올렸다. '내가 아는 사랑은 두 사람이 상대의 눈을 들여다보는 게 아니라, 두 사람이 같은 방향을 보는 사랑이다.' 하지만 둘의 기도가 같은 방향을 향하는지 알 수 없었다.

우린 한여름에 결혼했지만, 겨울 즈음 이미 냉기가 감돌았다. 이제 은총과 긍휼히 여김으로 살지 않는다는 걸 실감하자 난 어두운 구석으로 내몰렸다. 거기서 기도하는 것은 퍽 어려웠다. 나는 『리어왕』을 인용해 "우리가 최악이라고 말할 수 있는 한 그것은 최악이 아니야"라고 중얼댔지만, 상황은 훨씬 악화되었다. 이 구절을 유대식으로 말하면 "내가 깊은 곳에서 주께 부르짖었나이다*"일 것이다. 왜냐면 밑바닥은, 최악의 상태는 영혼을 움직여 기도하게 하니까. 그러니 밑바닥도 밑바닥이 아니다. 하지만 난 여전히 가라앉았고, 얼마 안 되어 성구함을 두를 수가 없음을 깨달았다.

---

* 시편 130:1.

소절기 편에서 랍비들은 성구함과 슬픔의 관련성을 언급한다. 이들은 에스겔서 구절에 근거해 애도하는 자의 성구함 착용을 금한다. 에스겔서에서 하나님은 선지자 에스겔에게 아내를 데려갈 것이나 애도하면 안 된다고 말한다. 에스겔은 첫 번째 성전 파괴 직전인 기원전 6세기 초에 살았다. 그는 유대 민족에게 교훈을 주는 역할을 한다. 하나님이 곧 성전을 파괴할 테지만, 유대인은 신에게 순종하는 의무를 저버렸기에 슬픔이 용납되지 않았다. 하나님은 에스겔에게 '광영을 입으라'라고 하는데 랍비들은 이 광영을 장식품으로 보는 성구함을 가리킨다고 봤다. 에스겔은 아내를 잃었지만 초상 풍습을 지키지 않는 증표로 성구함을 착용해야 했다. 따라서 랍비들은 일반적으로 애도하는 사람은 성구함을 착용하면 안 된다고 결론짓는다.

성구함 착용을 시도할 때에는 이 규례를 몰랐지만, 성구함과 우울감이 어울리지 않는 것은 본능적으로 알았다. '트랩도어 데이'—바닥 밑으로 뚝 떨어져 삶에서 달아나고 싶은 날—라고 부르게 된 날이 많았다. 우울증은 흔히 그렇듯 아침이 최악이었다. 폴 옆에서 깨면 모르는 사람과 잔 것 같았다. 어떤 날은 기분이 가라앉아서 샤워도 할 수 없었고, 전날 의자에 걸쳐놓은 옷을 그대로 입고 액세서리도 하지 않았다. 성가셔서 귀걸이도 못 다는데 어떻게 성구함이 상징하는 광영으로 꾸밀 수 있을까? 샤워한 날도 머리가 마를 때까지는 성구함을 부착할 수가 없었다. 감정적인 이유에다 이런 현실적인 이유까지 더해졌다. 매일 성구함을 부착하지 못한다는 게 확실해지자 이 규례를 완전히 포기했다. 그 후 성구함을 달지 않았다. 회상하면 마음 아팠던 시기가 떠올랐기 때문이다. 성구함은 신과 이스라엘 사이의 해방과 언약을 연상시킨다. 하지만 내 경우, 돌아가고 싶지 않은 시절의 기억들을 불러오는 물건에 지나지 않는다. 장식보다는 이맛살을 찌푸리게 하는 기억들을.

* * *

'트랩도어 데이'의 개념을 처음 떠올린 것은 하버드대를 졸업한 해였다. 아이로니컬하게도 공부 인생에서는 정점인 시기였다. 최고 우등상을 받고 하버드대를 졸업하고 영국 케임브리지대에서 1년간 장학금을 받았다. 모세 마이모니데스[*]의 명언 '모세에서 모세로, 모세 같은 사람은 없다[**]'처럼, 내 경우도 '케임브리지에서 케임브리지로, 케임브리지 같은 곳은 없다[***]'였다. 하지만 내게 영국의 케임브리지는 미국의 하버드와 전혀 다른 경험이었다. 하버드대에서 난 따뜻하고 활기찬 유대 공동체의 일원이었다. 거기서 나는 보수적인 기도 모임을 조직했고, 한가할 때

---

* 중세 유대주의의 대표 사상가.

** 같은 모세지만 자신이 구약 속 모세와 비교되지 않는다는 의미.

*** 하버드대는 미국 케임브리지 시에, 케임브리지대는 영국 케임브리지 시에 소재.

는 정신사, 문학, 신경 과학, 종교 사상 등 관심 있는 대형 강의를 청강했다. 미국은 아찔할 정도로 역동적인 세상이었다. 그래서 나는 매일 아침마다 매 순간을 최대한 활용하자고 다짐했다. 하지만 영국의 케임브리지는 날씨가 우중충한데다 저녁 식사 두 시간 전에 해가 졌다. 미국에 비해 영국이라는 세상은 날 점점 조이는 것 같았다.

난 존 하버드 펠로십*의 수혜자로 케임브리지에 갔고, 덕분에 상당한 생활비를 받고 존 하버드**가 썼다고 알려진 방에서 살았다. 존 하버드는 매사추세츠 베이 콜로니에 있는 새 학교에 재산의 절반과 320권의 학술 서적을 기증했다. 그는 1630년대에 케임브리지 대학 에마뉘엘 칼리지에 재학했고, 그의 방은 17세기 이후 그리 변하지 않은 듯했다. 큰 중앙 거실은 벽에 나무 패널을 댔고, 천장이 낮은 동굴 같았다. 벽난로 선반에 배드민턴 라켓, 노, 럭비공이 있고, 막아놓은 벽난로 위쪽에는 '진리Harvard Veritas' 방패와 에마뉘엘 칼리지의 문장이 붙어 있었다. 현관문이 평균 신장이 작았던 시절에 만들어져 고개를 숙이고 드나들어야 했다. 문의 상인방 돌에는 '머리 조심'이라는 철제 안내판이 붙어 있었다.

소절기 편에 라브 후나의 임종 이야기가 나온다. 현자들은 그

---

* 동료의식, 단체의 뜻이 있지만 여기서는 장학금.

** 하버드대학 창립자.

의 집 문 밖으로 침상을 내올 수가 없었다. 그러면 어떻게 시신을 장지로 운반할 수 있을까? 한 랍비가 지붕에 구멍을 내서 끌어올리자고 제안하지만, 군자는 문으로만 드나들어야 하기 때문에 그럴 순 없다. 결국 그들은 라브 후나를 밖으로 옮기기 위해 현관문을 부순다. 나는 드나드는 낮은 문간을 의심스런 눈으로 쳐다보았다. 장학금을 받은 것은 큰 영예지만, 내 침대가 문을 통과하지 못할 거라는 엉뚱한 생각을 했다.

존 하버드의 '방들'은 바닥이 비스듬하고(마루가 삐걱대고 울퉁불퉁했다), 큰 옷장이 있었다. 옷장 안쪽에 옷 거는 가로대가(가로 폭이 아니라) 뒤에서 앞쪽으로 달려서 맨 앞에 걸린 옷만 보였다. 나는 옷장을 「사자, 마녀, 옷장」의 '옷장*'이라고 불렀다. 그러면서 『나니아 연대기』에서처럼 옷장 안으로 빨려 들어가서, 세상 절반을 돌아 미국으로 나가는 상상을 했다. 또 예전의 '식기실'이나 하인 숙소였던 서재에 대형 마호가니 책상이 있었지만, 내 시시한 공부를 하기엔 책상이 너무 위압적이어서 주로 침대에 앉아 노트북으로 작업했다.

나에게 하버드 룸은 거기 없는 것, 즉 욕실이 가장 인상적이었다. 가장 가까운 화장실은 안뜰을 지나 오른쪽에, 가장 가까운 샤워실은 안뜰을 지나 왼쪽에 있었다. 밤에는 신발을 신은 채로

---

* 『나니아 연대기』 시리즈 중 「사자와 마녀와 옷장」에 빗대어서.

잤다. 화장실에 가려고 깼을 때 어둠 속에서 신발을 찾느라 더듬대고 싶지 않아서였다. 앞서 그 방에서 산 하버드 장학생들이—내가 아는 한 모두 남자—창밖으로 소변을 보곤 했다고 들었다. 칼리지의 명물인 오리 연못을 겨냥했다나. 나는 밤에 가끔 오리의 꽥꽥 소리에 깼고, 어둠 속에서 화장실에 갈 때면 오리들을 짜증스럽게 노려보곤 했다.

존 하버드 펠로십 수혜자들은 꿈을 이룬 셈이다. 그런 내가 감사할 줄도 모르는 사람이란 소리를 듣고 싶진 않다. 나는 1년간 조건 없이 계획에 묶이지 않은 채 지냈다. 방문자들을 정중히 받아들이고, 지적인 탐구 기회를 누리는 것 외에 펠로십 수혜자로서 달리 요구되는 일은 없었다. 난 공식적으로 영문과에 등록해, 19세기 초 문학 석사과정을 이수했다. 그래서 워즈워스*가 어학교육을 받은 그 캠퍼스에서 워즈워스를 연구했다. 이보다 스릴 있는 일이 있을까? 하지만 오리 연못 옆 잔디밭에 앉아 워즈워스의 자서전 「서문」을 읽노라면, 모든 게 워즈워스의 무거운 어조와 일맥상통한다고 느꼈다.

난 내적으로 학문적인 부담에서,
용감한 행위와 보답의 모든 희망에서
놓여났다

---

* 「무지개」 등의 주요 작품을 발표한 영국 낭만파 시인.

그리고 문자들로 된 집에서
하숙생이, 그 이상이 되고 싶었다.
사적인 근심만 아니었다면 그렇게 됐으련만
그러나 도리 없이 근심이 내게 감돈다. 부단히

학위를 받거나 좋은 시험 성적을 받아야 한다는 학문적인 부담에서 자유로웠다. 나 역시 문자들로 지은 집의 하숙생이 되고 싶었고 그럴 수도 있었을 것이다. 하지만 사적인 고민이 발목을 붙잡았다.

영국 케임브리지에서 내가 체계 없이 지내는 타입이 아님을 깨달았다. 아침에 일어나면 꼭 가야하는 곳도, 꼭 해야 할 일도 없었다. 읽고 싶은 책은 많았다. 영국 낭만주의 고전 작품들 중에서도 콜리지*의 지적인 전기를 통독하기로 결정했다. 하지만 아무도 점검하거나 같이 읽지 않았고, 다프 요미 공동체의 지원도 받지 못했다. 그해에 다프 요미를 공부했다면 고립감이 덜 했으련만. 그랬다면 같은 페이지를 공부하는 사람들과 유대감을 느낄 수 있었을 텐데. 하지만 나는 혼자 떨어져서 공부하는 상황이었다. 매주 한 차례 워즈워스와 콜리지 전공 교수와 만났고, 그는 흔들의자에 앉아 앞뒤로 흔들면서 날카로운 눈길로 날 주

---

* 새뮤얼 테일러 콜리지. 영국 시인, 비평가.

시했다. 그는 내가 대화의 방향을 잡기를 기다리는 심리 치료사 같았고, 난 매주 영특한 질문을 던지려고 안간힘을 썼다. 그러다가 추운 겨울 오후, 난 어두컴컴한 존 하버드 룸으로 돌아가서 졸릴 때까지 책을 읽었다.

케임브리지에서 보낸 시기는 지독히 외로웠다. 탈무드는 이렇게 가르친다. 애도하는 사람은 타인과 인사하거나 그의 안부를 물으면 안 된다고. 난 혼자 살았고, 낯익은 얼굴을 전혀 못 보는 날도 많아서 인사를 하고 말 것도 없었다. 사교는 '레드 라이언'이나 '퀸스 암스' 같은 이름의 선술집에서 이루어지는 듯했다. 난 음주를 즐기지 않는데다 술집에서 사교하는 게 달갑지 않았다. 검은 옷에서—검은색만 '쿨'한 것 같아서—담배 냄새를 풍기고 집에 돌아오는 것도 마땅치 않았다.

1학기가 시작되고 몇 주 후, 셰익스피어 낭독 그룹을 찾아냈다. 매주 금요일 밤에 모여 셰익스피어 희곡을 낭독하는 모임이었다. 안식일 만찬 대신 셰익스피어 작품을 낭독했다. 또 검은 옷을 입고 검은색으로 몸을 휘감을 방법이기도 했다. 즉 몇 시간 동안 내 몸을 벗어던지고 다른 사람이 될 수 있었다. 다행히 모임은 술집이 아닌 빈 강의실에서 열렸다. 와인을 마셔대긴 했지만.

또 도서관에서 오랜 시간을 보냈다. 최면술, 골상학, 오늘날은 엉터리 과학으로 치부할 아이디어에 대한 콜리지의 견해를 읽었다. 이것은 학부 때 공부의 연속이기도 했다. 워즈워스와 콜리지가 시를 매개로 당대 과학 개념들에 관해 대화하게 된 경위가 흥미로웠다. 또 이후에 밝혀졌지만 이런 개념들이 어떻게 두 사람의 작품에 녹아들게 되었는지 궁금했다. 어느 날 오래된 골동품점에 들어갔다가 골상학에서 쓰는 흉상을 샀다. 두개골에 모든 정신 기능이 표시되어 있었다. 골상학 원리에 따르면 성격은 두개골의 튀어나온 모양과 관계있었다. 골상학은 특정한 뇌기능이 특정한 뇌 부위와 관련 있다는 현대의 뇌기능분화론의 초석이 되었다. 하지만 성격이 두상의 모양과 관계가 있다는 개념은 이제 과학의 영역이 아닌 엉터리 점술가들이나 하는 얘기다.

지금 골상학 흉상은 예루살렘의 내 책상 위의 창틀에서 엉터리 미신을 각성시키는 역할을 한다. 펠로십이 시작되고 몇 달 후, 난 존 하버드가 실제로 존 하버드 룸에 살지 않았다는 사실을 알았다. 그 방들이 있는 건물은 그가 졸업하고 최소한 1년이 지나서야 완공되었다. 펠로십 또한 세간의 평가와 달랐다. 적어도 내 경우는 그랬다. '하버드 룸'은 특권과 품격이 우러났지만, 방마다 삐걱대는 바닥은 차갑고 오싹했다. 케임브리지대의 존 하버드 펠로로서 간섭 없이 독서하고 공부할 시간을 갖는 꿈은 영원히 유혹일 테지만 난 좌절했다. 영국에서 1년을 보내면서, 대학 펠로십보다는 사람들과 나누는 펠로십이 더 중요하다는 걸 배웠다. 이 깨달음을 바탕 삼아 절망을 떨쳐내야 한다는 걸 알게 되었다.

* * *

세 살 미만인 세 아이의 어머니가 되어 글을 쓰는 지금, 하루 중 나만의 조용한 시간을 가지기 어렵다. 저녁에 아이들이 축복처럼 잠들면, 나는 예루살렘 아파트의 거실에 놓인 긴 책상에 앉는다. 부부 공동 책상이다. 내 쪽 창가에 놓인 골상학 흉상은 자판을 두드리면서 적합한 어휘를 찾으려 애쓰는 나에게 눈을 찡긋하며 응원한다. 대니얼 자리 쪽 창가에는 시아버지의 사진 액자가 있다. 그는 친절한 눈빛을 반짝이며 아들을 쳐다본다.

대니얼은 아버지 상중에 거기에 사진을 올려두었다. 시아버지는 오랫동안 암 투병을 하다가 우리의 결혼 1주년 무렵 세상을 떠났다. 가끔 손님들은 대니얼과 무척 닮은 사진을 보면서 감탄한다. "와아, 아버지가 똑같이 생기셨네"라고. 그러면 우리는 과거형으로 말해서 돌아가신 걸 알린다. 가끔 아들 마탄이 그 사실을 알리기도 한다. 아이는 사진을 "사바 알라브 하샬롬"이라고 말한다. '영면하신 할아버지'라는 뜻이다. 마탄은 죽음을 이해 못 하지만, 할아버지가 이제 오지 않는다는 것을 안다.

소절기 편에 나오는 애도 규례는, 부모상은 다른 초상과 다르다고 강조한다. 예를 들어 친척이 사망한 지 30일 후에 부고를 받으면 '쉬바'나 '슐로심'을 지키지 않는다. 이것은 7일간 깊이 애도하고 30일간 덜 하게 애도하는 관습이다. 하지만 고인이 부모인 경우 '쉬바'와 '슐로심'을 준수해야 한다. 마찬가지로 친척의 부고를 받으면 옷을 찢어야 한다. 부모상이 아니라면 찢은 옷은 초상 후 다시 꿰매도 무방하다. 부모를 잃어서 생긴 인생이라는 옷의 찢긴 자리는 절대 고칠 수 없다.

대니얼은 아버지를 여의고 11개월간 전통적인 상주의 기도인 '카디쉬'를 하루 세 번씩 올렸다. 이것은 중요한 의무다. 하루 세 차례, 일찍 깨서 아침 기도를 하고, 오후에는 공부하거나 가르치다가 기도소를 찾아 오후 기도와 저녁 기도를 드렸다. 그 1년간 나는 에밀리 디킨슨의 죽음을 위해 멈추는 것에 대한 시를 자주 떠올렸다. '내가 죽음을 위해 멈출 수 없기에 / 그가 친절하게도 나를 위해 멈추었네'

소절기 편에서 배우듯 죽음을 위해 멈추는 것은 쉽지 않다. 탈무드에는 죽음의 천사가 영혼을 데려가기 어렵게 한 랍비들의 이야기 몇 가지가 나온다. 예를 들면 라브 히스다는 토라 공부를 멈추지 않아서 죽음이—토라에게 힘을 쓰지 못한다—그의 영혼을 낚아채지 못했다. 죽음의 천사는 라브 히스다의 집 대들보 위로 필사적으로 올라가서 대들보를 무너뜨렸다. 라브 히스다는 그 소리에 놀라 책에서 고개를 들었고, 그 순간 죽음의 천사가 그를 마차에 태워 내달렸다.

이 이야기가 강조하듯 죽음은 편의를 봐주지 않고 들이닥치고, 늘 영혼은 더 많은 것을 원한다. 우리 부부는 1년 후 태어난 쌍둥이를 시아버지가 보지 못하고 떠난 게 아쉬웠다. 하지만 소절기 편에 나오듯, '우리에게 주어진 나날, 우리의 자녀, 우리가 먹을 것은 공이 아니라 운에 좌우된다'는 것이다. 그래서 대니얼은 하루 세 번 죽음을 위해 멈추는 것으로, 즉 하던 일을 멈추고 가장 가까운 기도소로 가서 카디쉬를 올리는 것으로 아버지를 기렸다. 1년 동안 나는 남편이 성구함을 착용한 것을 보지 못했다. 회당에서만 착용하기 때문이었다. 하지만 내 눈에는 성구함 없이도 부친상을 치르는 그에게 후광이, 빛의 광영이 비추는 듯했다.

요즘 그는 창가 책상 옆에서 자주 기도한다. 멀리 보이는 성전산을 향해 절하면서도, 옆 테이블에서 아침을 먹는 아이들에게 신경을 쓴다. 가끔 아침에 급하면 골상학 흉상과 아버지 사진의 중간쯤에 성구함을 두고 나간다. 골상학 흉상, 성구함, 사진은 두개골, 모래시계, 꽃피는 식물이 있는 17세기 바니타스 정물화*를 연상시킨다. 세 가지를 '슬픔이 깃든 정물'이라고 불러도 좋겠지. 그것들은 이혼에도, 우울감에도, 죽음의 고통에도 여전히 삶이 있다는 것**을 일깨워준다.

---

* 죽음을 상기시키는 정물들을 그려서 인생의 허무함을 강조하는 그림.

** 'still life'는 '정물화' 또는 '여전한 삶', 중의적으로 해석된다.

하기가(절기제사)

천국에서 온 토라

하기가(절기제사) 편을 공부할 때 내가 어디 있었는지 절대 잊지 못한다. 그 책에 수하물 딱지가 아직 붙어 있으니까. 이 주석서는 1년에 세 차례, 유월절과 칠칠절과 초막절에 예루살렘을 순례하는 의무에 대한 규례들을 다룬다.

난 유월절이 시작되기 몇 시간 전에 착륙 예정인 이스라엘 행 비행기에 탑승할 예정이었다. 순례 여행이 아닌, 런던 도서전에 참석한 후 귀국하는 길이었다. 나머지 승객은 축일을 맞아 이스라엘에 가는 영국계 유대인들 같았다. '엘 알 이스라엘 항공' 공항 접수처에 줄을 서 있자니, 주변에 검은색과 흰색 옷을 입은 하시드파 유대인이 많았다. 수염을 기른 그들은 탑승 전 흥분에 들떠서 가방을 흔들면서 떠들어댔다. 나는 얼스코트에 있는 전

람회장에서 히드로 공항까지 긴 시간 지하철로 이동하면서 공부를 시작해, 항공사 카운터에 줄을 서서도 탈무드를 껴안고 있었다. 줄은 느릿느릿 움직였지만, 아무도 더딘 속도를 개의치 않는 듯했다. 내가 기다리는 사이 탈무드를 펼쳐서 바쁜 출장에 밀린 다프 요미를 공부하는 게 자연스러웠다.

하기가 편의 두 번째 챕터에는 탈무드에 나오는 미묘한 내용이 가장 많다. 이 내용이 하기가에 들어간 것은, 토라에 순례자의 축일 제물 규례가 암시만 하듯, 일종의 암시로 최소한의 맥락에서 에둘러 논의할 문제이기 때문이다. 첫 미시나는 소수가 모여 신중하게 공부해야 되는 문제들을 열거한다. 성관계 금지 규례(한번에 세 명 이하에게만 가르칠 수 있다), 창세기의 세부사항(두 명에게만 가르칠 수 있다), 선지자 에스겔의 불의 전차 환상(1 대 1로만 가르쳐야 한다). 이런 문제에 대해 상세한 설명 없이 미시나는 주의 사항을 늘어놓는다.

'위에 있는 것, 아래에 있는 것, 앞에 있는 것, 뒤에 있는 것. 이 네 가지를 조사하는 자는 누구든 태어나지 않았어야 마땅하다.'

공부에 몰두하느라 난 앞뒤에서 무슨 일이 벌어지는지 잊었다. 어쩌면 하시드파 남자들이 책 위로 날 흘끔대며 관심을 표하는 걸 알아채야 했다. 어쩌면 그들이 이디시어*로 소곤대고 눈썹

---

* 중부와 북부 유럽, 미국의 유대인이 쓰는 언어.

을 치뜨고 신경질적으로 나를 본다는 걸 의식했어야 했다. 하지만 난 숨어 있는 경이로운 문제들에 몰두했다. 기원전 2세기 초의 예루살렘 현자 벤 시라라면 이렇게 말했겠지.

"그대에게 경이로운 것을 해석하지 말라. 그대에게 감추어진 것을 파고들지 말라. 그대에게 허용된 것을 점검하라. 그대는 감추어진 문제들과 상관없다."

벤 시라의 문서는 히브리어 성경에 포함되지 않았지만, 그의 말은 탈무드 하기가 편에 종종 나왔다. 난 주위 하시드파들이 벤 시라의 글을 인용하면서, 내가 이런 감춰진 문제들과 무관하다고 주장하는 상상을 했다.

보통 여행자들—미국계 유대인과 독실한 이스라엘인— 중에는 남녀 똑같이 탈무드를 공부해도 된다고 보는 사람이 많다. 또 이런 목적을 가진 고등교육 기관도 몇 군데 있다. 하지만 하레디*와 하시드파는 이렇게 주장하기도 한다. 여자들은 성경과 종교 윤리 문서만 배워야 한다고. 나로서는 이런 주장이 정당한지 모르겠다. 여자들이 탈무드를 공부하면 안 된다고? 여자들에게 필요 없는 일이라고? 내 뒤의 가발을 쓴 여자가 몸을 숙이면서 이디시 억양이 있는 히브리어로 물었다.

"그거 탈무드예요? 거기 있는 말을 이해해요, 조금이라도?"

---

* 이스라엘에서 가장 보수적인 유대교파.

경이로운 것을 탐구할 기회였지만 난 책을 주시한 채 고개만 끄덕였다. 제복 차림의 키 큰 이스라엘 남자가 내 공부를 방해했다. 검은 머리를 묶은 사내는 내가 직접 짐을 쌌는지 알고 싶어 했다. 난 보안 관련 질문에 집중하려고 탈무드를 덮었다.

"왜 이스라엘에 갑니까? 이스라엘에 가족이 있습니까? 가족이 없어요? 당신은 이스라엘에 삽니까? 가족도 없는데 왜 이스라엘에 살지요? 미국 출신입니까? 왜 미국에 살지 않습니까?"

나는 보안 요원에게 대답하려 했지만, 간단히 대답할 질문들이 아니었다. 왜 가족 친지와 떨어져서 이스라엘에 사느냐? 물론 폴 때문에 이스라엘에 왔지만 왜 그대로 거기 있는가? 워낙 자주 이사하던 시절이라 내 집이 있어서는 아니었다. 오므리나 사귀는 남자들 때문도 아니었다. 깊은 관계가 될 가능성이 없었으니까. 이혼한 지 2년도 안 지난 마당에, 장기적인 약속을 할 의사는 추호도 없었다. 이스라엘조차 당분간 머무는 임시 거처로 느껴졌다.

보안 요원의 질문은 아직 끝나지 않았다.

"히브리어를 어떻게 압니까? 히브리어는 어디에서 배웠습니까?"

나는 그 질문에 히브리주의자 집안에서 성장했다고—미국인 부모는 내가 아기일 때부터 히브리어로 말했다고—히브리어 교육을 철저히 하는 미국 유대학교에 다녔다고 설명했다. 이스라엘에 온 후 몇 달에 한 번씩 히브리어 소설을 읽으려고 애썼다고도 말했다. 탈무드는 히브리어와 아람어, 두 언어로 기록되었기에 탈무드를 공부하면서 아람어를 배운다는 말도 해야 했을까? 탈무드에서 가장 오래된 미시나는 이스라엘 땅에서 히브리어로 쓰였고, 많은 부분이 땅을 직접적으로 다룬다. 디아스포라*로서 영어로 된 유대 문건을 배우는 것은 진짜의 그림자 속에 있는 느낌이라고—그래서 이스라엘에서 탈무드를 배우는 게 큰 의미라고—보안 요원에게 말해야 했을까. 하지만 뭘 기대하고 이런 사연을 털어놓는단 말인가. 성경 속 어느 순례자도 이런 심각한 질문들을 받지는 않았을 텐데.

미시나는 '그대의 앞에 있는 것과 뒤에 있는 것'을 캐지 말라고 경고하지만, 보안 요원이 내게 그런 짓을 했다. 내 뒤에 뭐가 있는지, 어쩌다 내가 날 가장 잘 아는 이들과 떨어져 세상 반대편에 혼자 살게 되었는지, 내 앞에 뭐가 있는지, 어디로 가고 있으며, 원하는 방향으로 간다고 확신하는지……. 이것들은 혼자 있으면서 일기를 쓸 때도 너무 복잡해서 따지기 싫은 문제들이었다. 백팩에 든 플래너는 그해 9월까지 일정이 잡혀 있고, 그 후 일정이 없었다. 내 앞에 뭐가 있을까?

보안 요원은 내 질문에 답이라도 하듯 탑승권에 스탬프를 찍으면서 "C6 탑승구로 가십시오"라고 말했다. 탑승구로 가서 다

---

* 다른 나라로 흩어져 사는 유대인. 또는 소수의 이교도 집단.

시 공부를 시작했다. 탈무드는 미시나 본문을 상세히 설명하는 역할을 한다. 그러니—역설적이지만—미시나에 열거된, 제한된 주제들을 소상히 설명하는 게 이상하지 않다.

랍비들은 천지창조의 세부 사항에 대해 대담하게 묻는다. 먼저 창조된 것이 하늘인가, 땅인가? 최초의 인간은 키가 얼마나 됐나? 하나님은 하늘에 몇 층이나 만들었나? 랍비들은 하늘의 각각의 층을 무척 시적으로 묘사한다. 빌론이라는 층은 '아침이 들어가고 저녁이 나오는 곳이며 새로이 창조된다.' 쉬카킴은 '정의로운 이들을 위해 맷돌이 만나를 가는 곳'이다. 마온은 '구원의 천사들이 밤에 노래하고 낮에 침묵하는 곳'이다. 내가 마지막 층에 다다랐을 때, 스피커에서 탑승 안내 방송이 나왔다. 우리도 일곱 층으로 된 하늘로 이륙할 터였다.

내 좌석은 날개 바로 뒤쪽이어서, 활주로에 놓인 바퀴가 잘 보였다. 에스겔서의 바퀴와 날개가 달린 신비로운 전차가 하늘로 솟구치는 광경이 떠올랐다. 탈무드에는 아이가 교사의 집에 앉아서 그 전차에 대해 읽다가 갑자기 불길에 휩싸이는 대목이 있다. 또 랍비 엘라자르 벤 아라크가 스승 앞에서 전차를 상세히 설명하는데 하늘에서 갑자기 불이 내려와 숲의 나무들을 휩싸더니 노래가 터져 나온다.

난 갑자기 어지러웠다. 객실 여압 조절 장치가 내려갔나? 창으로 무한히 펼쳐진 창공이 보였다. 쭉 뻗은 비행기 날개 밑으로 바퀴가 접혀 있었다. 눈앞에서 탈무드 책장이 너풀댔고 예이츠가 쓴 아일랜드 조종사에 대한 시가 떠올랐다. 토라를 공부할 때 자주 느끼는 기분 좋은 고독감이 밀려들었다.

몇 시간 후 화장실에 가려고 일어나, 탈무드를 펴놓고 지쳐 잠든 승객들 옆을 지나갔다. 방금 본 구절이 생각났다. "밤에 토라를 배우는 모든 이들, 낮에 자애심의 끈을 동여맨 이에게 신의 은총이 있으라*." 자리로 돌아와서 다시 공부를 시작하는데, 비행기가 밤을 가로질러 날았다. 검은 모자를 쓴 남자가 자지 않고 공부하다가 계속 나를 의심스럽게 흘끔댔다. 하지만 그와 눈이 마주치자, 둘 다—적어도 문자 그대로—같은 장을 읽는다고밖에는 생각할 수가 없었다.

밤에 토라를 공부하는 것을 칭찬한 랍비는, 밤을 문자 그대로 받아들이면 안 된다고 말한다. 그는 설명한다. '이 세상에서-밤과 비슷한—토라를 배우는 사람들 모두—낮과 닮은 다음 생에 자애심의 끈을 동여맨 자에게 신의 은총이 있으라.' 비행기가 하강하기 시작하자, 내 삶이 뚜렷하지도, 빛나지도 않는다는 생각이 들었다. 또 어찌 보면 어둠의 장막 아래서 탈무드를 공부하는 것 같기도 했다.

마침내 착륙하자 이민국을 지나 입국장에 들어섰다. 거기서 부모들은 팔을 벌리고 자녀를 기다렸고, 남편은 환한 미소로 아

---

* 하기가 12 b.

내를 기다렸다. 검은색으로 이름을 적은 판을 들고 손님을 맞는 이들도 있었다. 여기에는 나를 기다리는 사람이 없기에, 난 공항에서 대중 승합차를 타고 원룸 아파트로 돌아갔다. 그래도 런던 도서전시회에서 일주일을 보낸 후 집에 돌아가는 기분이 느껴졌다. 하기가에서 랍비들은 순례자들의 축일을 논하면서 빈손으로 성전에 가면 안 된다는 성경 구절*을 명시한다. 그래서 순례자들이 축일마다 제물을 바치는 의무가 생겼다. 난 탑승할 때처럼 탈무드를 품에 안고 비행기에서 내렸다. 그러니까 성지로 돌아오는 순례길에 빈손은 아니었다. 당시에는 다프 요미가 내가 바치는 제물이었다.

---

* 출애굽기 23:15.

part 2. 나심

그때의 나는 책과 함께
이별을 준비하고 있었다.

예바못(수혼)

냄비에 렌즈콩

탈무드의 부부 관계를 다룬 나심(여자) 항목을 공부했던 1년 반 동안 나는 싱글이었다. 누구와 혼인할 수 있는지, 정혼은 어떻게 하는지, 아내가 부정을 저지르면 어떤 일이 생기는지를 공부하면서, 랍비 아키바의 애굽 개구리 사건에 대한 미드라시*가 떠올랐다. 아키바는 성경 구절 "개구리가 올라와서 애굽 땅에 덮이니**"를 해석하면서 "개구리가 딱 한 마리 있었다"고 말했다. 이 한 마리가 애굽을 덮을 만큼 많은 개구리가 되었다는 아키바의 설명을 듣고 동료들은 그를 찾아갔다.

---

* 구약에 대한 주석.
** 출애굽기 8:6.

그들은 할라카(율법)와 아가다(전설)의 전형적인 차이를 제시하면서 아키바를 힐난했다. 아키바는 율법 전문가였고, 그래서 랍비 엘라자르 벤 아자리아는 그를 힐책했다.

"아키바, 아가다를 공부하다니 무슨 짓인가? 그런 말은 그만두고, 가서 피부병과 불결한 천막의 율법을 공부하게*."

랍비 아키바가 전설과 관계없듯, 독신녀인 나는 탈무드 나심편과 별로 관계가 없었다. 하지만 언젠가 하나뿐인 개구리가 내 '피부병'도 개의치 않고 멋진 왕자로 변해 내 천막에 찾아오는 상상을 해볼 수밖에 없었다.

나심 항목의 첫 주해서인 '예바못(수혼)'은 문자 그대로 형의 아내를 뜻하며, 성서의 형사취수제를 다룬다. 이것은 형이 죽고 아이가 없는 경우 형수와 결혼해야 하는 율법이다. 이때 아내가 있더라도 형수와 결혼해야 한다. 탈무드 시대에는 일부다처제가 허용되었기 때문이다. 일부다처제에서 라이벌인 아내를 '차롯'이라고 하는데, 이 단어에는 '골칫거리'라는 뜻도 있다. 그래서 2007년 여름, 나심을 공부하면서, 농담 삼아 이 시기를 내 '차롯' 여름이라고 불렀다. 하긴 여기서 다루는 복잡한 가족 관계를 이해하는 게 골칫거리였다. 동생이 형수와 결혼하는 문제, 결혼식장에서 우연히 아내를 바꾸는 두 남자, 혼란스러운 간통 사건들

---

* 산헤드린 67 b.

이 등장했다.

게다가 독신이라는 문제도 있었다. 공식적으로는 오므리와 교제 중이었지만, 관계에 파열이 생기고 있었다. 나는 이즈음 이별을 확신했다. 어쩌면 훨씬 전에 헤어져야 마땅했지만, 혼자인 것보다는 안 맞는 사람이라도 곁에 있는 게 나았다. 바로 2년 전에 안 맞는 사람과 결혼하고 이혼했으면서도. 그해 여름 예바못 공부 외에 D.H. 로렌스의 『채털리 부인의 연인』을 읽었다. 동네 서점의 길가 진열대에서 중고책을 찾았다. 적당한 짝을 찾는 어려움을 묘사한 몇 구절에 감탄한 기억이 난다.

"세상에는 가능성들이 넘쳐나지만, 거의 모든 개인의 경험에서는 가능성들이 줄어들어서 없다시피 한다. 바다에는 좋은 물고기가 많다. 아마도 그렇겠지! 하지만 대개 고등어나 청어고, 고등어나 청어가 아니면 바다에서 좋은 고기를 찾지 못할 것이다."

예루살렘에 적당한 독신남이 부족하다는 것은 내 친구들이 입에 달고 사는 말이었다. 작가 로렌스는 이런 말을 하면서 예레미아를 인용한다.

"너희는 예루살렘 거리로 빨리 다니며 그 넓은 거리에서 찾아보고 알아라." 예루살렘에서 선지자가 말한 그 한 사람을 찾을 수가 없었다. 남자가 수천 명 있는데도. 그러나 한 사람!

"C'est une autre chose!(그것은 별개의 문제이다!)"

예레미아는 예루살렘 거리에서 정의롭고 신의 뜻에 순종하는 사람을 찾아다녔다. 물론 내가 찾는 남자는 좀 더 구체적이었다.

난 예루살렘에서 임자를 못 찾으면 하르파니아로 향하기로 작정했다. 하르파니아는 고향에서 짝을 찾지 못한 싱글들의 만남의 장소였다. 랍비 제이라는 하르파니아라는 지명은 히브리어 '하르(산)'와 '포네(돌다)'에서 나왔다. 하르파니아는, 가문이 보잘것없어서 혼처가 없는 사람들이 가는 산이다. "집안과 부족을 밝히지 못하는 사람이 거기서 몸을 돌리면 짝을 찾을 수 있다"고 바빌로니아 탈무드의 유대인들이 족보에 집착한 것은 탈무드에 확실히 나온다. 그들은 여고니아 왕 시대*의 바빌론 유수로 거슬러 올라가는 가문의 내력을 자랑으로 여겼다. 또 대대로 가계도를 그릴 수 있는 '순수 가계' 자손과 결혼하려 했다. 바빌로니아의 어떤 지역은 다른 곳들보다 족보상 더 순수하다고 간주되었고, 하르파니아는 최악이었다. 라바는 "하르파니아는 지옥보다 더 깊다"고 말한다. 그러니 배필을 못 구하는 사람은 짝 없는 처녀총각의 본거지인 하르파니아에 가보라고 채근 당했다.

예루살렘은 하르파니아처럼 나쁜 상황은 아니겠지만, 여자들이 데이트하기 쉽지 않았다. 친구를 따라 싱글들의 행사에 참석했더니—그런 자리에 간 것은 딱 한 번이었다—남녀 비율이 1 대 2여서 낙담했다. 인원수만 다른 게 아니라 질도 달랐다. 대개

---

* 600 BCE.

의 여자들은 스타킹을 신고 수수하지만 예쁜 치마 차림이었다. 흰 머리를 염색하고, 공들여 화장해서 주름과 잡티를 가리는 수고를 아끼지 않았다. 남자들은—헐렁한 바지를 걸치고 머리는 산발이었다—막 침대에서 빠져나온 꼬락서니였다.

남자들과 여자들을 슈퍼마켓에서 파는 물건이라고 상상해봤다. 여자들은 신선 식품이어서 임박한 유효 기간이 찍혀 있었다. 남자들은 통조림이라서, 마음을 끌진 않아도 결국 누군가 고를 때까지 계속 선반에 진열될 수 있었다. 참석자들이 둥글게 앉아, 굳어버린 비스킷을 씹으면서 팩에 든 사과주스를 플라스틱 컵에 따라 마셨다. 밝은 보라색 원피스를 입고 화려한 터번을 두른 예쁜 여자가 우스운 게임으로 분위기를 주도했다. 내 순서가 될 때마다 그녀는 환하게 미소 지었다. 동년배로 보이는데도, 나를 갈 길이 먼 아이 취급하는 상냥하지만 으스대는 미소였다. 그녀는 유치원 교사이고, 나머지는 아장아장 걷는 아이들 같았다. 언제부터 싱글이 어린애로 취급되었을까?

탈무드 역시 인생을 함께할, 특히 한 침대를 쓸 남자가 없는 여자를 안쓰럽게 본다. 바빌로니아 탈무드에서 현자 헤이시 라키시는 유명한 금언을 인용해 이런 말을 다섯 번이나 한다. '타브 엘메이타브 탄 두 믈메이타브 아르멜로', 문자 그대로 '여자가 혼자 앉아 있는 것보다 둘로서 앉아 있는 게 더 낫다'란 뜻이다. 이 말에 대해 랍비들은 다채로운 주장을 내놓는다. 탈무드의 여러 현자들은 여자가 얼마나 견뎌야 남편을 얻을 수 있는지에 대해 말한다.

아바이에이: 남편이 개미만 하더라도 아내는 자유로운 여자들 사이에 의자를 놓는 걸 자랑스러한다.

라브 파파: 남편이 소모기*라 해도, 아내는 그를 대들보에 걸어 놓고 부부 생활을 한다.

라브 아쉬: 남편이 쭉정이여도, 아내는 냄비에 렌즈콩이 부족하지 않다.

탈무드는 여자가 싱글이면서 행복할 수 있다는 것은 상상도 못하는 듯하다. 그렇더라도 아바이에이, 라브 파파, 라브 아쉬는 마지막 말은 하지 않는다. 마지막은 이런 주장으로 마무리된다. "그리고 이 여자들은 다 간통을 저지르고 자식을 남편의 아이라고 한다." 즉, 결혼에 목멘 여자들은 사실은 혼외정사로 임신하고 핑계를 찾으려고 결혼을 하려는 것이다. 왜 그들에게 남편이 필요한가? 그것은 바로 불륜으로 가진 아이의 법적인 아버지를 지목할 수 있으니까!

놀랍도록 경망스럽고 불온한 마지막 구절은 앞의 주장들을 새롭게 조명한다. 탈무드의 현자들에 따르면 여자에게 남편이 필

---

* 보풀 세우는 기계.

요한 것은 '자유로운 여자들 사이에 의자를 놓기' 위해서다. 이것은 그녀 스스로 자유롭게 외도할 수 있는 여자로 볼 수 있다는 뜻이다! 남편이 쭉정이여도 그녀는 상관하지 않는다. 그를 방패 삼아 나돌면서 혼외정사를 즐길 수 있으니까. 이런 이유로 여자는 혼자 사는 것보다 결혼하는 게 더 낫다는 거지.

어느 정도는 오므리도 비슷한 방패가 되어주었다. 남편은 아니지만 오랜 연인으로서, 싱글들의 이벤트에 참석하는 고역을 면한 사람들 틈에 의자를 놓게 해주었으니까. 또 지인들이 걱정하며 선의로 '소개팅'을 주선하는 일도 면할 수 있었다. 종종 "만날 사람을 찾아요?"라는 질문을 받으면, 얼른 아니라고, 냄비에 렌즈콩이 넉넉히 있다고, 고맙다고 대답하곤 했다.

예바못에서 이 구절을 공부한 직후, 친구가 큰 사탕 단지를 갖고 안식일 만찬에 왔다.

"사탕을 다 먹으면 유리병을 간수했다가 오므리가 꽃을 가져오면 꽂아."

그런 일은 없을 걸 알기에 난 웃어넘겼다. 병을 씻어 렌즈콩 1킬로그램을 담아, 찬장에 다른 콩들과 마른 식자재 옆에 두었다. 예바못에 나오는 구절을 써서 유리병에 붙였다. '그녀의 냄비에 렌즈콩이 부족하지 않다'고.

그해 여름, 난 저녁마다 렌즈콩 수프를 끓여 먹었다. 혼자서.

* * *

탈무드에서 남자들이 결혼과 관련해서는 이점이 있는 게 명백하다. 결혼은 일방적인 계약으로, 남자가 한 여자를 얻고 동시에 몇 명과 합법적으로 결혼할 수 있다. 탈무드는 결혼의 고결함을 말하지만, 그렇지 않은 이야기들도 들린다. 예바못에는 다음과 같은 대목이 있다.

라브는 다르디시르시를 방문하면 이렇게 말하곤 했다.
"누가 하루 동안 내 것이 될 텐가?"
라브 나크만은 샤크네치브시를 방문하면 이렇게 말하곤 했다.
"누가 하루 동안 내 것이 될 텐가?"

3세기의 두 현자, 라브와 라브 나크만은 단 하루 동안 여인과 결혼(또는 단순히 잠자리를)했다. 이 출중한 바빌로니아 현자들이 왜 그랬는지 이해가 되기는 한다. 자주 길을 떠나야 했고 늘 아내를 동반할 수 없었으니까. 하지만 어떤 여자가 하룻밤 잠자리에 관심이 있었을까. 혹시 탈무드 시대에도 괜찮은 여자들이 남자들보다 많았을까? 교제가 간절해서, 영영 혼자 사느니 하룻밤이라도 남자를 갖고 싶었을까? 아니면 학계 권위자와 관계를 맺는다는 점에 혹했을까? 탈무드에 이런 관습을 비평하는 논조는 전혀 없다. 또 일부 현대 학자들은 성윤리에 훨씬 느슨했던 당시 주변 문화 탓으로 돌린다. 하지만 나로선 그렇게 넘기기 어렵다.

개인적으로는—극히 드물지만—선택받는 게 아니라 여러 남자 중 선택할 재량을 가진 여자들의 이야기에 끌린다. 탈무드에서 라바의 아내가 이런 케이스다. 그녀는 선택받기를 우두커니 기다리지 않고 적극적으로 남편을 선택한다. 결혼과 출산에 대한 토론에서 그녀가 소개된다. 이 토론에서 랍비들은 "남편과 사별 후 재혼까지 10년을 기다린 여인은 누구든 다시 출산하지 못한다"고 말한다. 내가 처음 이 대목을 접한 것은 예루살렘 회당의 아침 기도에 참석했을 때였다. 폴과 이혼하고 3년 후였고 좌중에 여자는 나 하나였다. 탈무드가 나 개인을 지칭하지 않는 줄 알았지만, 참석한 남자들보다 나와 관련된 내용이 논의되고 있었다. 문득 옥스브리지*의 남성 전용 구역을 정처 없이 걷는 버지니아 울프처럼 눈에 띄는 기분을 느꼈다.

라브 나흐만은 계속 이렇게 말한다.

"재혼할 의사가 없는 사람에게만 그렇게 가르쳤다. 허나 재혼할 의사가 있는 여인이라면 임신할 것이다."

라브 나흐만은, 여인의 심리가 자궁에 영향을 미친다고 말한다. 여성의 히스테리가 '방황하는 자궁'에서 촉발된다는 그리스의 관념에서 영향을 받은 견해일 것이다. 라브 나흐만에 따르면, 여자가 다시 성교를 할 의향이 있다면 생식기관이 시들지 않는다. 난 마음이 놓였지만, 여전히 정곡을 찌르는 주제이기에 탈무

---

* 영국 옥스퍼드대와 케임브리지대의 통칭.

드 위로 몸을 굽히고 눈을 내리깔았다.

이 대목에서 라바의 아내가 등장한다. 물론 그녀는 줄곧 나처럼 남자들만의 공부 모임에 끼었던 것 같다. 하지만 나와 달리 익명으로 있을 수 없었다. 라빈과 라브 나흐만의 토론을 들은 후, 라바는 아내에게 몸을 숙이고 이것이 일반적인 여자들에 대한 대화가 아니라고 지적한다.

"랍비들은 당신에 대해 말하는 거요."

그녀 역시 과거에 결혼한 경험이 있고, 오래 기다린 후에 재혼해서 라바의 아내가 된 듯하다. 그녀는 얼른 자기방어를 하느라 라브 나흐만의 주장에 대해 말한다. 그녀는 10년간 재혼하지 않았지만, 늘 재혼할 의사가 있었기에 자궁이 닫히지 않았다고 남편을 안심시킨다. 혹은 그녀는 라바에게 낭만적으로 말한다.

"줄곧 내가 당신에게 눈길을 주었거든요."

동료들과 토라 공부를 하는 남편 곁에 앉아, 오랜 연정 고백으로 자신을 변호하는 여인의 용기가 감동적이다. 그녀는 이름을 남기지 않았지만 분명히 의지를 갖고 있다. 탈무드의 다른 부분에 그녀에 대해 더 자세히 나온다. 그녀는 라브 히스다의 딸로 알려져 있다. 탈무드는 그녀의 어릴 적 일화를 이야기한다.

> 라브 히스다의 딸은 아버지의 무릎에 앉아 있었다. 그들 앞에는 라바와 라미 바 하마가 있었다. 라브 히스다가 딸에게 말했다.
>
> "이들 중 누구와 결혼하고 싶으냐?"

딸이 대답했다.

"두 사람 다요!"

라바가 말했다.

"그러면 내가 두 번째가 되게 해줘요."

아버지의 무릎에 앉을 정도로 어린 라브 히스다의 딸은, 초콜릿 맛과 바닐라 맛 아이스크림 둘 다 먹고 싶은 욕심쟁이 같다. 혹은 수북한 핫케이크의 가운데 장을 원하는 셸 실버스타인*의 말썽쟁이 테레사와 비슷하다. 두 남자 중 고르라는데 둘 다 원하다니! 하지만 라바는 틈을 주지 않는다. 그는 운명을 통제할 수 있는 만큼 조절한다. 라브 히스다의 딸과 결혼할 두 사람 중 첫 남편이 되고 싶지 않다. 첫 남편이 된다는 것은 그가 죽거나 이혼한다는 뜻이니까. 그는 두 번째 남편이 되려 하고, 그래서 현명하게 소유권을 주장한다. 이제 라브 히스다의 딸은 라바의 아내가 될 것을 미리 알 수 있다. 그녀는 어릴 때 라바를 선택했기에 재혼하리란 걸 늘 알았고, 그래서 다시 임신하고 싶으면 잠자던 자궁이 회복할 거라 확신한다. 나는 예바못 편의 여백에 그녀를 열렬히 응원하는 글을 적었다.

---

* 『아낌없이 주는 나무』로 유명한 미국 시인, 만화가.

* * *

예바못 편은 결혼뿐 아니라 자녀를 갖는 것도 강조한다. 자녀를 갖는 것은 성경의 첫 번째 명령이다. 예바못에 베이트 힐렐과 베이트 샴마이의 논쟁이 나온다. 베이트 힐렐은 남자는 적어도 1남1녀를 두어야 이 명령을 이행했다고 주장할 수 있다고 말한다. 반면 베이트 샴마이는 남자는 아들 둘을 두어야 된다고 한다. 하지만 모든 현자들은, 이 명령을 지키는 것이 워낙 중요하므로, 자식을 둘 돈을 마련하기 위해서라면 토라 두루마리를 팔아도 된다고 말한다.

그다음에 무자식이었던 라브 셰셋의 경우가 나온다. 그가 자식을 못 가진 것은 스승 라브 후나의 수업이 너무 오래 계속되어서였다. 라시는 라브 후나가 화장실에 갈 시간을 주지 않아서 제자의 생식기에 이상이 생겼다고 설명한다. 하지만 라브 셰셋이 늦도록 공부하다가 밤에 귀가하면 아내가 이미 자고 있어서가 아니었을까? 반면 나는 일부러 늦게까지 밖에 있으려고 야간 강의를 들으러 갔다. 빈집에 들어가는 게 싫어서였다.

토라 공부와 자녀를 갖는 것이 상충하는 양상은 벤 아짜이에게 극적으로 드러난다. 예바못의 번식에 대한 대화에 등장하는 그는 내 상상을 자극했다. 랍비 엘리에저는 누구든 이 계율에 참여하지 않으면 살인을 범한 것으로 간주된다고 주장한다. 창세기에 번식하라는 명령이 살해를 금지하는 구절 옆에 있기 때문이다. 그러자 랍비 야아코브는 누구든 이 계율에 참여하지 않은 사람은 하나님의 형상을 감소시키는 것으로 간주된다고 항변한다. 번식하라는 명령은 인간이 하나님의 형상대로 창조되는 구절 옆에 있기 때문이다.

이 시점에서 벤 아짜이가 맞장구치면서, 번식하라는 명령을 방기한 사람은 살인과 하나님의 형상을 감소시킨 것으로 봐야 된다고 주장한다. 그러자 다른 현자들이 들고 일어나서 벤 아짜이의 위선을 비난한다.

"벤 아짜이, 누구는 설교에 능하고 누구는 실행을 잘하오. 한데 당신은 설교를 잘하지만 자신의 설교대로 이행하지 않는 위인이요!"

아마도 벤 아짜이는 미혼이었거나 적어도 자식이 없었다. 그러자 그는 머뭇대면서 변명한다.

"내가 어쩔 수 있겠소? 내 영혼이 토라를 원하는 것을. 세상은 다른 이들이 지탱하면 되오."

벤 아짜이는 토라 공부에 사로잡혀서, 소중한 공부 시간을 가정을 일구는 데 쓸 수가 없었다.

친구들은 집에서 아이들을 돌보지만 난 수업을 듣고 혼자 귀가하던 밤, 가끔 벤 아짜이처럼 공부를 선택한 거라고 생각했다. 자식을 돌보는 책임을 진다면 원하는 만큼 토라를 공부할 시간이 부족하겠지. 이른 새벽 깨서 집에서 나와 다프 요미 수업에 가고, 저녁 강의에 참석했다가 늦게 귀가하는 게 좋았다. 동시에 그게 인생의 일시적인 과정에 불과하다는 걸 미리 알면 좋았으련만. 어려서 아버지의 무릎에 앉아 두 남편감을 고른 라브 히스다의 딸 같았다면! 그랬다면 '개구리 왕자님'인 예루살렘 거리를 헤매며 수천 명의 남자들을 간절히 쳐다볼 때마다 자궁이 움찔대지는 않았을 텐데. 그때는 다들 나와 다른 청어와 고등어로 보였다.

케투봇(결혼 증서)

자기만의 방

싱글의 반대 개념은 기혼이겠지만, 탈무드의 결혼관에는 괜찮은 점도 제법 많다. 케투봇 편은 결혼 생활과 결혼 계약서 '케투바'에 명기된 책임과 관련된 계율을 다룬다. 하지만 실제로는 많은 논제가 여자들에 대한 평가(그리고 폄하)에 집중된다. 현자들은 결혼의 재정적인 면, 즉 남자가 특정 액수를 주고 아내를 얻는 거래를 검토한다. 특히 규수가 혼인 당시 처녀인지 여부가 액수를 좌우한다.

처녀성은 케투봇 편의 첫 챕터의 핵심 주제다. 신랑이 신부가 처녀가 아닌 걸 알면 허위 거래라고 이의를 제기할 수 있다. 여자가 성관계를 하지 않았지만 상처를 입었음이 드러나면, 이 경우 처녀가 아닌 규수들처럼 액수를 깎아야 하는지에 대한 토론이 나온다. 아무튼 모든 여자는—처녀든 아니든—전 재산을 갖고 아버지의 집에서 남편의 집으로 직행했다. 그렇게 한 남자에게서 다른 남자에게 넘겨졌다. 예루살렘 자기만의 방에서 사는 독립적인 유대 여성인 나는 그 구도의 어디쯤에 들어갈까.

나를 탈무드 시대 여성들과 비교하면서 자주 버지니아 울프*를 떠올렸다. 울프는 영국 박물관의 벽에 꽂힌 여성사 책들에 나타난 여성성에 대해 묻고 답을 찾으려 애썼다. 색인 목록을 뒤지면서 남성 필자들이 여성에 대해 쓴 책이 무척 많다는 것에 놀랐다. 울프는 『자기만의 방』에서 이렇게 말한다. "이 목록을 보면 의아하다. 왜 남성들이 여성에게 훨씬 더 흥미를 가질까? 그 반대가 아니라? 무척 호기심 생기는 사실이라, 여성에 대한 책을 집필하는 데 시간을 쏟는 남성들의 삶이 머릿속에 그려졌다. ……그리고 그런 관심의 대상이라고 느껴져서 묘하게 흐뭇했다."

하지만 울프는 왜곡된 여성상을 가진 남자들이 쓴 책에는 관심이 없었다. 그녀는 어떻게 하면 여성 스스로 더 많은 책을 쓸 수 있을지, 또 그러려면 무엇이 필요할지 알고 싶었다. 울프처럼 나도 랍비들의 지대한 관심의 대상인 걸 알자 흐뭇했다. 랍비들은 나심 항목—탈무드 제6권—전부를 여자들에게 할애하지 않

---

* 페미니즘과 모더니즘의 선구자인 영국 소설가. 『자기만의 방』 등을 썼다.

았던가. 울프처럼 나도 책과 토론의 대상보다는 직접 쓰고 대화하는 데 관심이 많다. '케투봇' 편을 읽으면서, 내가 지참금 협상의 대상인 여자가 아니라 협상하는 남자들과 가깝다고 느꼈다.

난 토머스 라커의 『섹스의 역사』가 생각났다. 10년 전 케임브리지대에서 공부하던 시절에 읽은 책이다. 당시 난 버지니아 울프가 묘사한 그 푸른 안뜰과 주변 건물들 사이를 거닐었다. 라커는 해석 범주에 속하는 성(性)의 가변성을 논하면서, 흔히 고정적이라고 보는 것들이 그렇지 않을 수 있다고 주장한다. 오늘날 우리는 몸을 두 가지 성으로 나누는 데 익숙하다. 이런 생물학적인 구분이 '현실적'이고 논란의 여지가 없다고 본다. 젠더—우리를 남성과 여성으로 만드는 심리적·감정적·사회적 특질—가 사회적으로 생성된다는 걸 안다.

하지만 라커는 이것이 무척 현대적인 관점임을 보여준다. 오래전부터 흔히 젠더는 문화적으로 분류한 반면, 신체적 성은 관습적이고 변화의 대상이었다. 남자인가, 여자인가는 어떤 사회적 지위와 문화적 역할을 암시했다. 여자는 이성이 아닌 남자의 열등한 분신으로 간주되었다. 여자의 생식기는 남자의 생식기보다 퇴화된 구조로 취급받았다. 계몽 시대가 되어서야 남자가 여자보다 우월하다는 계급적 생물학이 물러가고, 남자와 여자가 다르다는 공약불가능성*의 생물학이 대두되었다. 성경에서 여자가 '남자의 돕는 배필'로 묘사되기는 한다. 하지만 라커는 수 세기가 지나서 처음으로 여자가 '이성'이 되었다고 주장한다.

생물학적 성이 역사상 오래전부터 유동적이었다는 개념은, 예루살렘에서 성 정체성을 새롭게 볼 가능성을 열어주었다. 내가 보기에 21세기 유대인 여자는 랍비 시대의 유대인 여자보다는 남자와 공통점이 많다. 난 탈무드 중 특히 여성에 대한 부분을 공부할 때면, 성경에서 분류하는 여자들과 이질적이고 동떨어졌다는 느낌을 맛본다. 그들은 재산을 소유하거나 독립적으로 살지 못했다.

난 탈무드가 말하는 남자의 개념에 더 가깝다. 규칙적으로 기도하고, 돈 벌고 재산을 소유하며, 공동체의 사회적·정치적인 일에 적극 참여한다. 난 처녀성이나 출산 능력을 중시하지 않는다. 통달한 토라의 분량을 잣대로 나 자신의 가치를 더 높이 평가한다. 이것이 나를 여자보다 남자로 느끼게 하진 않아도, 라커의 책은 다른 시대라면 그랬을 거라고 일깨워준다.

라커의 책을 다시 읽고 케투봇을 공부하면서, 내가 랍비 히야의 부인보다 히야와 비슷하다고 느낀 이유를 깨달았다. 하지만 동시에 나라면, 쌍둥이를 두 번 출산하면서 죽을 뻔한 아내에게

---

* 동일한 기준으로 잴 수 없다는 이론.

또 '신물 나는' 쌍둥이를 낳아달라고 요구하지는 않을 것이다. 자유롭고 독립적인 인간이라는 측면에서 나는 남자다. 탈무드의 남자들이 여자를 억압하는 부분만 빼면 말이다. 난 탈무드 시대의 유대인 남자였더라도 역시 페미니스트였을 테니까.

* * *

'여자가 소설을 쓰려면 돈과 자기만의 방이 있어야 한다.' 이것이 버지니아 울프의 핵심 주제다. 내 경우에는 '탈무드를 공부하려면'으로 바꿔야겠지만. 여자가 탈무드를 공부하려면 책을 살 돈과 방해받지 않고 공부할 장소가 있어야 한다. 그런데 아이로니컬하게도 나 같은 현대 여성이 탈무드를 공부하려 할 때는 자기만의 방이 아니라 공공장소에서 공간을 마련하는 게 관건이다. 폐쇄된 공간에서는 웹사이트와 팟캐스트 같은 수단을 활용해 얼마든지 탈무드를 공부할 수 있다. 그런데 큼직한 탈무드를 들고 공공장소로 나가면 곤란한 지경에 처한다.

비행기에서 토라 공부를 하려다가 이런 경험을 했다. 난 공부에 몰두해서, 몇 줄 뒤에 앉은 남자가 날 보면서 관심을 끌려고 하자 거슬렸다. 탈무드에서 고개를 드니, 장신의 검은 곱슬머리 남자가 내 자리 옆 통로에 서 있었다. 그는 재미있다는 표정으로 나를 내려다봤다. 바지와 티셔츠 차림으로 나와 동년배였다. 자신의 이름을 엘라드라 밝힌 그가 책을 손짓하며 물었다.

"어디서 배웁니까?"

날 지켜본 남자가 너무 쿨하고 매끈해서 내 취향이 아닌 걸 바로 알았다. 그의 티셔츠에는 큼직하게 'WANTED'라고 적혀 있었다. 설마 지명수배자는 아니겠지만! 더구나 난 방금 케투봇의 세 번째 챕터에서 강간과 유혹의 벌에 대한 논의를 읽었다. 탈무드는—그 앞의 토라처럼—강간이든 유혹에 동조하든 가해자는 그 여자와 결혼할 필요는 없지만, 여자의 부친에게 벌금을 내야 한다고 규정한다. 엘라드가 이 대목에 관심이 있을지 궁금했다. 그는 내게 이름과 배경을 밝혔다. 종교적으로 성장했지만 키파* 와 미크바 물**을 내던졌다고 했다. 예루살렘을 떠나 뉴욕으로 이주해, 대부분의 시간을 '빈둥거리면서' 지낸다고 했다.

"형제자매와 유산 분쟁을 벌이고 있어요. 아버지가 2년 전에 눈을 감으면서 10만 달러를 남겼거든요. 우린 싸우느라 100만 달러 이상 쏟았고요."

그는 액수에 내가 놀라는지 살피면서 으스댔다. 난 관심을 가져보려 했지만 그가 유산 타령을 하자 딴 생각이 나기 시작했다. '유산이 땅일까, 동산일까? 아버지의 부인이 있었다면 그녀가 소유권을 차지했을까? 그의 형제자매 모두 똑같이 상속권을 가지고 있을까? 자매들이 결혼했다면 어떻게 되나?' 앞에 펼쳐진

---

* 유대인이 쓰는 모자.

** 정통 유대교 신자들이 종교 의례로 하는 목욕.

탈무드 케투봇이 다루는 주제가 이런 문제들이었다.

“아버지에게 물려받을 게 있으니 행운아네요. 당신 아버지가 흰 까마귀였을 수도 있었거든요.”

아직 유혹까진 아니어도 치근대는 엘라드에게 말했다. 그는 내 좌석 위로 몸을 숙이고 책장을 훑어보았다. 랍비들이 우샤에서, 아버지는 자식들이 어릴 때 먹여 살려야 한다는 규례를 두고 논쟁 중이다. 그게 할라카*적인가, 아닌가? 랍비 예후다는 그래야 한다고 확신하는 듯하다. ‘악어가 새끼들을 낳아 온 동네에 던져놓을까?’ 달리 말하면, 인간이 자식을 낳아서 공동체가 키워주기를 기대하면 안 된다는 뜻이다. 라브 히스다가 동의한다. ‘아비가 자식들 먹여 살리기를 거부한다면, 동네 사람들은 항아리를 엎고 올라서서 외칠 거요. ‘까마귀는 자식들을 사랑하지만 이 사람은 안 그렇다’고. 까마귀가 자식들을 사랑하는지 어찌 아느냐고 탈무드는 묻는다. 결국 성경에 나오지 않던가. ‘그 하나님은 우는 까마귀 새끼에게 먹을 것을 주시는도다**.’

신이 까마귀들을 먹여야 한다면 부모가 키우는 게 아니다! 탈무드는 어렵지 않다고 말한다. 라브 히스다는 새끼들을 먹이는 것이 검은 까마귀를 가리키는 반면, 성경 구절은 새끼들을 먹이지 않는 흰 까마귀를 지칭한다고 말한다. 엘라드는 주의를 기울

---

* 모세 5경과 다르며, 시내산에서 받은 계시에서 파생되어 구전 전승된 계율.

** 시편 147:9.

이지만 만족스런 표정이 아니었다. 그는 여전히 날 감동시키고 싶지만 어렵다는 걸 알아차렸다.

엘라드가 말했다.

"내가 책을 썼어요. 출판계 종사자시니 내 책을 보여드려도 되겠죠?"

이것은 모든 출판 종사자의 꿈과 악몽이 담긴 말이었다. 엘라드는 책을 가지러 몇 줄 뒤 좌석으로 간 뒤, 내 왼쪽에 앉은 60대 미국인 사업가가 눈을 치떴다. 이탈리아에서 해운업을 한다는 그가 말했다.

"저 친구가 당신이 맘에 드나보군요. 유대인 남자들은 이탈리아 남자들 같다니까……. 무척 여자를 밝히지."

나는 가볍게 미소 지으려 했지만 이내 "도와주세요"라고 부탁했다. 할라카에서 들판에서 유혹당하는 여자와 시내서 유혹당하는 여자가 구분된다는 점이 생각났다. 들녘에서는 도와달라고 외쳐도 아무도 못 들을 가능성이 있지만, 시내에서는 누군가 그 소리를 들을 터였다. 비행기는 들녘보다는 시내에 가깝겠지. 내가 도움을 구한다는 걸 알렸다.

엘라드는 검은 가죽 장정본을 들고 돌아왔다. 품격 있는 장정을 보니 자비로 출판했음이 분명했다. 대개의 이스라엘 책들처럼 종이가 너무 희어서, 기내 조명등 아래서 눈을 가늘게 떠야 했다. 토라 해설서에 '클릴 티페렛'이라는 제목이 붙어 있었다.

"내 성이 클릴이거든요. 이 책 때문에 자칭 해설가라고 합니다. 따분해서 이 책을 썼지요."

그는 읽어보라고 몇 대목을 손짓했다. 두 여자와 관계된 부분이었다(여성이라면 책에서 여자와 관련된 대목에 가장 감격할 거라고 믿는 흔한 착각). 내가 눈을 가늘게 뜨고 책을 보는 동안, 그는 옆자리 승객에게 말을 걸려 했다. 내가 통로 좌석을 원하는 게 이런 이유 때문이다. 양쪽에 수다쟁이가 앉는 건 최악이니까! 평소에는 대서양을 건너면서 탈무드 넉 장을 읽지만, 이런 방해를 받을 때는 그럴 수 없다.

10분간 '클릴 티페렛'에(해설자가 아니라 해설에) 관심이 있는 척하는데 승무원과 면세품 카트가 구제해주었다. 승무원이 엘라드에게 "실례합니다. 곧 식사를 드릴 예정입니다. 좌석으로 돌아주십시오"라고 말했다. 엘라드는 내게 연필을 빌려서, 내 탈무드의 여백에 자신의 전화번호를 적었다. '유혹당하는 여자'라는 챕터의 제목 위에. 그는 다른 연결 편에 탑승해야 한다며 예루살렘에 도착하면 전화해달라고 했다.

"우리 만나요. 걱정 말아요, 어차피 난 할 일이 없으니까."

그때쯤이면 나는 나만의 방에 안전하게 돌아가, 탈무드를 펼치고 공부할 터였다.

* * *

케투봇 편에는 특이한 여인들의 이야기 몇 가지가 나오는데,

여기서도 난 『자기만의 방』을 떠올렸다. 버지니아 울프는 여자들과 소설이라는 주제를 탐구하면서, 남자 작가들의 소설에서 여자들이 어떻게 그려지는지 살폈다. 역사 속 여성들에 대해—어떤 일상을 살았는지—별로 알려지지 않았지만, 소설은 클레오파트라부터 보봐리 부인까지 다채롭고 매력적인 여주인공들을 보여준다고 울프는 지적한다. 그 대비는 놀랍다. '문학에서 가장 영감을 주는 말과 가장 심오한 사상이 여주인공의 입을 통해 나온다. 실제 삶에서 그녀는 읽을 줄도, 글을 쓸 줄도 모르며, 남편의 소유물인데도 말이다.' 울프의 주장에 따르면, 우리가 여성들을 소설로만 안다면 '가장 중요하고, 다채롭고, 영웅적이고, 비열하고, 눈부시고 야비하며, 무한히 아름답고 극도로 무시무시하며, 남자처럼 위대하고, 더 대단한' 사람들로 상상할 거라는 것이다.

울프의 분석은 탈무드 속 여인들에게도 적용된다. 케투봇에서 율법과 관련해 등장하는 여자들은 남편의 소유물인 반면, 케투봇에서 아가돗*의 여주인공들은 울프 식으로 말하면 '봉화처럼 타오른다.' 이들은 역사적인 인물이 아니라 랍비들의 상상의 소산이다. 예를 들면 청혼자들을 속이고 직접 고른 남자와 결혼하는 대담한 여자. 나는 그녀를 기리며 5행시를 썼다.

---

* 전설이나 격언을 포함하는 비율법적인 랍비 문학.

아름다운 처녀가 모여든

청혼자들에게 말했네. "그런데 난 결혼했어요!"

그리하여 마지막 얼간이까지

희망을 포기하자

그녀는 스스로 고른 사람과 결혼했네.

내게 용기를 준 다른 여주인공은, 여자의 음주 허용 범위에 대한 토론에 등장한다. 이것은 배당금 논란에서도 대두되는 문제다. 어떤 여자가 남편에게 일정 양의 포도주를 받았다면, 법정은 남편 사후에도 같은 양의 포도주를 배당해야 할까? 아베이이의 미망인인 호마는 남편 사후에 배당금을 보전받으려고 법정에 나간다. 재판장 라바는 우연하게도 죽은 아베이이의 학동이었고, 이제 그의 미망인과 열띤 설전을 벌인다. 이 장면을 소네트 형식으로 드라마틱하게 구성해봤다.

아베이이의 아내, 호마가 법정에 갔네.

그녀는 악을 썼지. "내 식량을 내놔요!"

그래서 라바는 그렇게 했네.

그러자 호마는 말했지. "다음은 내 포도주, 이제 그걸 줘요."

공평한 라바는 말했지. "요구대로 할 수 없소."

"하지만 남편은 높은 잔에 포도주를 담아 줬다고요!

얼마나 높은 잔이냐 묻는 거예요? 보여드리죠."

호마는 머리 위로 양손을 들었네.

소매가 미끄러지면서 어깨가 하얗게 드러났네.

그러자 라바가 응시했지.

라바는 후다닥 집으로 달려갔네, 아랫도리가 뜨거워

아내를 침대에 눕혔지. 그녀는 놀랐네.

"말해봐요! 법정에 누가 있었어요?"

"저기……, 호마라는 이름이었소."

그녀의 눈이 질투와 분노와 경멸로 타올랐네.

그래서 라바의 아내는 호마를 마구 때렸지.

"당신은 사내 셋을 죽였어. 이제 이 동네를 떠나시지!"라고 소리

치면서.

라바는 호마에게, 그녀가 남편에게 받았다고 주장하는 양의 포도주를 주지 않으려 한다. 그는 학동 아베이이가 부인에게 호마가 말하는 양의 포도주를 주지 않았다고 주장한다. 호마는 학동보다 아내가 남편의 술잔 크기를 잘 알 거라면서, 잔의 크기를 표시하려고 팔을 든다. 그 순간 소매가 팔꿈치 밑으로 내려가면서 맨살이 번뜩이고 라바는 빛나는 여인에게 설렌다. 그는 욕정을 해소하기 위해 아내와 잠자리를 하려고 집으로 달려간다.

라브 히스다의 딸인—아버지 무릎에 앉아서 라바를 두 번째

남편으로 선택한 여자아이—아내는 이상한 기미를 눈치 챈다. 남편에게 사연을 듣자 질투와 분노에 사로잡힌다. 그래서 호마에게 달려가 사람을 잡아먹는다면서—호마가 세 번이나 남편과 사별했다는 걸 근거로—떠나라고 다그친다. 남편의 학동을 유혹한 과부와 복수심에 불타는 배신당한 아내의 장면에서 이야기가 끝나고 무대의 막이 내린다.

이렇게 두 여인이 클로즈업되는 마지막 장면은 탈무드에서 보기 드문 광경이다. 버지니아 울프가 영국 박물관 서가에서 발견하고 놀란, '클로에는 올리비아를 좋아했다*'는 구절이 나오는 소설의 플롯보다 희귀하다. 울프는 남자 작가들이 여자들의 관계를 호전적으로 그린다고 한탄하면서, 여성들의 우정에 대해 직접 쓰자고 권한다. 하지만 나는 탈무드의 적극적인 여주인공들을 만나 즐거웠다. 법정에서 호마의 팔에 떨어진 빛처럼, 그녀의 사연은 여자들의 목소리가 들리지 않는 율법 논쟁들과 번뜩이는 대조를 이룬다.

* * *

이런저런 일이 있었지만 난 케투봇 공부에서 용기를 얻었다.

---

* 메리 카마이클의 소설 『생의 모험들』에 나오는 구절. 울프는 문학에서 여성들의 친근한 관계를 묘사한 드문 문장이라고 강조했다.

어느 아침, 다프 요미 녹음을 들으면서 조깅을 하다가 공부 중인 탈무드 구절 덕에 위험을 면했다. 키부츠 호텔 '라맛 라헬'로 가는 도로를 달리는 중이었다. 예루살렘 남쪽 지역으로, 베들레헴과 유다의 언덕들이 내려다보이는 곳이었다. 평소 그 루트를 달릴 때는, 두 자녀가 치맛자락에 매달린 라헬의 동상까지만 갔다. 대형 동상 밑받침에 예레미아 구절 "그들이 그가 대적한 땅에서 돌아오리라*"가 새겨져 있었다. 요셉의 아들들이 고향 땅에 돌아오는 때를 선지자가 환상으로 본 것을 말한다. 이 지점에서 멈추고, 귀향에 관련된 구절을 읽은 다음, 몸을 돌려 집으로 향하곤 했다.

그런데 이날 아침, 계속 뛰어 호텔 뒤쪽의 들판까지 가기로 결정했다. 거기 올리브나무 200그루가 늘어서 있었다. 아랍 지구 근처 외진 들판에 가는 것은 과감한 행동이었지만, 다프 요미에 열중한데다 매사 순조로워서 대담하게 굴었다. 달리면서 랍비 여호수아 벤 레비에 대해 배웠다. 전염을 두려워하지 않고 나병 환자들과 앉아 토라 공부를 한 랍비다.

케투봇에서 아내와 이혼해야 하는 경우에 대한 논제에서 벤 레비가 언급된다. 남편이 혐오스러운 피부병에 걸리면, 아내가 결혼 생활을 지속할 거라고 기대하면 안 된다. 피부병 언급은,

---

* 예레미아 31:16.

나병 환자들과 접촉을 피하려는 랍비들의 조치에 대한 토론으로 이어진다. 랍비 요하나는 환자 근처에 간 파리 떼도 멀리해야 한다고 경고했다. 랍비 제이라는 환자들 쪽에서 부는 바람도 피해 앉았고, 랍비 아미와 랍비 아시는 나병 환자들이 사는 골목에서 나온 달걀을 먹지 않았다. 이와 대조적으로 랍비 여호수아 벤 레비는 환자들과 앉아 토라를 공부했다.

랍비 여호수아 벤 레비가 나환자들과 둘러앉은 상상을 하는데, 갑자기 멀리서 개 몇 마리가 나를 향해 사납게 짖었다. 난 계속 달렸지만, 개들이 가까워졌다. 개들은 점점 사납게 짖으며 다가왔다. 곧 내 허리까지 오는 사나운 개 여덟 마리가 나를 에워싸고 맹렬히 짖으면서 나란히 달렸다.

두려웠지만 개들에게 겁먹은 내색을 하지 않아야 한다는 걸 알았다. 『메이지 돕스』*의 한 장면이 떠올랐다. 세계대전 후 영국 탐정이 버려진 헛간에 혼자 있다고 생각하는데, 갑자기 위협적인 개가 머리를 드는 장면. 메이지는 강력한 집중력으로 자신의 몸을 진정시키고, 개는 그녀가 겁내지 않는 걸 느끼고 물러간다. 나도 메이지처럼 침착할 수 있으면 괜찮을 것 같았다. 그러자 생각이 소설 속의 더 무서운 개들로 흘러갔다. 이언 매큐언의 소설에 등장하는 소름끼치는 검은 개들. 제2차 세계대전이 끝나고

---

* 재클린 윈스피어의 미스터리 소설 제목이자 주인공.

몇 달 후, 프랑스 시골에서 준 트레마인이 피에 굶주린 동물들과 마주치는 장면. 그 악몽 같은 장면을 생각할 때마다 벌벌 떨렸다. 메이지와 달리 난 마음을 진정시킬 재주가 없었고, 준처럼 주머니에 칼이 있는 것도 아니었다.

소설 장면을 상상하느라 잠깐 한눈을 팔았지만 곧 고민스러웠다. 어떻게 해야 날 에워싼 진짜 개들을 물러가게 할까?

여전히 케투봇 녹음이 흘러나왔다. 달리기를 멈출 생각을 못한 것처럼 헤드폰 벗을 생각도 못 했다. 랍비 여호수아 벤 레비가 잠언의 "사랑스러운 암사슴 같고 아름다운 암노루 같으니*"라는 구절로 위험한 행동을 합리화하는 대목이 나왔다. 어떻게 나병 환자들에게 가까이 다가가느냐는 질문을 받자, 랍비는 "토라가 그것을 배우는 이들을 영광스럽게 한다면, 나 또한 지켜주지 않겠는가?"라고 반문한다. 개들이 옆에서 달릴 때, 나는 벤 레비의 말을 반복해서 중얼댔다.

"토라가 그것을 배우는 이들을 영광스럽게 한다면, 나 또한 지켜주지 않겠는가?"

왠지 다프 요미를 계속 들으면 이 상황을 무사히 벗어날 것 같았다. 다윗 왕이 생각났다. 그는 안식일에 죽을 운명인 걸 알아서, 안식일마다 토라를 공부하면서 보냈다. 그러면 죽음의 천사

---

* 잠언 5:19.

가 그를 덮치지 못하리란 걸 알았으니까. 또 소타 편에서 탈무드는 "그것이 네가 다닐 때에 너를 인도하며"라는 구절을 세상 어디를 걷든지 토라가 우리를 보호한다는 뜻으로 해석한다. 토라는 그것을 꼭 붙잡는 사람들에게 생명의 나무가 아닐까? 맞장구라도 치듯 주변에서 올리브나무들이 바람에 흔들렸다.

토라가 지켜주는 예가 더 기억나지 않을 즈음, 들판 가장자리에 넓은 도로가 나타났다. 멀리서 달려오는 트럭이 보였다. 개들을 자극할까봐 고함을 지르지 못하고 양손을 휘저었다. 운전수가 내 쪽으로 다가왔다. 개들은 트럭이 오는 것을 보자 곧 흩어졌고, 풀이 죽어 고개를 숙이고 점점 작게 짖었다. 난 운전수에게 구해줘서 고맙다고 말했지만, 여호수아 벤 레비처럼 토라의 구원을 받았다는 걸 알았다.

* * *

부단히 배우는 사람이다보니, 내 독립성의 상징은 나만의 방이 아니라 책들을 보관할 방이라는 걸 금방 깨달았다. 예루살렘에 도서관은 많지만 영국 박물관과는 비교 상대가 못 된다. 그러니 필요한 책을 모을 수밖에 없었다. 자주 이사하는 처지라 보통 일이 아니었다. 오랫동안 책을 종이 상자에 담아두고, 풀 수 있을 때 풀었다. 옷장 속, 부엌 찬장 안쪽, 침대 밑, 창틀에 책을 쌓아두었지만 이사 가는 아파트마다 너덧 상자는 구석에 처박아놓아야 했다. 어떤 책이 필요할 때마다 얼른 몇 상자 풀어 뒤졌고, 꺼낸 책들을 대충 넣었다. 덕분에 책들이 바닥으로 주르르 쏟아졌다.

일부 책을 남에게 줄까도 생각했지만, 책마다 메모를 해서 포기할 수가 없었다. 공부한 탈무드 책들은 장마다 상단에 연필로 공부한 날짜를 기입하고 여백에는 요약한 내용을 적었다. 전후 참조할 부분에 동그라미를 하고, 좋아하는 구절에는 밑줄을 그었다. 한번은 친구가 집에 왔다가, 중고 탈무드 책들을 샀느냐고 물었다. 난 "아니, 내가 적은 거야!"라고 자랑스럽게 대답했다.

시집들에는 「타오르는 눈빛의 연인」「희망의 죽음」「두 번째 기회 없음」같이 다양한 감정 상태에 맞는(또는 맞지 않는) 시를 고를 때 참고하도록 메모한다. 소설들의 경우 좋아하는 구절들을 표시하고, 뒤쪽에 쪽수를 쭉 적어두기도 한다. 예를 들어 이언 매큐언의 『차일드 인 타임』을 남에게 주고 필요하면 새 책을 사면 된다. 하지만 사랑하는 이의 습관을 아는 것의 의미에 대한 멋진 구절들을 찾으려면 책을 다 넘겨야 할 것이다. 몇 가지 예를 들면, 알렉산더 매콜 스미스의 『선데이 필로소피 클럽』에서 짝사랑을 묘사한 경우도 마찬가지고, 레베카 골드스타인의 『36가지 논쟁』의 평형 상태 계산법, 코스트코에서 산 대러 혼의 『인 디 이미지』도 마찬가지다.

더구나 시간이 흐를수록 점점 책들이 쌓였다. 처음 이스라엘로 이주할 때는 영어 원서를 쉽게 구하지 못할까봐 걱정했다. 뉴욕에서 보낸 마지막 몇 달은 '랜덤 하우스'에서 3년 근무를 마무리한 시기였고, 이스라엘에서 안식일 오후에 읽을거리가 없는 악몽을 꾸곤 했다. 재앙을 방지하려고 '랜덤 하우스' 서고에 들어가서 책 두 상자를 꾸려 예루살렘으로 발송했다. 나중에 친구가 책들을 챙겨서 찾아올 때까지 우선 그것들을 읽으면 된다고 생각했다(이스라엘 민족이 애굽을 떠나듯 나는 한 살림 챙겨서 '랜덤 하우스'를 떠난다고 농담했다). 그런데 출판 에이전시에 근무하면서부터 이스라엘 출판사에 저작권을 판매하지 못한 책들을 집에 가져오기 시작했다. 그랬더니 곧 내 도서관 이스라엘 분원의 장서 수는 두 배로 늘어났다.

이 나라에 내 도서관이 생겼지만, 난 아직 이스라엘 시민이 아니었다. 케투봇 편을 공부할 즈음 이스라엘에 산 지 3년이 되었다. 어느 시점에서 상사는 계속 노동 비자를 소지하면 급여 지급이 불가능하다고 알려주었다. 버지니아 울프에게 고정 수입의 중요성을 배웠기에, 내무부에 가서 시민권 취득 지원서를 제출하는 것밖에는 도리가 없었다. 많은 사람들이 이스라엘 국적을 얻으려고 했다. 그러니 담당 직원에게 이름을 불릴 때까지 기다려야 했다. 대기하면서 읽은 케투봇의 마지막 장들은, 이스라엘 땅을 집으로 삼는 것의 중요성을 다룬다.

케투봇의 마지막 미시나는 부부 중 한 사람이 상대를 이스라엘로 이주하게 강권할 수는 있어도, 이스라엘을 떠나게 할 수는 없다고 가르친다. 부부 중 누가 이스라엘에 가서 살자고 하든지 상관없다. 탈무드에는 이스라엘 거주를 과장되게 칭송하는 말들이 나온다.

예컨대 "이스라엘 땅에 사는 사람은 하나님을 가진 사람과 같다. 이스라엘에서 살지 않는 사람은 신이 없는 사람과 같다." 이런 구절 뒤에는 이스라엘 땅에 살고 싶어서 뭐든 감수하는 랍비들의 일화가 나온다. 예를 들어 랍비 제이라는 이스라엘에 태워다줄 배를 기다릴 수가 없어서 나뭇가지를 잡고 강을 훌쩍 뛰어넘었다. 이스라엘에 도착하자 랍비 압바는 아코 절벽에 키스했고, 랍비 하니나는 길을 고쳤다. 아쉽게도 이스라엘 행정을 개선하려고 애쓴 랍비가 없어서, 내 알리야* 수속은 순조롭긴 해도 몇 시간이나 대기해야 했다.

결국 이스라엘 신분증을 들고 내무부에서 나와, 뉴욕의 어머니에게 전화해서 기쁜 소식을 알렸다.

"이제 이스라엘 시민이 됐어요!"

내가 외치자, 어머니는 "마젤 토브!(행운을 빈다)"라고 대답했다. 내가 알리야를 하려는 줄 모르던 어머니가 물었다.

"어떻게 축하할 참이냐?"

잠시 그 질문을 곱씹어봤다. 난 알리야를 기념할 일로 보지 않았다. 내가 이스라엘로 왔다기보다 예루살렘에 왔다고 생각하는 정도였다. 난 정치적인 동물이 아니고, 시온에서 나온 토라에 끌

---

* 유대인이 이스라엘에 정착하는 것.

렸을 뿐이었다. 하지만 그때 아이디어가 떠올랐다. 책꽂이에 투자해야지! 이스라엘 시민권 취득을 축하할 최고의 방법인 것 같았다. 결국 이스라엘을 내 집으로 불러야겠다는 마음이 생길 때까지 책꽂이를 사서 조립할 엄두가 나지 않았으니까. 역으로 내 책들을 제대로 정리해서 진열해야, 비로소 한곳에 정착했다고 느껴질 터였다. 그래서 알리야를 한 다음 날, 늦은 오후에 탈피옷 공단에 가서 상점들을 돌며 책꽂이를 구경했다. 마침내 '에이스 크네 우브네*'라는 제품뿐 아니라 상호도 리듬감 있는 멋진 상점에서 책꽂이를 구입했다. 카탈로그에 'book', 히브리어로 자작나무 재질로 만들어졌다고 표기된 책꽂이였다. 물건을 사서(친구와 그녀의 믿음직한 공구로) 책꽂이를 조립한 다음, 책을 꽂는 더 어려운 작업에 착수했다.

책들을 배치하면서 최대한 체계적으로 하려고 노력했다. 탈무드 전집은 관련 참고도서들과 함께 맨 위 칸에 꽂았다. 다른 칸에 이스라엘로 이주한 후(매주 열심히 참여한 토라 수업에서) 영감을 받은 교사들의 책을 꽂았다. 루스 캘드런(난 그의 저서를 번역하고 있었다)과 랍비 베니 라우(그의 수업에 참석했고, 결국 그의 책을 번역했다). 시집들(히브리어, 영어, E.E. 커닝스처럼 둘을 섞어 대문자도 없고 모음도 없는 언어를 구사하는 시)은 금방 눈에 띄도록 눈높이에 맞

* 영어로 'buy and build', 사서 조립하라.

춰 배치했다. 과학사(주로 우리 회사가 이스라엘 출판사들에 판권을 팔겠다고 MIT출판부에 주문한 책들)와 관련된 논픽션들은 한데 모았다. 여기에 빅토리아 시대 영국의 전근대적인 과학과 최면술에 연관된 나병 관련 책들도 포함되었다.

아무도 허리를 굽히고 쳐다보지 않을 맨 밑 칸에는 갖고 있기 부끄러운 책들을 꽂았다. 『복수로 하는 채식주의』 『체육관에 가지 않고 운동하기』 『데이트와 섹스에서 행동하는 방법』. 그 외에 언급하기조차 힘든 책들도 있었다.

한밤에 책을 이리저리 배열하다보니, 기도서들과 시집들을 전부 높이가 같다는 이유만으로 나란히 꽂은 걸 알고 놀랐다. 내가 좋아하는 아모스 오즈*의 자전소설 『사랑과 어둠의 이야기』의 한 대목이 떠올랐다.

작가가 여섯 살 때 아버지는 책꽂이 한 칸을 비워주며 책을 꽂으라고 했다. "이것은 어른의 권리 같은 거였다. 자기 책을 똑바로 꽂을 수 있으면 이제 아이가 아니라 어른이다." 오즈는 그 공간을 잘 이용하려고 높이에 맞춰 책들을 꽂았다. 그날 밤 그게 실수라는 걸 알았다. "아버지는 퇴근해서 집에 돌아와 내 책꽂이를 힐끗 보고 충격 받은 것 같았다. 그러더니 조용히 오래도록 날 쳐다보던 그 눈길은 결코 잊히지 않을 것이다. 경멸이 담긴,

---

* 이스라엘 저널리스트, 작가.

형언 못 할 절망감에 씁쓸한 눈빛이었다. 자식한테 완전히 실망한 눈빛. 그는 입술을 오므리고 내게 쏘아붙였다. '네가 완전히 정신이 나갔구나? 책을 높이에 맞춰 꽂아? 책들을 병사로 착각한 거냐?"

책꽂이 맨 위 칸에서 아리에 클라우스너가 노려보는 것 같았다. 내가 제정신이 아니었던 게지.

그래도 시집과 논픽션을 꽂은 데는 이유가 있었고, 소설의 경우에는 상상력을 발휘해서 배열했다. 한 칸은 이스라엘 작가들의 소설 수십 권을 꽂았다. 미할 고브린, 야엘 헤다야, 메이르 샬레브, 데이비드 그로스만 등등. 다른 칸에는 아직 읽지 않은 소설들, 다른 칸에는 내가 편집한 소설들을 꽂았다. 그 아래 두 칸은 이전보다 공간이 넉넉해서 비워두었다.

이 빈 칸들이 책꽂이를 더 사서 조립해야 한다는 사실을 일깨웠다. 아직 롱아일랜드의 본가 지하실에 책 열두 상자가 있었다. 그 책들을 여기 꽂을 날이 오기를! 유년기와 고교시절에 읽은 고전들, 제인 오스틴과 브론테 자매들의 소설 전집, 노턴 시와 문학 선집, A.S. 바이아트의 작품 전부가 거기 있었다. 또 랜덤 하우스를 퇴사하면서 가져온 나머지 책들—모든 책등에 늑대 사냥개 로고가 박힌 크노프 출판사의 가제본들—도 거기 있었다.

멀리 있는 친구들처럼 그리웠다. 책 한 권을 꺼내서 좋아하는 구절을 여전히 외우는지 확인하고 싶어 마음이 아릴 때가 얼마나 많았는지. 매번 등골을 서늘하게 하는 멋진 마지막 구절을 다시 읽고 싶은 때도 많았다.

이제 완전히 이스라엘에 이주했다. 수 세기 동안 유대인의 공통점인 시온에 대한 갈망은 이제 없었다. 대신 디아스포라*를 생각하면서, 본가 지하실에 있는 책들인 '떠돌이들'이 마침내 모일 날을 갈망했다.

* * *

책꽂이가 생기자, 전에는 한 권씩 샀던 탈무드를 전집으로 구입했다. 이것이 책꽂이의 한 칸 반을 차지했지만, 늘 나란히 꽂히는 것은 아니었다. 가끔은 케투봇 편을 『자기만의 방』 옆에 두거나, 예브못 편을 『채털리 부인의 사랑』과 나란히 꽂으면서, 나만의 독창적인 탈무드 서가를 꾸몄다. 옥스브리지 도서관에서 울프가 "숙녀들은 교직원을 동반하거나 소개장이 있어야 도서관에 들어갈 수 있습니다"란 직원의 말을 듣고 돌아서는 장면이 떠올랐다. 케투봇 편에 나오는 여인들은 대담하고 용감했지만 남편의 부속품이었다. 버지니아 울프와 호마가 새 책꽂이에 나란히 앉아 날 내려다보았고, 난 그들이 기뻐하는 것을 직감했다.

---

* 여러 나라에 흩어져서 다른 나라에 사는 유대인들.

네다림(서약) / 나지르(나실인 서약)

절제, 절색

대학 시절 기숙사에 살 때, 침대를 책상보다 높게 설치했다. 침대가 편하지 않으면 낮잠의 유혹을 떨칠 수 있을 것 같았다. 잠은 나태한 것이고, 덜 잘수록 좋았다. 몇 시에 자든지 매일 새벽 5시 30분에 알람이 울리는 시계를 책상에 두었다. 알람을 끄려면 책상으로 내려가야 했고, 그즈음이면 기운이 없어서 다시 침대로 올라갈 엄두가 나지 않았다. 스누즈 버튼*은 나 같은 사람들에게, 혹은 네다림(서약) 편의 인물들에게 필요치 않았다.

---

* 정해진 시간 후에 다시 울리는 버튼.

네다림은 맹세의 계율을 다루고, 주로 사람이나 일에서 이익 취하기를 거부한다는 맹세다. 의무가 아니라 자발적인 맹세다. 신앙적으로 더 심오한 서원을 위해 금기 사항을 지키겠다고 자원하는 것이다. 랍비들은 성적 쾌락이나 특정한 음식이나 어떤 사람과의 교류를 삼가겠노라 맹세하는 이들에 대해 말한다. 이어서 다양한 맹세의 범위와 적용 가능성에 대한 토론이 이어진다. 육식 금지를 맹세한 사람이 메뚜기와 생선은 먹을 수 있는가? 아내와 성적 쾌락을 누리지 않겠다고 맹세해도 무방한가? 사흘간 자지 않는 것 같은—나도 시도해봤지만—불가능해 보이는 일을 다짐해도 되는가?

대부분 탈무드는 그런 서약을 못마땅해한다. 이런 맹세들을 제한적이고 억압적으로 본다. 이미 토라에 명기된 금지 사항들이 있는데 그 이상의 제한을 두는 것이다. 결국 유대인에게는 먹지 못하는 것들이 있고, 어느 때 누구와 동침하면 안 된다는 계율이 있지 않은가? 그런 마당에 왜 금기를 늘릴까? 랍비들은 '서원하고 갚지 않는 것보다 서원하지 않는 것이 더 나으니'라는 전도서 구절을 인용한다. 맹세할 때마다 천국에서 수첩이 펼쳐져 모든 행위가 기록되고, 하나님은 그의 운명을 더 신중하게 재평가한다고 랍비들은 말한다. 나는 탈무드가 토라의 율법대로 살고 율법 그대로 놔두라고 권한다는 게 좋다.

하지만 아이로니컬하게도 내 다프 요미 공부도 일종의 서약이었다. 네다림 편은, 아침에 깨서 성경이나 탈무드의 특정 부분을 공부하겠다고 맹세하는 사람에 대해 '이스라엘의 하나님에게 큰 서약을 하는 것'이라고 말한다. 나는 다프 요미를 무척 진지한 약속으로 받아들인다. 아침 일찍 공부를 못 하면, 그 사실을 기억하면서 끝낼 때까지 부담을 느끼도록 종일 탈무드를 갖고 다닌다. 그날의 분량을 마치지 않으면 잠자리에 들지 않는다. 또 하루에 할 일을 완수하는 편이다. 운동부터 일기 쓰기까지. 어떤 일에 도전하면 좀처럼 거기서 벗어나지 못한다.

얽매여 전념하는 성향이 시작된 것은 사춘기 초기부터였다. 당시 부모님 집에 살았다. 성경에 나오는 본가에서 하는 서약과 남편의 집에서 하는 서약의 차이를 보여준다고 하겠다. 이것은 내 바트미츠바*에서 시작됐을 것이다. 바트미츠바는 우연이지만 토라의 나소를 낭독한 주에 치러졌다**. 나는 낭독한 구절에 나오는 나실인***에 대한 토라의 토론을 언급했고, 나실인은 탈무드 다음 주해서의 주제다. 토라에 간략히 설명되고 탈무드의 긴 토론 주제인 나실인은, 하나님에게 금기 사항을 서약하는 사람이다. 여기에는 금주, 면도, 단발 금지, 최소 50일간 시신과 접촉 제한이 포함된다. 신에게 더 가까이 다가가서 일정 수준의 거룩함을 얻으려고 이런 금기들을 지킨다.

---

* 유대인이 12~14세 때 소녀에게 거행하는 성인식.

** 유대교는 매주 정해진 성경 구절을 읽는다. 35주차의 주제는 '나소(들어 올리다)'다.

*** 하나님께 헌신을 서약한 자.

나는 바트미츠바 연설에서, 나실인은 이 절제 기간이 끝나면 속죄 제물을 바쳐야 된다는 성경의 명령을 강조했다. 언뜻 보면 더 거룩해지려는 사람이 속죄 제물을 바쳐야 하는 게 이상하다. 어떻게 거룩이 죄일 수 있을까? 탈무드 나실 편에서 랍비 엘라자르 하카파르는 이 질문을 다룬다.

"그의 머리를 성결하게 할 것이며*"는 무슨 뜻인가. 어떤 영혼에 죄를 지었는가? 오히려 그는 금주해서 자신을 괴롭히는 죄를 지었다. 또 금주만으로 자신을 괴롭히는 사람을 죄인이라 부르면, 모든 일을 삼가는 사람은 얼마나 더 죄인인가!**

랍비들은 유대교를 금욕적인 종교로 보지 않았다. 우리는 삶의 맛있고 즐거운 일면들을 즐겨야 한다. 탐욕이나 쾌락이 아닌, 신이 주신 것을 인정하고 감사하는 태도로 누려야 한다. 금욕에 얽매지 않고, 삶이 주는 것들로 자신을 풍성하게 해야 한다. 나는 그렇게 믿었다.

사춘기에 접어들 무렵의 나는, 어머니가 고른 파란 물방울무늬 정장을 입고 과한 리본을 머리에 달았다. 그런 모습으로 비마***에 서서 강연했다. 그 연설을 할 때 선견지명이 있었을까, 몇 년 후 난 거식증을 앓았다. 대학 2학년이 되어 다락처럼 높은 침

---

* 민수기 6:11.

** 나실 19a.

*** 토라, 예언서를 낭독하는 작은 탁자가 있는 단.

대에서 자고 동트기 전에 깰 때부터 증세가 시작되었다. 애당초 체중 감소에 매달린 게 아니었다. 그저 나실인처럼 절제하는 생활에 몰두해서 덜 먹고 살기로 작정했다. '금욕주의', 즉 '어세틱 Ascetic'과 '심미적인'이라는 뜻인 '에스세틱 Aesthetic'의 발음이 비슷하다는 생각을 하면서, 자제를 통해 아름다움을 얻을 수 있다고 믿었다. '날씬한' '자그마한' 같은 단어가 마음에 박혔다. 곧 거식증을 겨울 동화 나라에서 발자국을 남기지 않고 걷는 백설 공주의 이미지로 보기 시작했다.

하루 세 끼 식사를 했지만 식사량과 음식 종류를 극도로 제한했다. 섭취 칼로리 양이 매주 감소하면서, 점점 음식이 생활의 중심이 되었다. 나 자신을 극도의 허기 상태로 몰아서, 수업 중에도 백팩에 든 사과를 떠올리며 강의가 끝나 첫 입을 베어 물려면 몇 분이나 기다려야 하는지 계산했다. 밤늦도록 자지 않으려고 애쓰다가, 허기를 견딜 수 없으면 그제야 잠들었다.

어느 날 늦게 깨서 책상에 앉아 다음 날이 마감인 과제를 하는데, 배가 고파 똑바로 앉을 수가 없었다. 밤에 버티기 위해 키보드 옆에 치리오*를 늘어놓고, 한 문단 쓸 때마다 하나씩 먹기로 했다. 치리오 열 개를 먹은 후 침대에 쓰러지면서, 음식을 먹은 속죄 제물로 아침 식사는 거르겠다고 맹세했다.

---

* 튜브 모양의 시리얼.

9월이 지나고 쌀쌀한 10월, 추운 11월이 되면서, 점점 미쳐갔다. 강한 허기는 더블 에스프레소 같은 효과를 발휘했다. 긴장되고 에너지가 넘치고, 예민하고 점점 감정적이 되었다. 그 학기에는 기본 수강 과목인 네 과목에 한 과목 추가해서 공부 부담이 컸다. 최대한 적응하려고 전보다 일찍 일어나기 시작했다. 매일 아침 체육관이 문을 열기 무섭게 들어가서 트레드밀을 차지했다. 원래 야외에서 달리기를 좋아했지만, 기계 위에서 뛰면 공부를 할 수 있으니 두 배로 효율적이었다. 하루 종일 단 1분도 허투루 낭비하지 않도록 계획을 짰다. 아침에 옷을 입으면서 부모님과 통화했고, 첫 수업에 들어가서 아침 식사를 했다. 점심을 먹으러 기숙사로 오면서 조깅을 했고, 책상에 앉아 이메일을 확인하면서 저녁 식사를 했다. 많은 일을 일과에 끼워 맞추었고, 한 주 지날 때마다 점점 작은 사이즈의 옷에 몸을 끼워 맞췄다.

11월에 체중 감소가 심해서 몸을 따뜻하게 하려면 네 겹이나 겹쳐 입어야 했고, 룸메이트들은 걱정하며 대학 건강 센터에 가보라고 권했다. 결국 거식증으로 입원했고, 아이비리그에서 아이브이 리그*로 던져졌다. 마침내 내 꼴을 직시해야 했다. 나실편에 가장 자주 인용되는 이야기 중, 남부 출신 나실인의 사연이 있다. 그는 예쁜 눈, 흰 얼굴, 곱슬머리를 가진 목동이었다. 이 나

---

* '링거를 맞는 리그'라는 말장난.

실인이 양 떼에게 줄 물을 뜨다가 웅덩이에 비친 자기 얼굴을 보고 못된 마음에 사로잡혔다. 그러자 그는 중얼댔다.

"머리가 텅 빈 놈. 결국은 벌레와 구더기가 될 텐데, 네 것도 아닌 이 세상에서 빼긴들 무슨 소용이람?"

목동은 나실인이 되면서 자제력을 과시하며 으스댔다는 걸 깨달았다. 결국 세상의 다른 생명체와 같은 운명이건만. 진정한 성과는 금욕이 아니라, 자만심과 자기만족을 누르고 남들과 같다는 깨달음이었다. 좋은 술을 즐기고, 불결한 일에 약하고, 가끔 머리를 자르고 면도해야 하는 보통 사람임을 아는 것.

물론 나실인과 섭식 장애의 유사성을 안 것은 나중에 거식증—황폐하고 괴로운 대가를 치르는 질병—에서 벗어난 후였다. 그제야 바트미츠바 아침에 내가 한 말의 역설적인 의미를 깨달았다. 섭식장애자처럼 나실인도 강한 욕구와 욕망을 초월할 수 있다고 믿으면서, 어느 정도의 자기실현을 열망한다. 나실인이 음주하는 사람들을 경멸하듯, 거식증 환자는 음식을 먹는 것을 깔본다. 음식이 필요 없거나, 먹지 않아도 버틸 수 있다고 믿는다. 자신은 더 높은 목표를 추구하니까. 그 목표가 거룩함이든, 마른 몸매든, 둘을 합한 것이든 계속 달아난다. 왜냐면 우린 피와 살로 이루어진 인간이니까. 또 목표를 추구하는 도중에 너무 큰 희생이 따른다.

퇴원 후 몇 달간, 여전히 음식은 나와 사랑하는 이들을 갈라놓았다. 자매들은 예쁘니까 뭘 먹어도 괜찮았지만, 매력이 없는 나는 쓰러지기 직전까지 몸을 혹사해 비쩍 마른 몸매로 때워야 될 것 같았다. 거리에서 날씬한 여자들을 보면, 그들이 큰 행복을 누리는 것처럼 부럽게 쳐다보았다. 또 배불리 먹으면 폭식했다고 자책했다.

여러 달 동안 제대로 먹지 않다가 마침내 처음 배부르다고 느낀 순간이 기억난다. 배 속에서 뭔가 자라는 것 같았다. 배부름이 종양이 커지는 것처럼 부자연스러웠다. 절망스럽고 거북해서 기숙사 방구석으로 기어가, 분노와 좌절감에 휩싸여 악을 썼다. 필사적으로 내 다리를 부여잡고 팔을 비틀어댔다. 입을 막고 수치스런 눈빛으로 외로움에 치를 떨었다. 다시 사랑하는 이들과 식사하면서 삶의 충족감을 인정하기까지 오래 걸렸다.

내가 한때 거식증을 앓은 걸 알면 사람들은 어떻게 회복했느냐고 묻는다. 대답하기 곤란한 질문이지만, 탈무드에 도움이 될 만한 은유가 나온다. 랍비들은 서약을 취소할 때 '풀다'라는 말을 쓴다. 서약에서 벗어나는 것은, 문자 그대로 이전에 묶여 있던 매듭과 금기에서 풀려나는 것이다. 거식증 치료는 내 몸에 족쇄를 채웠던 모든 규칙에서 풀려나는 과정이었다. 달린 거리에 따라 시리얼 개수를 헤아리며 먹는 데서 풀려나는 것이었다. 소름 끼치는 미친 날들에서 멀리 오긴 했지만, 버거운 일정을 잡고 덜 먹고 덜 자려는 성향과 아직도 싸운다. 발병 이전으로 돌아가는 게 회복이라면, 거식증에서 완전히 회복할 수 없을 것 같다. 네다림 편과 나실 편의 서약자들처럼 난 항상 절제와 극기에 매료될 것이다. 하지만 시간이 지나면 몇 가지 제한에서 풀려나 느긋해질 거라고 믿고 싶다.

소타(부정한 여자)

아직 미온적인 신부

소타(부정한 여자) 편이 나실 편 뒤에 나오는 이유를 설명하면서 랍비들은 "망신당하는 소타를 본 사람은 누구나 나실인이 되어 금주를 서약할 것이다"라고 말한다. 랍비들은 망신당하는 소타—간통 의혹을 받는 여인—가 워낙 볼썽사나워 그 광경을 본 사람은 술 때문에 자제력을 잃고 혼외정사에 휘말리지 않도록 단주를 맹세하리라 예상한다. 그러면 한편으로 나실인과 소타는 반대다. 전자는 욕망을 통제하는 반면 후자는 욕망에 굴복한다. 그러니 절제 성향을 가진 내가 소타에게도 매력을 느끼니 놀랄 만하다.

분명한 것은 난 소타가 되고 싶지 않다는 것이다. 소타는 외도를 의심하는 남편의 손에 이끌려 성전으로 끌려간다. 대제사장은 그녀의 머리를 헝클어뜨리고 망신스런 재판에서 '쓴 물'을 마시게 한다. 여인이 죄가 있다면, 물의 마법이 그녀의 배를 부풀리고 허벅지를 처지게 할 것이다. 그리고 그녀는 '가족의 저주'가 될 것이다. 여인이 결백하다면, 아기가 들어서 배가 부풀 테고. 그러니 유죄든 무죄든 소타의 운명은 몸에 물리적으로 남아서 모두가 보게 되고, 그녀를 간녀에서 구경거리로 만든다.

난 소타가 되고 싶진 않지만 그녀의 운명에 매료됐다. 어떻게 그렇지 않을 수 있을까? 랍비들에게 소타는 궁극의 요부가 된다. 키츠의 시 「무자비한 미녀」에 나오는 '요정의 아이'처럼. 그녀는 '거칠디거친 눈'으로 기사들을 유혹해, 그들에게 악몽 같은 광경들을 경험하게 한 후 그들을 '홀로 버려두어 창백해져서 추운 언덕배기를 헤매게' 만든다.

소타 편의 몇 대목은 포르노까진 아니더라도 관음적인 면이 있다. 워낙 정도가 심해서 다음 날 공부할 페이지를 미리 검토했다. 남자들만 있는 회당 다프 요미 수업에 참석하면 불편할지 알아둬야 했으니까. 대제사장이 '누구든 원하는 사람은 와서 볼 수 있도록' 여인의 옷을 벗기는 순간에 좌중의 유일한 여자가 되고 싶지 않았다. 랍비들이 구경하는 그 자리에!

소타의 옷 벗기기는 생생하게 묘사되어 있다. 토라는 제사장이 여인의 머리를 헝클었다고 단순하게 명시하지만, 탈무드의 랍비들은 이 장면을 길고도 상세히 말한다. 그들은 제사장이 '아주 예쁘지 않을 거라 짐작하고' 그녀의 젖가슴을 노출시켰다고 말한다. 더욱이 제사장은 그녀의 가슴 바로 위에 거친 애급 밧줄을 묶는다. 속박이나 변태적인 성욕 같지만, 실은 옷이 벗겨지지 않게 묶은 것이라고 설명한다. 중요한 것은 소타의 경우, 스트립쇼보다 노출이 덜하다는 점이다. 하지만 로맨틱한 시와 소설을 읽고 안 것은, 부분 노출이 더 유혹적이라는 사실이다.

소타 편을 공부하면서, 대개 문학 속 유혹 장면들은 시나브로 옷을 벗는다는 걸 알았다. 키츠의 시 「성 아그네스 축일 전야」에서 처녀인 매들린이 옷을 벗는 사이, 구혼자 포르피로는 옷장 속에서 그녀가 "향기로운 상의를 풀어 풍성한 옷이 사각대며 무릎으로 떨어지는 것을" 은밀히 지켜본다. 어떤 신체 부위가 드러나는지 우리는 모른다. 다만 보석 장신구를 빼고 진주 장식을 벗겨 머리가 흘러내리는 것만 안다. 옷이 바닥으로 떨어지자 매들린은 "해초 속 인어처럼 반라"가 된다. 옷에 대한 상세한 묘사는 많지 않고, 독자는 포르피로처럼 매들린에게 매혹된다.

빌리 콜린스의 「에밀리 디킨슨의 옷을 벗기다」에서 시인은 앰허스트에서 19세기의 위대한 여시인과 오붓하게 있는 상상을 한다. 그는 "극지 탐험가처럼 핀, 버클, 체인을 지나 / 그녀의 나신이라는 빙산을 향해 나아가다"라고 표현한다. 디킨슨의 나신은 화자의 목적지이지만, 시는 거기 이르는 과정에 좀 더 할애된다. 또 로버트 헤릭의 「줄리아의 옷에 대하여」도 있다. 여기서 시인은 줄리아의 알몸이 아닌 '그녀의 옷이 풀어 흐트러지는 것'에 매혹된다.

이 시들에서 알몸이 되는 여인이 없는 게 눈에 띈다. 완전히 벗는 것은 덜 섹시하기 때문일 것이다. 소타 편에서 랍비들은 다른 유혹 이야기를 토론한다. 성서 속 인물 다말이 옷을 벗는 이야기지만, 이 경우 그녀는 상복 대신 다른 옷을 입으려고 옷을 벗는다*. 다말은 매춘부 차림으로 시아버지 유다를 유혹해서 동침한다. 그러고 동침의 증표를 받아—유다는 돈을 지불하겠다는 약속으로 도장, 끈, 지팡이를 내준다—그가 잘못을 인정하게 한다.

다말이 파악했듯 옷은 기만하고 속이기 위한 수단이다. 사실 옷이 유혹에서 그런 역할을 하는 것은 자연스럽다. 유혹 역시 표리부동하니까. 유혹하는 것은 발각과 기만의 게임을 하는 것이고, 드러내기와 감추기가 번갈아 일어나며 전형적인 스트립쇼처럼 항상 속을 다 드러내지 않는다. 하지만 거기에 난관이 있다. 감추는 게 있으면 완전히 열어 보일 수 없기 때문이다. 그러니 드러내기와 감추기를 번갈아 하면, 타인과 모든 것을 나누지 못한다. 따라서 유혹은 친밀감을 가로막는다.

그 반대도 마찬가지일 것이다. 친밀감은 유혹을 가로막는다. 상대에게 모든 것을 드러내서 감추는 게 없으면 매력을 잃는다. 늘 다 벗고 돌아다니는 사람에게는 유혹적인 분위기가 없다. 또

---

* 창세기 38. 과부 다말은 시아버지에게 시동생과 결혼시켜준다는 약속을 어긴 것을 각성시키려고 시아버지를 유혹한다.

처음부터 영혼을 다 보여주거나 쉬운 사람에게는 흥분이 느껴지지 않는다. 함박웃음보다는 의미심장하고 희미한 미소가 더 매력적이지 않은가?

나는 관계에서 정직과 투명성을 중시하는 편이라 예전부터 친밀감과 유혹의 균형을 잡느라 애를 먹었다. 화장기 없이, 숨기지 않고 '이대로 받아들이거나 싫으면 말고' 식으로 본모습을 보이는 게 좋다. 밀고 당기는 줄다리기를 할 인내심이 없다. 하지만 전형적인 놀이의—제스처 게임, 숨바꼭질 같은—세련된 형태가 유혹이 아닌가. 둥글게 모여 술래가 보여주는 동작을 맞추기, 숨은 사람 찾기. 달아나면 쫓아가서 잡기. 내가 달리지 않고 숨지 않으면, 누가 보러 와줄까?

드러내기와 감추기의 줄다리기 양상은 글을 쓸 때도 아주 분명히 나타난다. 공부한 텍스트에 대해 쓸 때면, 다른 경우라면 감췄을 사적인 부분을 진솔하게 밝힌다. 하지만 내가 글을 쓰는 목적은 진실이 아니라 아름다움의 모색이다. 실생활에서 난 사적인 면을 중시한다. 하지만 글 속에서 삶을—글쓰기라는 예술에 반영된 삶—풀어낼 때는 코르셋을 풀고, 바스락대며 바닥에 떨어진 옷을 살포시 내려다본다.

* * *

탈무드도 이따금 할라카*보다 아름다움에 초점을 맞춘다. 예를 들어 소타 편 도입부에, 아내가 외간 남자와 얼마나 있어야 남편이 간통을 의심해도 타당한가를 두고 토론이 벌어진다. 랍비들은 각각 성적인 뉘앙스가 담긴 대답을 한다. 가장 프로이트적으로 답한 사람은 랍비 엘리제르이다. 그의 대답은 이랬다.

"대추야자나무를 한 바퀴 도는 동안입니다."

그러자 랍비 아키바는 남근을 은유적으로 달걀로 표현한다.

"달걀을 굽는 데 걸리는 시간 만큼입니다."

랍비 여호수아는 탈무드에서 흔한 술과 섹스의 연관성에 기초해서 답한다.

"포도주 한 잔을 섞는 데 걸리는 시간만큼이지요."

다른 대목에서 랍비들은, 남자가 성교하면서 다른 여자를 생각하면 안 된다고 가르친다. '다른 잔에 눈길을 주면서 술을 마시면 안 되기 때문이다**.'

하지만 가장 그럴듯한 대답은 플레이모라고만 알려진 현자의 '바구니에 팔을 뻗어 빵 한 덩이를 잡을 시간만큼'이다. 빵 역시 탈무드에서 섹스와 자주 연관된다. 그 장 뒷부분에 '먼저 손을 씻지 않고 빵을 먹는 것은 매춘부와 섹스를 하는 것과 같다'고 나온다. 더구나 바구니에서 빵을 집는 것은 불법 행위를 암시하고, 팔

---

* 유대교 율법의 총칭.

** 네다림 20a.

을 뗀는 행위도 남근과 연관 지을 수 있다. 이런 관련성 때문에 플레이모의 대답은 랍비들의 관심을 끈다. 그들은 알고 싶어한다. 빵이 따끈한지 차가운지. 빵이 빡빡하게 담겼는지 헐렁하게 담겼는지. 갓 구운 빵인지 묵은 빵인지. 밀(손에서 흘러내린다)로 만들었는지 보리(손에서 흘러내리지 않는다)로 만들었는지. 보드라운지 딱딱한지. 이는 평범한 빵 이야기가 아님이 확실하다.

남녀가 같이 있으면 의심을 살 만한 시간에 대한 열띤 토론이 한동안 계속된다. 달걀을 굽거나 포도주 한 잔을 섞을 시간보다 훨씬 길게 격론이 이어진다. 본문은 할라카의 대화보다는 시적인—진리보다 미를 추구하는—은유들을 펼친다. 행위를 연상시키지 않으려고 은유들을 사용하지만, 아이로니컬하게도 성교 묘사보다 은유가 더 도발적이다. 더 에로틱하고.

매들렌 랭글*은 회고록 『침묵의 고리』에서 소설가들이 섹스를 너무 노골적으로 표현한다고 한탄한다. '사랑의 행위를 해본 사람은 그것에 대해서 들을 필요가 없다. 경험이 없는 사람은 생리적인 과정의 묘사를 이해하지 못한다. 작가가 신비롭게 묘사해서 독자들의 상상에 인상을 남기는 것은 미모의 스트리퍼가 너울로 몸에 신비감을 더하는 것과 비슷하다.'

랭글은 읽은 글 중 가장 섹시한 장면은 『마담 보봐리』에서 엠

---

* 『시간의 주름』 등 청소년 소설을 많이 쓴 소설가.

마와 연인 레옹이 '커튼을 친 마차'에 탄 대목이라고 말한다. 거리를 달리는 마차는 '무덤보다 단단히 봉인된 채 배보다 더 흔들렸다.' 이 장면의 열정과 영향력은 독자가 볼 수 있는 게 아니라 볼 수 없는 데 깔려 있다. 소타도 마찬가지다. 랍비들이 대단한 섹스 장면을 쓰려고 애쓰지 않았겠지만, 그들이 구사한 은유라는 너울은 치명적으로 유혹적이다.

은유를 구사하면서도 랍비들은 소타, 즉 부정한 여인을 잠시도 가만두지 않는다. 그들은 재판을 받으러 성전에 가는 도중에 여인이 남편을 유혹할까 걱정한다. 또 성전에 도착해 사제들에게 넘겨져서, 그녀가 젊은 사제들을 유혹하려 들까봐 염려한다. 랍비들이 상상하는 소타는, 산발한 채 음탕한 눈빛으로 주변 모든 것을 태풍처럼 삼키는 위험한 유혹자다.

더욱이 소타의 유혹은 전염성이 있는 것 같다. 주석서에서 랍비들은 몇 번 더 욕정, 열정, 유혹에 대해 묘사하고, 포르노와 비슷한 장면도 있다. 예를 들어 성경 속 요셉은 주인 보디발의 매력적인 아내를 거부하기 위해 손톱을 통해 정액이 빠지도록 손톱으로 땅을 판다. 이 주해서에서 토라도 유혹 능력을 갖는다. 벤 아짜이는, 여자도 토라를 배워야 한다고 주장한다. 그래야 소타라는 비난을 받는 경우, 토라 지식을 이용해 가벼운 벌을 받을 수 있다. 하지만 랍비 엘리제르는 반대 견해를 피력한다. '남자가 딸에게 토라를 가르치면, 방탕을 가르치는 것이나 진배없다.'

랍비들의 견해를 보면 세상에는 두 부류의 여자—부정한 여자와 문란한 여자—만 있는 것 같다. 두 페이지 뒤에서 랍비들은 쓰러져서 기도하는 처녀의 이야기를 한다. '천지를 지으신 이여! 당신은 하늘을 지었고 지옥을 지었나이다. 정의로운 자들을 지었으며 사악한 자들을 지었나이다. 사내들이 제 말에 걸려 비틀대지 않게 하소서.' 그녀가 토라를 배웠다면, 유혹적인 매력을 초월해 다른 차원의 정체성을 가졌을 것이다.

랍비들은 히브리어 '아룸'을 이용해 지혜와 방탕에 대해 논한다. 아룸은 현명함과 벌거벗음, 두 가지 뜻이 있고, 두 단어는 에덴동산의 뱀 이야기에 등장한다. 이 토론은 랍비 요시 벤 하니나의 주장에서 최고조에 이른다. 그는 "토라의 언어는 그 앞에서 벌거벗는 사람만 온전히 배울 수 있다"고 말한다. 흔히 랍비 요시의 주장은, 토라를 깊고 온전히 배우려면 편견을 내던지고 새롭게 시작해야 한다는 뜻으로 해석된다.

내 생각은 다르다. 토라를 공부하는 가장 뜻 깊은 방법은 토라와 나머지 책들, 지식, 세상살이의 관계와 울림을 찾는 것일 것 같다. 토라 공부는 진공 상태에서는 할 수 없다. 그러니 랍비 요시의 발언을, 토라를 배우려면 자신을 기꺼이 내놓아야 한다는 뜻으로 해석하고 싶다. 셔츠를 찢어 가슴을 드러내고, 가장 비밀스럽고 수치스런 순간들을 끌어내서 자신을 내보여야 한다. 용기 내서 영혼의 가장 어두운 구석에서 토라 본문이 울리게 해야 한다. 그 구절이 내 영혼을 빛나게 하고, 그 답으로 내 영혼이 본문을 빛나게 하기를 바라면서.

내게 지식과 글쓰기는 늘 친밀한 경험이었다. 탈무드 구절은 심드렁하지 않다. 궁금하고 당황스럽고 부아가 나거나, 영감을 퍼부어 글을 쓰게 만든다. 탈무드 본문이 날 열중시키기 때문에 열중할 수밖에 없다. 몇 군데서 랍비들은 "모세는 토라를 야곱의 자손들에게 주는 유산으로 삼는다"는 구절에서 유산(모라쉬)이 아닌 정혼한 여자(모라사)로 읽는다. 토라는 정혼한 여자, 키츠 식으로 '아직 마음을 빼앗기지 않은 신부'와 비슷하다. 언제나 더 밝힐 부분이 있고, 더 찾아볼 부분이 있다. 그래서 나는 계속 토라와 함께하면서 그 비밀들을 찾으려 애쓴다. 밝힐 수 있는 것을 밝히고, 공유할 수 있는 것을 얻고 싶다. 그 길이 어둡고 고달플지라도.

기틴(이혼 증서)

이혼을 쓰다

기틴(이혼 증서) 편은 이혼 관련 율법을 다룬다. '기틴'은 이혼 증서 '게트Get'의 복수형이다. 성경에서 이 문서는 '세퍼 케리투트Sefer Keritut', 즉 '절연하는 문서'로 나온다. 이것은 남편이 절연하고 싶으면 반드시 아내에게 써줘야 하는 증서다. 그러니 이혼하려면 문서를 써야 한다. 기틴 편은 글을 쓰는 행위에 초점을 맞춘다. 게트를 작성할 때 어떤 종류의 잉크를 사용해야 하는가? 어떤 종류의 표면에 적어야 하는가? 남편이 직접 게트를 써야 하는가? 게트는 어느 특정한 여자에게 맞춰 작성되어야 하는가? 미리 이름을 적어두고 나중에 빈칸을 채워도 되는가? 어릴 때 장거리 자동차 여행 때 하던 '매드 립스*' 처럼. 다섯 개의 기틴을 한 장에 쓰고 밑에 증인 두 명을 세우면 어떻게 되는가? 이런 항목들을 다루기 때문에 기틴 편은 결혼에서 벗어나는 문서의 작성법으로 읽힐 수 있다. 나 역시 그렇게 하려고 했다. 펜과 백지로 무장하고, 난감하고 쓰라린 마음으로 이혼 과정을 쓰기 시작했다.

그런데 여기서 잠시 멈추어야겠다. 내 이혼 증서에 나오는 구절들을 미리 설명해야 하기 때문이다. 물론 여기서 폴이 등장하긴 한다. 어떻게 안 그럴 수 있겠는가? 그런데 폴 개인이 아닌 전남편에 대해 쓰려 한다. 우연하게도 그 남자가 폴이었다. 둘은 동일인이 아니다. 폴이 그의 관점에서 이야기를—그의 이혼 증서를—쓴다면 내용이 사뭇 다를 것이다. 그 이야기도 진실일 테고. 탈무드에 나오듯 '남녀 사이의 일'에 객관적인 진실 따윈 없거늘. 그저 기억하는 대로의 진실에 충실할 뿐. 첫 남편을 흉보고 싶지 않다. 내 경험을 풀어놓고 싶을 뿐이다. 그 경험에 어느 정도는 폴이 들어가는 만큼, 글 속의 폴과 개인 폴을 너그럽게 이해하는 눈으로 따로 봐주면 좋겠다.

나도 너그럽게 이해하는 눈으로 당시 일기들을 돌아보려 한다. 휘갈겨 써서 건질 내용은 별로 없겠지만. 안타깝게도 결혼이

---

* 빈칸에 단어를 넣는 게임.

파국으로 치닫는 동안 쓴 글은 앞뒤가 맞지 않는다. 가장 격앙되고 아픈 순간에 썼기 때문이다. 손이 벌벌 떨리거나 눈물이 앞을 가려 글을 제대로 쓸 수 없을 때만 썼으니까. 어떤 때는 한 페이지 전체가 슬래시로 채워졌다. 중학교 때 톱니처럼 갈라진 하트만 그리던 낙서와 비슷했다. 특정 대화나 순간을 그대로 묘사하기가 어려웠다. 기록은 어떤 종류든 경험을 예술로 바꾸려는 시도고, 추함은 예술적이지 않기 때문에 적기 어렵겠지. 내 결혼이 실패해서 수치스럽고, 내가 실패해서 수치스러웠다. 글을 쓰기 싫었고, 오히려 인생에서 이 챕터를 지우고 싶었다.

'삭제투성이 종이에 이혼 증서를 쓰는 게 가능한가?'라고 랍비들은 묻는다. 어리석은 질문 같다. 모든 이혼은 삭제 위에 씌어지지 않는가. 우린 사랑을 쓰고 싶지만 뜻대로 되지 않고, 그래서 지운다. 그런 다음 다시 사랑을 쓰려다가 지우고, 결국 어떤 이들은 사랑을 쓰는 걸 포기하고 대신 이혼 증서를 쓰는 것이다.

내 이혼 증서는 이혼 과정에서 기록한 기억들로 구성될 뿐, 증서 전달이 중요한 것은 아니다. 뉴욕 유대 회당 지하의 감옥 같은 랍비 사무실에서 이혼 절차를 밟았다. 내가 이혼 증서를 받기 이틀 전, 바로 여기서 단짝 친구가 결혼했다. 4년 후 나와 결혼할 남자도 그런 미래를 맞이할 줄은 상상도 못 하고 그 결혼식에 참석했다. 당시 대니얼과 난 모르는 사이였다. 나는 절망에 빠져 머리도 안 빗고 대충 입고 갔고, 그는 자전거 사고로 목발을 짚고 왔다. 난 인생의 꿈이 로맨틱한 소설처럼 펼쳐지는 걸 포기했지만, 신은 이미 다음 챕터를 준비했던 것 같다. 몇 년 후에야 이혼 증서, 단짝의 결혼식, 내 재혼이 연결된 걸 깨달았다. 책꽂이에 나란히 꽂힌 탈무드 기틴 편과 키두신(정혼) 편처럼.

난 이혼 증서를 받은 감옥 같은 회당 지하실이 아니라, 빛이 일렁이는 오후에 대해 썼다. 이른 봄날 예루살렘, 난 냉장고 문을 열고 유월절을 맞아 정리했다. 반쯤 상한 사과를 꺼내 들고, 8개월 전 남편이 된 폴에게 말했다.

"저, 이 사과는 많이 상한 것 같아. 내가 먹어치워야겠어."

그는 식탁에 앉아 책을 펼쳐놓고 식사 중이었다. 폴이 쌀쌀맞은 얼굴로 날 올려다보았다.

"당신이 썩은 사과나 먹을 정도로 자신을 귀히 여기지 않는데, 내가 어떻게 당신을 아내로 귀하게 여기겠어?"

며칠 후 회당에서 나는 아가서를 낭독하면서 사랑에 대한 구절을 곱씹었다. '나의 사랑하는 자는 수풀 가운데 사과나무 같구나.' 하지만 여기서 난 상한 사과를 먹으려 했고, 따라서 누군가의 눈에 사과가 되기에 적합하지 않았다.

또 얼마 전 폴과 자전거로 키너렛 지역을 여행한 일에 대해 썼다. 유스호스텔에 투숙했는데, 착오가 생겨 더블베드가 아닌 일인용 침상을 배정받았지만, 폴은 상황을 바로잡지 않았다. 여름 볕 속에서 몇 시간이나 대화 없이 자전거를 타다가, 결국 휴게소에서 달걀 샌드위치를 먹었다. 나는 남은 음식을 비닐봉지에 담아 자전거 핸들에 묶었다. 폴은 몸을 숙이고 신발 끈을 묶더니,

허리를 펴고 내 자전거에 묶인 봉투를 보면서 말했다.

"당신이 제대로 묶었는지 보자고."

그는 내 자전거 핸들을 검사했다.

"아니, 이러면 안 되지."

그는 내가 똑똑하지 못하다는 듯 찡그리고 못마땅해했다. 내가 왜 그러느냐고 물었다.

"당신은 너무 비현실적이고 무책임해. 자전거에 샌드위치도 제대로 못 묶는 사람한테 어떻게 자식을 맡길 수 있겠어?"

누가 어떻게 나한테 자식을 맡길 수가 있을지 나도 걱정스러웠다. 난 너무 자주 생각에 잠기거나 공상에 빠졌다. 그런 내가 어머니 노릇은 고사하고 아내 노릇을 할 자격이 있을까? 자신에 대한 가장 깊은 두려움을 폴이 확인해주는 것 같았다. 내가 근본적으로 구제불능인 인간임을 확인해주었다. '사람은 자기 집안에 과도한 두려움을 심으면 안 된다'고 기틴은 가르친다. 그렇지만 나는 폴이 떠날까 두려웠다.

결국 우리 둘 다 떠났다. 마지막 사건이 앞일을 시사했다. 안식일 만찬을 하는데 뒷마당에서 불꽃이 일었고 우린 도망쳤다. 알고 보니 작은 화재였고 곧 소방대가 와서 불을 껐다. 하지만 그 뜨거운 순간, 나는 뛰고 또 뛰었다. 그렇게 죽도록 뛰었다. 어디로 가는지, 뭐에서 달아나는지도 모르고 달렸다. 탈무드는 안식일에 화재가 나면 무엇을 구제하는 게 가능한지 토론한다. 하지만 그 순간 나 자신을 제외하면 아무것도 구제할 생각이 나지 않았다. 생존을 위해 본능적으로 달렸다. 지금 달아나지 않으면 다시는 떠날 용기를 내지 못할 것을 아는 것처럼 도망쳤다.

달아난 날 맞은 밤에 대해 썼다. 그날 나는 이웃 친구의 집에 가서 소파에서 잤다. 그는 내색하지 않았지만 우리 부부가 심상치 않은 기미를 눈치 채고 있었다. 나는 맨몸으로 현관문을 두드리고 재워주겠냐고 물었다. 시몬은 그때나 지금이나 속 깊은 친구여서 아무것도 묻지 않았다. 거실에 갈색 인조 벨벳 소파가 있었다. 어릴 때 집에 있던 것과 비슷한 소파에서 자니, 근심이나 책임이 없던 편안한 유년기로 돌아간 느낌이었다. 멍하게 며칠이 흐르는 사이, 거의 누워 지냈고 밤낮도 분간하지 못했다. 바깥에 세상이 여전히 존재하는 것도 몰랐다. 정 많은 시몬이 음식을 갖다준 것 같다. 명확히 기억하는 것은 그가 펜과 공책을 주었고, 덕분에 이런 것들을 기억한다.

일주일쯤 지나자 시몬은 빈 방으로 옮겨 오라고 권했고, 소파에서 나오는 게 쉬바*에서 나오는 느낌이었다. 내 결혼 생활을 애도하는 중이었다. 폴과 시집을 교환하고 좋아하는 성경 구절을 낭송해주면서 희망을 안고 결혼한 지 1년도 안 됐다. 난 제대로 향하고 있는 줄 알았던 생의 목적지를 애도했다. 이제 그게 코미디가 된 것 같았다. 또 너무 순진하고 희망에 벅찼던 마음

---

* 거상기간. 부모와 형제자매를 장사한 후 일주일간의 애도 기간.

한편을 애도했다. 마음 한편으론 사각거리는 백지에 러브스토리를 쓰는 줄 알았건만, 돌아가서 지우고 싶어질 줄 전혀 몰랐던 내 마음 한편을 애도했다.

상중이라고 받아들였던 그 주의 안식일에 대해 썼다. 그 안식일, 회당에서 아가서를 낭송할 당번이 나여서 그 일을 했다. 처음에는 무겁고 다친 마음으로 성경의 자유롭고 관능적인 사랑을 노래하는 모순을 감당할 수 없을 듯했다. '내 사랑하는 자는 내게 속하였고 나는 그에게 속하였도다. 그가 백합화 가운데서 양떼를 먹이는구나.' 어떻게 이 풋풋하고 순결한 사랑을 표현한단 말인가? 뽑혀서 시든 꽃처럼 버려진 내가? 하지만 예배하는 회중에 대한 책임을 저버리고 싶지 않았다. 그래서 이 구절을 희망적이 아니라—희망적인 날들은 가을처럼 끝나고 비처럼 그쳐버렸으니—도전적인 투로 낭송했다.

떠는 목소리를 내지 않으려고, 터질 것 같은 눈물을 참느라고 애먹었다. '여자들 가운데서 어여쁜 자야, 네 사랑하는 자가 어디로 갔는가? 네 사랑하는 자가 어디로 돌아갔는가?' 고개를 꼿꼿이 들고, 마치 폴이 돌아오기를 기원하듯 낭송했다. '내 사랑하는 자가 자기 동산으로 내려가 향기로운 꽃밭에 이르러 동산 가운데서 백합화를 꺾는구나.'

어느 시점에서 시몬이 나와 안드레아를 연결해주었다. 안드레아는 조깅 친구가 되었고 내 삶에 다프 요미를 소개했다. 시몬은 매일 나를 도서관에 데려갔고, 일할 장소가 생겼는데도 난 집중하지 못했지만 일에 몰두하는 척했다. 가슴이 찢기는 힘든 시기, 내게 특효약이 뭔지 시몬이 어떻게 알았는지 몰라도 타고난 품성인 듯하다. 몇 해 전 친구가 내게 자작시를 주었다. 제목이 「친절의 가장자리」였는데, 친절은 눈이 닿는 데까지 뻗은 섬이지만 확실히 경계도 있고 가파른 절벽도 있을 거라는 내용이었다. 시를 읽으면서 시몬을 떠올렸다. 난 그의 친절이라는 바다에서 아주 멀리 항해했다. 땅끝을 찾는 17세기 탐험가처럼 멀리 나왔지만 추락하지 않았다.

시몬은 계속 글을 쓰라고 격려했다. 또 일에 집중하라고 채근했고, 난 작업하던 성전의 파괴 이유를 다룬 책에 다시 매달렸다. 탈무드 기틴 편에 나오는 성전 파괴 이야기들을 다룬 책이었다. 탈무드에서 예루살렘 성전은 '집'이다. 이스라엘 민족 사이에 하나님이 존재하는 집이 예루살렘 성전이었기 때문이다. 그러니 그 성전의 파괴는 집의 파괴인 셈이고, 사실 기틴 편에는 황폐한 유대 가정의 삶을 다룬 이야기가 많다. 로마 병사들에게 짓밟힌 혼인식, 혼인 잔치에서 신부가 신랑 친구들과 잤다는 거짓 모함을 듣고 이혼을 하려 한 신랑, 이교도가 약혼한 커플을 데려가 유대 율법 밖에서 결혼시킨 이야기. 각자의 스승에게 유괴되었다가 나중에 강제로 결혼하게 된 남매 등.

성전 파괴에 관련된 가장 독특한 이야기는, 목수의 제자가 스승의 부인을 사랑한 사연이다. 목수가 형편이 어려워서 제자에게 돈을 꾸려 하자, 제자는 부인을 담보로 보내라고 요구한다.

목수는 요구에 따른다. 그런데 제자는 목수에게 아내의 부정을 의심할 근거를 알리면서, 돈을 빌려줄 테니 부인과 이혼하라고 권한다. 스승은 제안을 받아들여 마지못해 이혼하고, 부인은 계속 제자와 산다. 목수가 빚을 갚지 못하자, 잔인하고 비열한 제자는 자기 집에 와서 일해서 갚으라고 말한다. 그래서 그들이(제자와 그의 새 아내) 앉아서 먹고 마시는 사이, 목수는 시중을 들었고, (스승의) 눈에서 눈물이 흘러 그들의 잔에 뚝뚝 떨어졌다. 그 시간부터(성전을 파괴하려는) 신의 뜻은 확고해졌다. 그러니까 이 이야기에 따르면, 성전 파괴는 제자가 스승을 이용해서 스승의 집을 파괴해서 일어났다. 또 그의 집이 파괴되었기에 신의 신성한 집도 파괴되었다.

기틴 편에 나오는 성전 파괴 이야기들은 눈물과 비애로 얼룩진다. 전문적인 내용이 담긴 주해서라서, 그런 이야기들은 다른 부분과 어울리지 않는다. 기틴서는 이혼의 '이유'가 아니라 '방식'을 다룬다. 이혼 증서를 써서 서명하고 접어서 배우자에게 전달하는 방법이 나온다. 그런데 부부가 이혼에 이른 사유, 개입되는 감정, 문제를 가장 세심하게 다룰 방도에 대한 토론은 거의 없다.

하지만 90페이지에 걸친 세부 사항들을 살핀 후, 마지막 페이지에 눈을 끄는 감정적인 장면이 등장한다. "사람이 조강지처와 이혼하면, 제단까지도 눈물을 뿌린다." 기틴 편은 우리가 성전 파괴 때문에 울지만 성전 또한 유대 가정의 파괴 때문에 운다는 점을 상기시킨다. 이혼 증서 자체는 어떤 부부나 똑같은 문장을 쓰는 건조한 형식을 띤다. 하지만 당시의 내 일기처럼 각각의 이혼 증서에는 누군가의 눈물 자국이 있고, 하나님의 집에서도 흐느낌이 터져 나온다.

키두신(약혼)

로맨틱한 연애론을 향해서

기틴 편이 아내를 버리는 방법을 다룬다면, 키두신(약혼) 편은 아내를 얻는 방법을 다룬다. 남자가 여자를 얻는 것이지 여자가 남자를 얻는 게 아니다. 탈무드는 '여자를 쫓아다니는 것은 남자의 본성이며, 남자를 쫓아다니는 것은 여자의 본성이 아니다'라고 말하기 때문이다. 탈무드는 이 원리를 우화를 통해 보여준다. '그것은 잃어버린 게 있는 남자와 비슷하다. 누가 누구를 찾는가? 주인이 잃어버린 것을 찾는 것이다.' 즉 아담은 갈비뼈를 잃었고, 하나님은 그것으로 여자를 창조했다. 그러니 모든 아담은 잃어버린 이브를 찾느라 인생을 바친다. 여자들은 셸 실버스타인의 동화책 『잃어버린 반쪽을 찾아서』에 나오는 조각과 비슷하다. 맞는 원이 굴러오기를 기다리면서, 그때까지 가장자리가 너무 닳지 않게 하려고 애쓴다.

하지만 십대 시절 난 기다림에 평생을 바치지 않겠노라 다짐했다. 『빨강머리 앤』의 구절과["아 길버트, 난 다이아몬드 보석과 대리석 방들은 원하지 않아. 난 너를 원해!"] 『폭풍의 언덕』의 캐서린 언쇼의 구절["히스클리프를 향한 내 사랑은 영원한 바위와 같아. 잘 보이지 않지만 필요한 기쁨의 원천이지."]을 외우면서 성장했다.

좀 어처구니없지만, 어려서는 '연애'라면 콜린 맥컬로의 소설 『가시나무 새』의 용광로 같은 격정을 연상했다. 문고판의 주황색 표지가 눈에 선하다. 그 책을 교과서 사이에 숨겨놓고 수업시간에 몇 페이지씩 몰래 읽었다. 중학생 시절 어느 여름, 소설을 다 읽고 몇 주일 후 어머니와 TV 미니시리즈 〈가시나무 새〉를 자정이 넘도록 여덟 시간이나 시청했다. 오스트레일리아 오지의 광활한 풍경, 메기의 타는 붉은 머리와 대조적인 회적색 실크 드레스에 매혹되었다. 구슬픈 멋진 배경 음악이 여름 내내 귀에 맴돌았다. 그 여름, 첫 남자친구가 생겼고 캠프에 책을 가져가지 않았지만 이미 첫 문단을 줄줄 외웠다.

평생 딱 한 번 우는 새의 전설이 있다. 그 한 번, 지상의 어떤 피조물보다 아름답게 운다. 둥지를 떠난 순간부터 새는 가시나무를 찾아다니고, 나무를 발견할 때까지 쉬지 않는다. 그러다 무자비한 가지들 사이에서 노래하면서 가장 길고 날카로운 가시에 찔린다. 그렇게 죽어가면서 고통을 딛고 종달새와 나이팅게일을 능가하는 노래를 부른다. 생명을 제물로 바친 최고의 노래 한 곡. 하지만 온 세상이 숨죽여 그 소리를 듣고, 천국에서 신이 미소 짓는다. 극도의 고통을 견뎌야 최고를 얻을 수 있는 법……. 전설은 그렇게 말하는데…….

이 구절은 내 로맨틱한 사랑의 신조였고, 사람의 마음에 대한 모든 믿음을 대변했다. 나는 딱 한 번, 존재를 통째로 요구하는 대단하고 장엄한 사랑을 하리라 다짐했다. 이 사랑은 고통스럽겠지만—깊고, 괴롭고, 심장을 쥐어짜는 아픔이 있겠지만—고통의 깊이는 엄청난 환희와 비례하겠지. 가슴에 가시가 박히고, 그러면서 죽겠지만 그래도 그렇게 하리라. 그래도 그렇게 사랑할 거야.

고교 시절 내내 문학 작품에서 로맨틱한 사랑을 묘사한 아름다운 구절들을 찾아, 공책의 얇은 속지에 베꼈다. 난 아담이 아니라 이브였지만, 내 역할을 케네스 코흐*의 구절처럼 행할 준비가 되어 있었다. "나 그대를 사랑하리 / 장기 미제 살인 사건을 해결할 호두나무를 찾는 보안관처럼" 사랑할 만한 대상을 찾았다 싶으면, 난 그 앞에 무기력하고 애절하게 무너졌다. 그러면 상대 소년은 괴로울 정도는 아니어도 난처해했다. 수업이 지

---

* 미국의 시인.

루하면 노트에 연애편지와 소네트를 썼다. 글을 쓴 종이를 찢어 아무에게도, 특히 그 글의 주인공에게는 보여주지 않았다. 난 짝사랑이나 로버트 그레이브스*가 말한 '가망 없는 사랑'의 명수였다. "지주의 딸이 말을 타고 지나갈 때 높은 모자를 벗는 / 새잡이 청년 같은 가망 없는 사랑 / 가두어둔 종달새들이 달아나 날아가서 / 말을 타고 지나가는 그녀의 머리 위에서 노래하네" 새잡이 청년처럼 사랑 때문에 바보가 되었다. 상대가 모퉁이 돌아 사는 비유대인인 고교 영어 교사든 길버트 블리스든 다 비현실적이었지만. 내가 아무 새도 못 잡았다는 말은 두말하면 잔소리고.

탈무드의 랍비들은 내가 짝사랑에 쏟은 에너지를 어떻게 생각할까. 키두신 편에서 현자들은 공부와 행위의 관계를 논한다. 토라 공부와 선행, 어느 쪽이 더 좋은 하루를 사는 길인가? 결국 현자들은, 공부는 행동으로 이어지니 공부가 더 훌륭하다는 랍비 아키바의 편을 든다. 그들이 실제 연애로 이어지기만 하면—내 경우는 아니었다—갈망도 괜찮다고 말해줄지 의심스럽다. 혹은 셰익스피어의 말마따나 정욕을 행동으로 옮기면 황량한 수치 속에서 정기를 잃고, 행동하기 전까지 정욕은 거짓을 말하고 잔인하고 가혹하며 비난으로 가득 찰까.

---

* 영국 시인, 소설가.

나이가 들면서 로맨틱한 사랑을 더 냉철하게 보게 되었다. 마침내 이혼의 상처를 극복하자, 사랑이 한 번뿐이 아님을 믿었다. 함께 행복한 삶을 누릴 만한 남자들이 있었다. 또 갖은 난관에도 단단해지는 다양한 관계들을 인정하기 시작했다. 대학 동창은 열다섯 살 연상인 교수와 결혼했다. 강의하면서 만난 연하의 학부생 제자와 결혼한 친구도 있었다. 최근 사별한 이모는 30년 전 여름 캠프에서 사귄 남자와 재혼했다. 누구를 찾고 있는지 알 수 없었다. 그저 천생연분을 만나면 알아볼 능력을 달라고 기도할 수밖에.

또 처음에는 안 맞는 것 같아도 잘 맞을 수 있다는 걸 이혼 후에 알았다. 키두신의 두 번째 챕터는 주로 거짓 속의 정혼을 다룬다. 남자는 신붓감에게 '결함'이 없음을 전제로 정혼하지만, 알고 보니 결함이 있다. 그러면 여자는 그와 정혼한 게 아니다. 랍비들에 따르면 개에 물린 흉터, 깊은 가슴골, 쉰 목소리도 결함으로 본다.

동시에 같은 챕터에서 랍비들은 이런 말도 한다. "남자는 나중에 신붓감의 혐오스러운 점을 발견하고 혐오하는 것을 피하기 위해 반드시 먼저 여자를 봐야 한다. 토라가 이웃을 네 몸처럼 사랑하라고 말하기 때문이다." 신붓감이 매력 있는 여자인지 혼인 전에 확인해야 한다는 말이다. 이런 말들은 호손의 소설 『모반』을 연상시킨다. 과학자는 아내의 뺨에 있는 모반이 못 견디게 싫다. 결국 아내는 그가 모반을 제거하는 데 동의하고, 남편이 준 약을 마시고 죽는다. 가끔 폴이 내가 무결점이라고 전제하고 결혼했다는 생각이 든다. 즉 그가 싫어하는 면이 없다는 조건에서. 사이가 나빠지자 우린 아주 다르게 대응했다. 나는 조건 없이 서로에게 헌신했으니 함께 난관들을 이길 방도를 찾으리라 믿었다. 폴은 그 난관들이—결함들이—헌신 자체를 망가뜨렸다고 느꼈다.

한때 열광한 사람 때문에 나락에 떨어질 수 있다는 아픈 사실을 알자, 로맨틱한 사랑에 대한 회의가 커졌다. 완전히 한 방 먹은 기분이었기에 친구들이 열렬한 연애 이야기를 하면 의심스럽게 쳐다보았다. 친구들이 새 연인을 자랑할 때, 난 웬디 코프의 시 「오렌지」를 떠올렸다.

점심시간에 큼직한 오렌지 한 개를 샀지
얼마나 큰지 우리 모두 웃었어
난 껍질을 까서 로버트와 데이브에게 나눠주었지
그들은 반의 반씩을, 나는 절반을 가졌어

그 오렌지는 날 무척 행복하게 했지.
최근에 소소한 일들이 자주 그랬듯
쇼핑, 공원 산책
이것은 내게 새로운 평온과 만족

그날 내내 아주 느긋했지

나는 처리할 일들을 다 마쳤고

즐거움을 누리며 시간을 보냈지

당신을 사랑해. 내가 존재해서 다행이야

코프는 로맨틱한 사랑의 빛나는 첫 순간들을 묘사하고, 여기서 새로 발견한 '평온과 만족'이 느껴진다. 심지어 실한 오렌지 같은 아주 소소한 기쁨만으로도 미소 지을 수 있음을 알게 된다. 대중 심리학은, 처음 사랑에 빠지면 뇌가 신경전달물질을 분비해 에너지를 증가시킨다고 말한다. 맥박이 빨라지고, 인지 감수성이 커지며, 인생을 긍정적으로 보게 된다.

사실 키두신 편에는 사랑에(적어도 정욕에) 빠지지 않기 위해 괴력을 발휘하는 랍비들의 이야기가 나온다. 한 예가 랍비 암람이다. 그는 자신이 미인 포로들이 사는 다락에 접근하지 못하게 사다리를 치워달라고 현자들에게 부탁했다. 어느 날 한 여인이 환한 빛을 내뿜으며 다락 입구를 지나갔다. 그 광휘를 본 랍비 암람은 달려가서 사다리를 제자리로 옮겼다. 평소 열 명이 들어야 될 만큼 무거운 사다리였다. 그는 사다리를 오르다가 '불이야!'라고 외쳐서 사악한 욕망을 억제할 수 있었다. 고함을 들은 현자들이 몰려와서 그를 유혹에서 구해주었으니까.

랍비 아키바의 사연도 있다. 미인으로 변한 사탄이 랍비 앞쪽 야자수 꼭대기에 앉아 있었다. 랍비 아키바는 그녀에게 올라가고 싶은 나머지 나무를 타기 시작했다(사탄이 때맞춰 본모습을 드러내서 여기서도 랍비는 구제받았다). 랍비 메이어의 사연도 비슷하다. 그는 강 건너에 있는 미인(이번에도 사탄이 변장한)을 봤고, 나룻배가 없자 밧줄을 잡고 몸을 날려 강을 건넜다(그렇다, 그 역시 구제받았다!).

심리학자들과 랍비들이 밝히듯, 로맨틱한 사랑은 강렬한 감정뿐 아니라 육체적인 경험이기도 하다. 사랑에 빠지면 몸이 화학작용을 일으킨다. 슈퍼히어로가 되어 강을 뛰어넘거나 나무에 오를 수 있는 것처럼. 혹은 성경 속 야곱처럼 라헬이 지켜볼 때 우물 입구에서 무거운 바위를 치울 수도 있다. 난 이것을 사랑의 오렌지 단계—온 세상이 가능성으로 빛나고, 평범한 것들이 살아 있음에 전율하는 단계—로 본다. 하지만 안타깝게도 딱 거기서—한 단계로—끝나는 경우가 허다하다. 처음 몇 입은 과육이 달콤하지만, 어느 시점에서 과육은 없어지고 씁쓸한 껍질만 남는다. 사랑은 그 자체의 껍데기가 되어버린다.

그러면서 내가 경험한 열애와 실연에 어울리는 사랑에 대한 신조가 생겼다, 로맨틱한 사랑을 맥컬로의 소설 『가시나무 새』가 아닌 잭 길버트의 시 「기다리고 발견하고」처럼 보게 되었다. 시 속 사내아이는 유치원 음악 수업에서 빨간색과 금색으로 된 작은북을 치고 싶었다. 하지만 평범한 트라이앵글이 주어진다. "너는 트라이앵글이 주어졌지만 사실 거의 연주하지 않았다 / 탬버린과 작은북 연주가 오래 이어지는 동안 기다리고 있었다"

트라이앵글을 연주하지 않는다. 이따금 땡 소리가 나고 울리다가 다시 칠 때까지 잠잠하다. 그제야 소년은 트라이앵글 소리가—더 인기 있는 작은북이 아니라—자신과 함께 머문다는 걸 알았다.

하지만 아이가 기억하는 것은
트라이앵글 소리
긴 인생 내내
계속될 완벽한 반짝이는 소리다
잦아들다가 한참 후에 다시 울리는 소리
잃어버렸다가
다시 소리가 나타날 때까지 기다린다
기다린다는 것은
아무것도 갖지 않았다는 의미
사랑이 때로 잦아들고,
이따금 빼앗기기도 한다는 의미
세상의 음악 가운데서
자주 조용히 산다는 의미
가장 훌륭한 것이
다시 나타나기를 기다리면서

길버트에 따르면, 사랑이란 평생을 바쳐 찾다가 잃어버리고 그러다 다시 찾기를 기다리는 것이다. 세상이 숨죽이고 듣는 가시나무 새의 '단 한 번 부르는 최고의 노래'가 아니다. 오히려 모두 자기 파트를 익히려 애쓰지만 정확히 소리 내지 못하는 연속적인 불협화음이다. 사랑이 로맨틱한 것은 독특하고 평생 한 번뿐이 아니라, 잦아들고 다시 나타난다는 보장이 있기 때문이다. 그러니 해넘이에 시가 넘실대듯 사랑에도 시가 넘실댄다. 빛이 옅어지면서 하늘에 색이 번지지만, 해는 다시 떠오른다.

가시나무 새들은 노래가 끝나면 생이 끝난다. 하지만 길버트의 시는, 침묵의 세월 속에서도 생은 계속된다고 환기시킨다. 우린 기다리고 또 기다리고, 그러다가 발견한다. 이런 의미에서 누구나 아담처럼 탐색한다. 하지만 찾는 것은 잃어버린 단 하나의 반쪽이 아니라, 사랑에 빠질 기회다. 오렌지를 음미할 기회, 빛나는 음표를 트라이앵글로 칠 기회.

우린 최고가 나타나기를 기다린다. 다시 한 번.

part 3. 손해

나의 완벽한 파트너는

우연 속에 있었다.

바바 카마(첫 번째 문) / 멧치아(두 번째 문) / 바트라(세 번째 문)

기적 속에 매달려

바바 카마(첫 번째 문), 바바 멧치아(두 번째 문), 바바 바트라(세 번째 문)을 공부하면서, 대니얼과 만나 사귀고 결혼했다. 이 주석서들은—원래는 한 편의 긴 해석서 안에서 세분된다—민법, 특히 사람들 간에 교류하고 공간을 공유하는 방식을 논제로 삼는다. 점차 내 삶에 대니얼을 받아들이면서, 탈무드를 서로를 찾는 길로 삼았다. 평생 반려가 될 사람을 찾아내는 길, 상대를 자신만큼—더는 아니더라도—간절히 찾아나서는 길이 탈무드에 있었다.

나는 대니얼을 만나기 전에도 나를 찾으려고 버둥댔다. 바바 카마에 들어가면 "사람은 자기 몸을 간수할 책임이 있다"고 배운다. 즉, 몸뚱이로 타인을 해치지 않으려고 조심해야 한다는 뜻이다. 이것은 어른이 된 후로 걸으면서 책을 읽는 내가 통달해야 했던 기술이다. 난 도로의 장애물, 판석, 인도에 세워진 전신주를 의식하면서 책에 나온 문장을 읽고 이해할 수 있다. 두어 해 전 시력을 잃은 친구가 있다. 그녀는 발이 걸리거나 넘어지지 않도록 보행 지도사에게 지형을 기억하는 법을 배웠다. 난 다행히 시력이 좋지만, 보지 않고 상황을 파악할 줄 안다.

걸으면서 글을 읽는 요령이 있다. 산문보다 시(문장이 끊기니 자연스럽게 고개를 들 기회가 생겨서), 양장본보다 무선제본 종이 표지(들고 있기 가벼워서), 큰 활자(눈을 가늘게 뜰 필요 없으니까)가 더 수월하다. 하지만 이제 길에서 못 읽을 책이 없고, 집을 나설 때는 꼭 책을 챙긴다. 처음 예루살렘에 이주해서는 안식일 오후마다 친구에게 얻은 안내 책자를 들고 산책했다. 매번 다른 루트를 택했다. 지도나 삽화에 몰두해서 앞의 건물을 쳐다보지 않을 때도 있었지만, 대개는 건물에 얽힌 사연뿐 아니라 건물 자체를 보려고 애썼다.

자파 거리에 있는 '죽은 신랑의 집'은 혼례 전날 밤에 죽은 기독교도 아랍 청년의 부모가 1882년에 지은 건물이었다. 부모는 아들이 죽었지만 예식을 거행하기로 했다. 그들은 죽은 신랑에게 예복을 입혀서, 사정을 모르는 신부 옆에 앉혔다. 나는 그 위쪽에 있는 조하레이 하마 회당 바깥에 섰다. 미국인 이민자가 1908년에 세운 회당에는 스마일 모양의 해시계가 있고 두 눈 자리에 각각 시계가 달려 있다. 해가 나지 않으면 한쪽 시계는 유럽 시간을, 다른 쪽 시계는 아랍이나 중동 시간을 가리킨다. 그러니 12시는 우리의 6시다. 원래 회당은 화재로 소실되었지만, 1980년에 재건되어 오늘날도 신자들이 찾아가 기도한다.

그 주에 일이 많아 걷지 못하면, 내 처지와 무관한 책들에 몰입해 현실을 잊었다. 엘리베이터에서 시집을 읽고 병원 대기실에서 단편 소설을 읽었다. 우체국이나 슈퍼마켓에서 차례를 기다리며 장편 소설을 읽은 덕에 시간을 낭비하지 않고 책에서 많은 걸 얻었다. 가방에 책 세 권을 넣고 다닌 적도 많았다. 꼼짝 못하고 붙들렸을 때 읽을거리가 없으면 단테가 그린 지옥에 던져진 것과 같을 테니까.

세월이 흘러 예루살렘에서 책을 보면서 돌아다니는 여자로 소문나기 시작했다. 평소 조깅하면서 앞을 안 봐서 자주 전봇대에 부딪쳤다. 이후 며칠간 이마에 멍이 퍼렇고, 어디 가든 모르는 사람들까지도 같은 말을 했다.

"아이구, 또 걸으면서 책을 읽었군요!"

난 그게 아니라고 변명하려 했다. 이번에는 조깅을 했고 책을 들고 있지도 않았다고 대꾸했지만, 아무도 믿지 않았다. 탈무드는 조심성 없이 뛰는 것에 대해 경고한다. 이시 바 예후다 현자에 따르면, 뛰는 사람과 보행자가 부딪쳐서 다치면, 뛴 사람에게 책임이 있다. '변하는' 몸짓으로 움직인 당사자니까. 즉, 뛰는 행동은 사람들의 자연스런 움직임과 다르다. 하지만 이시 바 예후다는, 안식일 전야 해질녘에 뛰는 사람은 손해 배상을 면제받아야 한다고 말한다. 안식일을 맞을 준비로 서두르는 것은 무방하기 때문이다.

다행히 난 달리면서 아무도 다치게 하지 않았다. 책을 보면서 걸을 때도 마찬가지였다. 이런 의미에서 난 바바 카마에 나오는 '쇼르 탐(무고한 소)'인 셈이다. 줄여서 '탐'으로 불리는 이 소는 다른 동물이나 사람을 들이받지 않는다. 반면 '쇼르 무아드'는 자주 뿔로 받아서 주인에게 큰 손해를 입힌다. 사실 내 대담한 보행으로 다친 사람은 나밖에 없지만, 책에서 얻은 게 워낙 많으니 가벼운 부상쯤이야 감수할밖에.

예루살렘에서 책을 가져가지 않은 장소는 장을 보는 노천시장 '수크'밖에 없다. 수크에서 집에 올 때 타는 버스는, 드물게 각계각층이 모이는 공간이다. 하레딤부터 아랍인까지, 딱 붙는 블랙진을 입고 배꼽 피어싱을 한 십대들까지 다양하다.

수크에 가면 가방을 든 사람들을 비집고 서서 잘 익은 토마토, 향신료 맛이 나는 올리브, 바삭하고 따끈한 감자구이를 고른다. 킁킁대고 눈으로 확인하면서 냄새가 고약한 치즈와 가더몬* 향이 나는 터키 커피를 선택한다. 랍비들은 '수크에서 음식을 먹는 것은 개와 같은 짓'이라고 말하지만, 난 배가 고파서 못 참는 경우가 많다. 뜨거우서 김이 서린 비닐 봉지에 손을 넣어 피타**를

---

* 생강과의 향신료.

** 심심한 맛이 나는 넙적한 빵.

꺼내 맛있게 먹는다. 단골 가게 주인은 두 형제로 내 생활을 꿰고 있다. 매주 포도를 고르거나 레몬을 담으면서 그들과 안부를 주고받는다. 그다음에 허브 가게로 간다. 내가 싱싱한 바질, 파슬리, 박하, 상추를 고르는 동안 키파 모자를 쓴 주인은 그 주의 토라에 대해 설명한다. 이제 젊은 에티오피아 가족이 운영하는 곡물 가게로 향한다. 퀴노아, 귀리, 렌즈콩과 많은 양의 콩을 구입하고 처음 보는 새 곡물에 대해 묻는다.

수크에서 장을 볼 때는 주변 모든 것에 유의해야 해서 책을 읽지 못한다. 지갑은 가방의 지퍼 달린 주머니에 보관해야 한다. 수크는 못된 소매치기가 우글대는 장소로 악명 높다. 이것은 바바 카마에서도 다루는 문제다. 왼쪽 주머니에는 몇 군데 가게에서 쓸 지폐와 동전 약간을 넣고, 반대쪽 주머니에는 쇼핑 목록과 펜을 넣었다가 물건을 사면 목록에서 지운다. 집에서 미리 품목 리스트를 준비한다. 기본 목록에다 매주 필요한 물품을 더하거나 빼고 그 주의 토라 제목대로 '수크 리스트 노아' '수크 리스트 레흐레카' 식으로 리스트 제목을 정한다.

돈 간수뿐 아니라 장바구니, 손수레, 청과상에서 버린 상자들로 어지러운 통로들을 천천히 빠져나가려고 애쓴다. 얇은 머릿수건을 쓴 독실한 노부인들이 카트를 끌고 뒤를 보지 않고 지나간다. 그러니 다른 사람들이 피해 지나가야 한다. 호리호리한 십대 소년들이 갓 구운 피타 빵이 쌓인 판자를 머리 위로 들고 통로를 바람처럼 누빈다. 카트를 끄는 노부인들과 부딪쳐 화덕에서 막 꺼낸 뜨끈한 빵을 바닥에 흘리지 않는 게 놀랍다.

바바 카마 편에 수크와 다른 공공장소에서 일어나는 우연한 충돌에 대한 이야기 몇 가지가 나온다. 그중 아마포를 실은 낙타가 촛불 켜진 상점 문간을 지나는 이야기가 마음에 든다. 아마포에 불이 붙어 상점이 불길에 휩싸인다. 낙타 주인과 상점 주인 중 누구의 책임일까? 탈무드는 초가 출입구 밖에 있다면 상점 주인, 상점 안에 있다면 낙타 주인에게 책임이 있다고 말한다. 하지만 랍비 예후다는 문제의 촛불이 하누카*를 기념하는 촛불이라면 상점 주인은 상관없다고 말한다. 왜냐하면 그는—이시바 예후다가 말한 안식일을 준비하려고 급히 뛰는 사람처럼—율법을 행하고 있기 때문이다.

나도 수크에서 비슷한 일을 몇 번 겪었지만 다행히 낙타나 큰 화재는 없었다. 남의 겨드랑이에 부딪치거나, 당근 자루가 내 발등을 짓누른 적은 있다. 그런 일을 겪더라도 슈퍼마켓보다 수크가 좋다. 상인들과 알고 지내면서 그들이 내 삶의 일부로 느껴져 즐겁다. 또 계절이 깊어갈수록 싸지다가 다시 비싸지는 것으로 어떤 과일이 제철이고 끝물인지 아는 것도 재미있다. 해마다 딸기를 내 어깨 높이만큼 쌓아놓고 1킬로그램에 4세겔에 팔 때가 기다려진다. 난 노점상이 작은 양동이로 딸기를 퍼서 플라스

---

* 성전 봉헌을 축하하는 빛의 축제.

틱 통에 담는 광경을 지켜본다. 6월에는 첫 살구, 8월에는 첫 석류를 찾는다. 9월에 나오기 시작하는 청귤은 가을이 깊어가면서 점점 노래진다. 마지막으로 환경애호가로서 최소한의 포장을 한 지역 농산물을 살 기회가 소중하다. 그래서 매주 에코백을 장바구니로 사용한다.

수크에 갈 때면 나도 모르게 팔이 빠지도록 물건을 산다. 들고 갈 수 있는 만큼 최대한 장을 본다. 도저히 더 들고 갈 수 없겠다 싶으면 그제야 버스 정류장으로 천천히 간다. 이즈음 어깨가 뻐근하고, 장바구니 손잡이에 쓸려서 손바닥이 빨갛다. 정류장에서 가방들을 조르르 내려놓고, 만원 버스에 오를 때까지 기다린다. 사람들이 팔꿈치로 밀면서 새치기하려 한다.

예루살렘에서 버스는 수크처럼 다양한 계층을 접할 기회를 준다. 종교색이 강한 동네를 지나는 버스에서는 남자 승객은 앞쪽, 여자 승객은 뒤쪽에 앉는다. 나는 수크에서 집으로 가는 버스에서 내키는 대로 앉는다. 하지만 다가올 안식일에 낭독할 토라의 복사본을 꺼내 읽으면, 옆에 선 하레디 파 남자가 이상하게 쳐다본다. 난 조용히 낭송해도 꺼리지 않을 승객 옆에 앉으려고 한다. 하지만 누가 그럴지 짐작이 안 된다. 한번은 앉지 않고 자리에 가방들을 두기로 했다. 그러면 내려야 할 때 허리를 굽혀 가방들을 드는 수고를 덜 수 있었다. 그런데 옆자리 노부인이 못마땅해서 거친 말투로 쏘아붙였다.

"짐을 놓아서 한 자리 차지하면 안 되지."

그러면서 내 가방들을 바닥에 내려놓았다. 내가 맞받아쳤다.

"제 자리인걸요. 앉지 않기로 한 것뿐이에요."

바바 카마에 나오는 이야기는 아니지만 적절한 일화일 것 같다.

* * *

장을 보면서 나를 챙기면서도 공적인 공간을 나눠 쓰는 법을 배웠다. 반면 부실한 감정을 인정하면서 친밀한 공간을 함께 쓰는 것은 대니얼과 사귀면서 배웠다. 우리가 언제 처음 만났는지 콕 집어 말할 수 없다. 정식으로 만난 게 아니라, 여러 달 동안 토라 강의를 듣던 중 어느 저녁에 같은 공간에 빠져드는 경험을 했다. 수년째 참여한 아비바의 토라 강의가 내게는 생명줄이나 다름없었다. 아비바는 단순히 뛰어난 학자가 아니라, 친절하고 동정심 많은 사람이었다. 영성이 깊고, 만나는 이들에게서 신을 끌어내는 능력의 소유자다. 아비바가 말하면 나 혼자 거기 있는 듯 내게 하는 말로 느껴진다. 그 때문에 몇 자리 건너에서 대니얼이 몇 주째 쳐다보는 것도 몰랐다.

아비바가 특별하고 두려운 시내산의 계시를 묘사한 시를 말해보라고 했을 때 대니얼은 날 처음 봤다고 한다. 난 블레이크의 '호랑아! 호랑아!'라는 시구를 언급했다. 처음에는 편지를 교환하는 연애였다. 대니얼이 박사 논문 때문에 분석한 시들 중 한 편을 보내면, 나는 그 분석을 분석했고 그런 식으로 함께 시를 이해했다. 하지만 그가 대담해져서 바이런의 「그녀는 아름답게 걷는다」를 보내자, 나는 새침하게 코멘트를 삼갔다. 둘의 감정이 너무 적나라해질까 두려웠다.

나는 시를 분석하면서 시적 교감이 너무 깊어지면, 유머와 말장난으로 응수했다. 대니얼도 비슷하게 반응했고, 난 그의 글에서 놓친 부분이 있는지 확인하려고 반복해서 읽었다. 당연히 둘의 편지는 상당한 해석이 필요했다. 탈무드의 쉬몬 하암수니가 생각났다. 무의미한 문법적인 기호 'et'를 포함해 토라의 모든 어휘를 해석한 것으로 유명한 현자다. 하지만 'et'로 시작하는 '너의 하나님인 주를 두려워해야 하느니'라는 구절에 이르러서는 'et'를 해석하지 않았다. 이 구절의 핵심은 오로지 하나님을 두려워하는 것이지 다른 의미가 없어서였다. 토라의 모든 어휘를 해석하면서 이 대목만 제외하는 이유를 묻는 제자들에게 대답했다.

"제자들아, 해석에 이득이 있듯이 해석을 삼가는 데도 이득이 있느니라."

난 코멘트하지 않아도 대니얼이 우리 사이의 교감을 느낄 거라고 믿었다.

연애하면서 마음을 드러내지 않고 주저하는 쪽은 나였다. 들뜨는 성격이라서 또다시 찬란하고 완벽한 느낌을 맛보는 게 겁났다. 관계가 급진전되는 것 같자, 난 탈무드의 한 대목을 같이 공부하자고 우겼다. 안식년에 자란 열매로 만든 염료를 사용하는 문제를 다룬 부분이었다. 랍비들은 그것들을 다 써버린 후에야 좋은 줄 안다고 말한다. 난 계속 서로 발견하고, 생기를 얻고 싫증나지 않기를 바랐다. 대니얼은 우린 그 염료와 다를 거라고 장담했다. 점점 더 상대에 대해 알고 싶어질 거라고. 각자의 색이 섞여 더 밝고 다채로운 색조가 될 거라고. 우리의 사랑은 큰 통에 갇히지 않고 계속 흐르는 샘이 될 거라고.

데이트한 지 두어 달 지났을 때, 바바 메치아 편부터 다프 요미를 하라고 대니얼을 설득했다. 그는 내가 다니던 동네 회당의 아침 다프 요미 수업에 참석하기 시작했다. 새벽 6시 15분에 회당에 같이 도착하는 걸 들키지 않으려고 따로 들어갔다. 괜찮은 대처법이었다. 바바 메치아 편에서 탈무드는 이렇게 가르친다. "탈무드 주해서, 잠자리, 숙소. 이 세 가지는 사실을 왜곡해도 된다." 즉, 탈무드의 어디를 배우는지는 거짓말해도 된다. 또 전날 밤 어디에서 잤는지에 대해서는 거짓말해도 된다. 우린 적어도 주해서에 대해서는 거짓말하지 않았다.

* * *

바바 메치아의 첫 챕터는 분실물 반환에 관련된 율법을 다룬다. 분실물 발견자는 언제 돌려줘야 하는가, 그러기 위해 어디까지 가야 하는가? 나는 키두신 편의 도입부에 나오는 우화가 떠올랐다. 아담이 잠든 사이 하나님이 이브에게 뽑아준 갈비뼈를 찾아 세상을 떠도는 이야기였다. 대니얼은 처음부터 날 잃어버린 반쪽으로 느꼈고, 대담하게도 그렇게 말했다. 하지만 난 오므리와 헤어진 지 얼마 되지 않았다. 결혼 기간보다 오므리와 연애한 기간이 더 길었다. 두 차례 결별 후, 난 잃어버린 반쪽 찾기보다 바바 메치아의 첫 챕터에 나오는 없어진 무화과를 찾는 게 더 흥미로웠다. 바바 메치아의 앞부분에 남의 것을 갖고 싶은 사람은 입증 책임이 있다는 랍비들의 가르침이 나온다. 대니얼은 나와 결혼하기를 바랐지만, 난 여전히 확신이 필요했다.

돌아보면 나의 이런 태도가 대니얼을 무척 힘들게 했다. 프라이버시를 지키려다보니 둘이 같이 있는 모습을 남들에게 보이기 싫었다. 그를 사랑하게 됐지만 우리 관계가 연약한 나비의 날갯짓 같아 내 손안에 가둬두고 싶었다. 세인의 매서운 눈초리에 눈부신 날개가 다칠까 겁났다. 또 내 삶에 선물처럼 날아든 아름다운 축복을 빼앗길까 두려웠다.

탈무드의 현자들이라면 날 이해했을 것이다. 랍비 이차크는, 금고와 안전한 장소에 돈을 보관하는 게 중요하다고 말한다. "눈에 안 보이게 숨겨진 것에서만 축복이 발견된다." 하나님이 자녀들의 창고를 축복하는 성경 구절을 인용한 말이다. 대니얼은 내가 새로 발견한 보물이었고, 우리 관계를 조금만 더 비밀로 하고 싶었다. 그래서 사귀기 시작했을 때, 주로 집이라는 사적인 공간에서 같이 시를 읽으며 데이트했다.

대니얼이 처음 내 아파트에 온 날, 그는 수크에서 산 대추야자*를 가져왔다. 알고 보니 그도 거기서 장을 봤다. 그는 정식 데이트를 피하는 날 놀리려고 대추야자를 가져왔지만, 난 좋아하는 현대시를 떠올렸다. 에드워드 허시의 「대추야자」는 고대와 중세의 유대와 아랍 신화에 나오는 대추야자의 상징을 그린다. 그날 대추야자를 먹으면서, 좋아하는 장면을 상상하며 함께 낭송했다.

"하나님은 우는 아담을 낙원에서 내쫓고 그의 벗은 아내를 가려주면서, 야자수를 뽑아서 동산에서 없애라 명령하셨다. 그래서 아담은 그 나무를 메카에 심었다."

내 마음의 야자수를 새 토양에 다시 심을 수 있을지, 거기서 다시 꽃이 피어날지 궁금했다.

* * *

나중에 대니얼은 내가 에밀리 디킨슨 같은 수줍은 은둔자인 줄 알았다고 말했다. 탈무드의 시적인 구절을 주고받았기에 난 둘이 공부하기 시작한 바바 바트라의 첫 챕터로 답했다. 나는 은둔자는 아니지만 '헤제크 레이야'를 믿는다고 말했다. 헤제크 레이야는 '보는 침해'란 말로, 타인의 영역을 보는 데서 생긴 프라

* 'date'는 데이트 외에 대추야자라는 뜻도 있다.

이버시 침해는 신체 상해와 같다는 뜻이다.

담장을 세우는 데 이견을 가진 두 이웃의 이야기가 이 문제를 다룬다. 한 사람은 이웃이 마당을 보지 못하게 담장을 세우고 싶지만 이웃은 마당이 나뉘는 게 싫다. 전자는 후자가 담장 공사에 강제로 동의하게 할 법적 권리를 가질까? 그렇다고 보는 랍비들은 '헤제크 레이야'가 실질적인 침해이므로, 이웃이 집을 보지 못하게 할 법적 권리가 있다고 본다. 또 이웃에게 공사비 분담을 강제할 수 있다고 주장한다. 견해가 다른 랍비들은, 보여서 받는 침해는 실질적인 침해가 아니므로, 프라이버시를 원하는 사람이 이웃에게 대금 분담을 요구할 수 없다고 말한다. 결국 탈무드는 '보는 침해'란 개념은 성립한다고 결론짓는다. 보여서 받는 침해는 실질적인 침해이며, 누구나 프라이버시를 지킬 권리를 가진다.

내가 '보는 침해'에 민감해진 것은 오래된 일이다. 랍비의 딸로서 회당 구내 사택에서 살던 유년기부터였다. 사택 마당과 회당 사이에 울타리가 있었지만, 주차장으로 들어오면 창문으로 집 내부가 보였다. 부모님은 밤에 블라인드를 내리고 앞마당을 신경 써서 관리했다. 회당에서도 우리 형제자매는 본이 되도록 얌전하게 처신해야 했다. 늘 대중의 시선을 의식했고, 그 상황은 어느 주말의 잊지 못할 경험으로 요약된다. 그날 부모님은 안식일을 집에서 보내겠다고 하셨다. 공식적으로 아버지는 안식일을 외부에서 보낸다고 알렸지만, 그날 부모님은 집을 나서기가 싫으셨다. 우리가 집에 있는 것도 아무도 모르게 하고 싶으셨다.

그래서 블라인드를 내리고 차들을 차고에 세운 후, 비밀별채* 분위기를 내면서 안식일을 보냈다.

어릴 때부터 가족에 대해 필요 이상으로 밝히지 말라고 배웠다. 누군가 랍비를 찾는 전화를 하면, 우린 '지금 바로 전화를 받으실 수 없다'고 답해야 했다. 집에 안 계시다거나 크네흐트 부인의 장례식에 가셨다거나 키친타월을 사러 슈퍼마켓에 가셨다고 말하면 안 됐다.

부모님은 세상이 다 알듯 따뜻하게 손님을 환대했지만, 자식들에게 프라이버시의 가치를 심어주었다. 내게 프라이버시는 제2의 천성이 되었다. 페이스북에 가입하거나 내 인생사를 공개적으로 '공유'하기 꺼렸다. '좋아요'나 '싫어요'를 남들에게 알리기 싫었다. 생각을 밝히는 장소는 페이스북의 '상태'보단 일기가 적합한 듯하고, 그 성향이 강해서 사적인 영역은 고스란히 남아 있다.

가끔 인터넷 서핑을 하면 다른 시대에 태어난 느낌이 든다. 요즘 같은 세상에서 살려면 때로는 자신을 팔고, 가진 것을 과시하고, 누구누구 닷컴 같은 사이트에 모든 것을 공개해야 한다. 대성공을 거두고, 책을 팔고, 위키피디아에 계속 이름을 올리기 위해 그래야 한다면, 솔직히 난 관심 없다. 남들이 버거운 기대를 할까봐 난 업적을 과소평가하는 습성이 있다. 일이 잘 풀려도 성

---

* 『안네의 일기』에서 안네가 숨은 장소에 붙인 이름.

공 사실을 감추고 혼자만 안다. 과한 관심을 끌면 갑자기 모든 게 물거품이 될까 노심초사한다. 사람들의 찬사나 질투 따윈 필요 없다. 누구나 남의 이목을 받는 순간이 있고 그 순간은 덧없이 사라지니까.

그래서 한동안 대니얼과 연애한다는 것을 공개하지 않았고, 그를 언급할 때도 스칠 인연으로 가볍게 말했다. 물론 그렇게 될까봐 너무나 두려웠다. 사귄 지 두 달 되었을 때 어머니가 출장 차 이스라엘에 왔다. 만나는 사람이 있다고 밝혔지만 자세히 말하지 않았다. 하지만 어머니가 예루살렘에 머문 날 오후 늦게 대니얼을 소개할 수밖에 없었다. 잠깐의 만남이었다. 난 일부러 그가 시외버스를 타러 갈 시간까지 기다렸다가, 딱 5분만 집에 들르라고 했다(그는 늘 이상한 요청을 들어주니 놀랍다. 등짝을 때리면서 '말도 안 되는 소리'라고 쏘아붙일 상황인데도 한 번도 그러지 않았다). 너무 오래 비밀 연애를 해서 이미 양가가 아는 사이인 걸 늦게야 알았다. 내 남동생과 그의 여동생은 같이 캠프에 갔고, 내 언니는 그의 형과 대학 동창이었다. 또 내 여동생은 대니얼이 대학원을 다닌 캠퍼스에 살았다.

대화거리가 많아 배경을 언급할 틈이 없었다. 배경을 따지는 건 질색이어서 다행이었다. 난 소개할 때 상대방이 묻지 않으면 성은 빼고 이름만 말했다. 단체 여행을 하면 내 가족을 아는 사람이 한 명은 있다. 방금 만난 사람이 남동생과 고교 동창이라면 썩 반갑지 않다. 여동생이 캠프에서 인솔했던 학생을 만나는 것도 달갑지 않다. 어머니 동료의 딸의 집주인을 만나는 것도 별로고. 인맥이 복잡하게 얽힌 세상에서는 모르는 사람보다 아는 사람이 더 많은 것 같다. 오롯이 내 방식으로 나를 소개하는 자유를 누리고 싶다. 처음 대니얼을 알았을 때, 휘트먼의 시 「묵묵히 끈기 있는 거미」를 자주 떠올렸다. 거미는 홀로 절벽에 서서, '하나둘 가는 실을 뽑아내고, 끊임없이 풀어내며, 지칠 줄 모르고 빠르게 움직인다.*' 나는 가늘고 늘어진 거미줄을 붙들고 싶었지만, 정교한 인맥에 휘말릴 준비는 되어 있지 않았다.

예루살렘에서 살면서 친구가 비밀을 지키리라 기대하면 안 되는 걸 알았다. 탈무드의 바바 바트라에 나오듯, 당신 친구에게는 친구가 있고, 친구의 친구에게도 친구가 있다. 내가 사는 예루살렘은 도시라기보다 속한 집단들이 서로 겹치는 작은 마을이다. 여기는 모르는 사람이 없다(또 남에 대해 수군댄다). 내 직장이 있는 에메크 레파임 거리에는 작은 카페가 열두어 군데 있고, 카페마다 전면이 유리여서 지나는 사람들이 안을 볼 수 있다. 대니얼과 카페 창가에 앉으면, 예루살렘의 절반은 순식간에 우리가 사귀는 것을 알 터였다. 소문은 예루살렘에서 끝나지 않았다. 왜냐하면 이곳은 전 세계 유대인에게 가장 인기 있는 관광지니까. 어릴 때 알던 사람들과 부딪치는 일이 부지기수다. 유대 학교 시절

---

* 휘트먼의 시 「묵묵히 끈기 있는 거미」.

반 친구, 하버드 유대인회에서 알던 사람, 뉴욕 어퍼웨스트 사이드에서 알던 오랜 친구…… 한 친구가 시의 후렴구로 쓴 "모든 사람이 예루살렘을 지나가네"라는 말 딱 그대로였다.

물론 매사 동전의 양면 같아서 아는 사람을 만나는 장점도 있다. 예루살렘에서 마음이 편한 것은 '에메크 레파임'을 지날 때마다 아는 얼굴들을 보기 때문이다. 에메크 레파임이라는 거리명은 '유령들의 계곡'을 뜻하지만, 여기저기서 아는 얼굴들이 나타나면 기쁘다. 난 정해진 일정에 따라 움직였고, 덕분에 매일 같은 얼굴과 여러 번 마주쳤다. 오전 6시에 조깅하는 사람들을 늘 같은 시간 같은 지점에서 만났다. 다프 요미 수업에서 돌아올 때면 어머니들이 유모차를 밀고 지나갔다. 문구점 주인은 아침마다 내 집 앞을 지나 출근했다. 또 이웃 친구들을 금요일 아침 빵집에서 보거나, 오후에 커피숍이나 버스 정류장에서 마주쳤다. 아는 이들과 잠시 안부를 나누고, 모르는 이들과 미소와 목례를 주고받노라면, 아는 이들에게 인정받는 기분을 진하게 느꼈다.

그래도 남들이 내 삶에서 대니얼이 차지하는 자리를 아는 건 싫었다. 적어도 아직은. 우선 서로의 삶에서 어떤 비중을 차지하는지 가늠해야 했다. 그 질문은 그의 아버지가 어느 정도 답을 주었다. 그는 건강이 악화되자 아들이 행복하게 결혼하는 것을 보고 싶었다. 대니얼은 나와 결혼하려는 의지가 확고한데다 부친의 소원을 들어주기 위해 결혼하려고 했다. 난 여전히 뒤로 물러서 있었고. 대니얼을 사랑했지만 그가 날 사랑하는 걸 어떻게 믿을까? 연애 기간 중 바바 바트라 편의 진도가 나갔고, 죽음을 맞는 사람에 대한 부분에 이르렀다. 죽음을 앞둔 이의 말은, 젊고 건강한 이의 말과 무게감이 다르다. 남의 일정에 맞춰 결혼을 결심할 순 없지만, 어느 시점에서는 한 걸음 내딛어야 했다.

두렵고 소름 돋고, 또 다른 호랑이 시가 연상되는 '한 걸음'이었다. 엘리자 그리스왈드의 시 「호랑이」는 벼랑 끝에 선 두 연인을 그린다. '우리는 / 낭떠러지 끝에서 / 넝쿨에 매달려 있네 / 위에도 아래도 / 호랑이들이 있네 / 우리가 서로 사랑하게 / 보내주오' 난 위아래 할 것 없이 호랑이가 있다고 중얼댔다. 대니얼과 결혼을 하든 안 하든 똑같이 겁났다. 아무 보장도 없지만, 소망한 대로 살거나 걱정한 대로 살거나 둘 중 하나였다. 그러니 결혼은 용기보다는 신념을 행동으로 옮기는 일이었다. 아래 위에 호랑이들이 있는 상황에서 난 블레이크의 공포보다는 그리스왈드의 희망을 선택했다.

* * *

결혼식에서 시아버지는 지팡이 없이—중요한 순간이라 힘을 냈을 것이다—아들에게 의지해 나란히 입장했다. 대니얼의 다른 쪽에는 어머니가 있었다. 우린 혼인 차양 밑에 서서 시아버지의 회복을 기원하는 기도를 올렸다. 전통적으로 혼례식은 신의 축복을 받는 순간으로 여긴다. 혼례 차양의 기둥이 하늘을 뚫어서 기도의 응답이 있을 것만 같다. 대니얼 옆에 서서 이 순간의 무게를 절감했다. 앞에는 아버지가 서 계시고, 주위에 형제자매가 둘러섰다. 마침내 우리가 연애 사실을 밝히자 다들 무척 기뻐했다. 모든 게 밝혀지고 이제 회당에 300명이 모이자, 무릎이 후들거렸다. 내 혼례식이니 행복해하자고 다짐했건만.

대니얼을 사랑하는 걸 알았고 그가 날 사랑한다는 확신을 주었던 것 같다. 하지만 사랑을 공개적으로 서약하는 것은 내 감수성에 맞지 않는 느낌이었다. 난 그에게 말했었다. 둘의 결합을 축하하는 것도 좋지만, 정말 잘되리란 확신이 생길 때까지 몇 년 미루자고. 그리고 그에게 물었다.

"우리가 어떻게 될지 어떻게 알겠어요? 당신이 미래를 볼 수 있는 선지자도 아닌데?"

그러자 대니얼은 바바 바트라를 인용해 대답했다.

"아니죠, 하지만 당신은 토라 학자고 학자가 선지자보다 낫거든요."

난 윌리엄 매튜스의 시를 인용해서 "아마도 당신은 내게 싫증날 거예요"라고 응수했지만, 대니얼은 그 암시를 알아차렸다. 그래서 그에게 나는 대도시나, 너울대는 빛들을 포용할 길을 찾는 공원 같다고 대답했다. 신랑 입장 직전 그는 시구절을 인용해 말했다.

"흙은 비를 싫증내지 않아요."

결혼식은 양가 어머니가 준비했고, 가무와 성찬이 곁들여졌다. 하지만 우리도 개입했고, 토라 구절을 나눌 기회로 삼았다. 당시 다프 요미는 바바 바트라 편의 마지막에 이르렀고, 난 한 구절을 하객들에게 가르쳐주었다. 본문에 친구와 아들의 혼례식장을 짓는 계약을 하는 남자가 나온다. 최소한의 예식장 크기를 논하는 대목에서 랍비들은 예루살렘 성전에 비유한다. 랍비 문학에서 흔히 성전이 다른 건축물의 모델로 쓰인다. 랍비 하니나는 열왕기서의 두 구절에 각각 다른 성전의 규모가 언급된다고 지적한다. 한 구절에는 지성소의 높이가 30규빗*, 다른 구절에는 20규빗으로 나온다. 탈무드는 하나는 지성소 바닥에서 천장까지 잰 반면, 다른 것은 높이가 10규빗인 케루빔**의 꼭대기부터 재서 차이가 난다고 설명한다. 하지만 왜 바닥이 아닌 케루빔의 끝부터 높이를 잴까? 탈무드의 대답은 이렇다. 이런 측량 방식으로는 지성소가 30규빗이든 20규빗이든 공허하긴 매한가지다. 케루빔은 실제로 공간을 차지하지 않으니까.

탈무드는 케루빔들이 '기적 속에 매달려' 영적인 공간에만 존재한다고 말한다. 이 구절이 머릿속이 복잡한 내게 말을 걸었다. 난 책에 코를 박고 걷고, 한 챕터가 끝나기 전에는 가스 불 끄는

---

* 완척. 고대의 척도. 가운데 손가락 끝에서 팔꿈치까지의 길이로 약 45~52센티미터에 해당된다.

** 지식이 뛰어난 천사.

것을 잊었다. 대니얼은 다양한 지적 호기심을 가졌지만 운전도 하고 타이어도 바꾸며 배구수 청소도 할 줄 안다. 결혼이 겁나는 한편, 깊은 지성과 영성을 공유하면서도 현실적인 사람과 생을 함께한다니 행운이었다. 집을 책으로 채울 테지만 내가 집을 태우지 않게 대니얼이 단속하리라.

케루빔들이 기적처럼 존재하는 것은 "한쪽 날개의 폭이 지성소의 전체 폭과 같아서"라고 탈무드는 설명한다. 그러면 케루빔들의 몸통은 어디 있었을까? 랍비들은 그럴싸한 답을 제시한다. 케루빔들은 대각선으로 서거나 날개를 겹쳤을 것이다. 혹은 닭처럼 날개를 등 가운데서 펼치고 서거나. 이런 대답들은 공간을 공유하는 방식과 관계가 있다. 어떻게 타인에게 공간을 만들어 주느냐, 어떻게 타인을 내 삶에 들어오게 하느냐. 이 공간이 지성소인 것은 우연이 아니다.

대니얼이 삶에 자리를 내준 것은 내게 특권이었고, 그를 내 삶에 들일 만큼 신뢰했다. 또 함께하는 새 인생이란 벼랑에 나란히 서려니 전율이 느껴졌지만, 난 소망을 품었다. 우리가 짓는 '혼인의 집'이 늘 함께하는 성소일 거라는 소망을.

산헤드린(공회)

또 다른 생애

인생에서 가장 행복했던 결혼 첫해에 산헤드린 편을 배웠다. 산헤드린은 유대 사회에서 정의 실현에 초점을 맞춘 주해서다. 여기에는 민형사 법정의 구성, 왕과 판관의 역할, 극형의 형태가 망라된다. 친구들은 법 절차상 타협의 중요성을 강조하는 탈무드를 신혼에 배우니 큰 도움이 되겠다고 농담했다. 함께 살면서 상대를 위해 희생하는 법을 배우는 시기니까. 하지만 대니얼과 내 경우는 달랐다. 신혼 첫해에 단 한 번도 부부싸움을 하지 않았다. 비교적 늦게 만나 결혼했기에, 상대를 발견한 게 행복해서 서로의 요구에 기꺼이 응했다. 폭풍 전의 평화랄까. 육아 스트레스 없이 함께하는 기적을 누릴 수 있었다. 그러면서 탈무드에서 극악한 범죄들에 따르는 돌팔매질, 교수형, 참수형 등 다양한 체벌을 배웠다.

함께 탈무드를 공부하면서 결혼 첫해를 보냈다. 둘 다 가사노동을 즐기지 않아서, 한 사람이—주로 대니얼—설거지를(또는 바닥 닦기 등 당장 필요한 일을) 하는 동안 다른 사람이—주로 나—다프 요미를 낭독했다. 토라 공부를 함께 하는 덕분에 가사 부담을 덜었다. 어느 밤 난 산헤드린 편의 앞부분을 대니얼에게 읽어주었다. 불완전한 세상에서 완전한 정의가 가능한가에 대한 토론이었다. 이 논제는 주해서의 이론적인 토대다. 랍비 요세 하글리리의 아들인 랍비 엘리에저는 모세와 아론을 비교한다. 모세는 완전한 정의를 위해 노력했고 '율법이 산을 뚫게 하라'라는 기치를 내걸고 살았다. 그는 강철 같은 율법이 흙과 돌 같은 이 세상을 뚫어야 한다고 믿었다. 대조적으로 아론은 평화를 중시해서 타협과 해결과 수용을 옹호했다. 모세는 진실의 사도였지만, 아론은 평화의 사도였다.

이 토론에서 내가 어디 해당되는지는 잘 모르겠지만, 대니얼은 확실히 아론 쪽이다. 그는 싸우거나 자극하지 않고 화난 채로 자지 않는다. 탈무드는 산헤드린의 다음 장에서 금언을 인용해 말한다. "사랑이 굳건하면 우린 칼끝에서 잘 수도 있었다. 그러나 이제 사랑이 굳건하지 않으니, 넓은 침대도 우리에겐 비좁다." 신혼 초 우린 매트리스를 깔고 잤고 그러다 침대를 샀다. 칼끝보다야 덜 불편했겠지만 아무튼 전혀 불편하지 않았다.

전반적으로 나는 폴과 살았던 그 사람이지만, 대니얼과는 전혀 다른 관계를 맺었다. 내 현명한 스승은, 배우자의 가장 못마땅한 점이 그를 사랑하는 이유임을 아는 게 행복한 결혼의 열쇠라고 말했다. 내가 소설에 몰두해 채소를 몇 시간이나 끓여서 타는 냄새가 진동하면 폴은 화를 냈다. 하지만 대니얼은 내가 좋아하는 일에 몰두하면 다른 일을 챙기지 못한다는 것을 파악했다. 지적인 생활 때문에 실생활에 무심한 것도 알았다. 화장법을 모르는 여자는, 설거지를 야무지게 하거나 식후에 바닥을 닦는 데 관심 없다는 것도 알았다. 난 자전거 핸들에 샌드위치 봉투를 제대로 못 묶지만, 배낭에 시집을 챙기는 사람이다. 나중에 둘이 읽으면서 시를 음미할 수 있다. 몇 킬로미터 뒤에 점심 도시락을 흘리고 왔을지라도.

대니얼은 내 실수에 너그러웠고, 파스타를 삶는 동안(내가 생선 요리를 망친 후) 같이 부엌에서 종종걸음을 쳤다. 또 내가 20분간 토라 낭독을 연습하면 그는 귀마개를 끼고 견뎠다. 내가 사흘 연속 같은 옷을 입어도 모르는(또는 못 본 체하는) 것 같았다. 그는 이메일로 시를 보내 예이츠와 스티븐스에 대한 견해를 공유했고, 내가 학부 때 잘 쓴 논문들을 읽고 그의 논문들도 보내주었다. 그는 기발하게 애정을 표현했고, 나를 '잉키잉크' '라닐루' 같은 별명으로 불렀다. 또 노천에서 열리는 고대 예배 의식의 시공연 표를 사서 날 놀라게 했다. 또 여름 빛 축제에서 마법 등불 같은 조명이 켜진 구시가지의 성벽에도 데려갔다.

나중에 이 신혼기를 '또 다른 생애'라고 불렀다. 아이들이 태어나자 그런 일들을 다시 함께 할 수 없었다. 신혼여행 대신 런던과 파리에서 긴 주말을 보냈다. 여행과 공부할 탈무드 내용이 맞아떨어졌다. 산헤드린 편의 교수형에 처해지는 방식을 공부하면서 런던 탑*을 방문했고, 법정의 증인 심문 절차를 복습했다. 예루살렘에 돌아와서 친구들을 안식일 만찬에 초대해, 탈무드를 주제로 음식을 대접했다. 레이시 라키시**는 레이시 라키시라는 현자의 이름에서 떠올린 요리였다. 그는 자신을 검투사들에게 팔았지만 개심해서 출중한 토라 학자가 되었다. 잔에 석류씨를 담은 디저트는 '랍비 요하난'이라고만 소개했다. 탈무드에 랍비 요하난의 수려한 용모가 햇빛에 비친 석류 씨 잔에 비유되기 때문이었다. 새벽 다프 요미 수업에 가서 다른 나이 든 참석자들에게 별명을 지어주었다. '곰'이라는 수염이 텁수룩한 푸근한 신사는 가장 좋은 질문을 하는 멤버였다. 『안네의 일기』 속 뒤셀 씨를 연상시키는 '치과의사', 워즈워스의 초상화를 빼닮은 '계관시인'.

수업이 끝나면 각자 일하러 갔고 난 수영장부터 들렀다. 다리를 다쳐서 조깅 대신 수영을 했다. 처음 수영을 시작한 것은, 탈무드 요마 편을 공부할 때 발이 부러져서 다른 운동이 필요한 때였다. 저작권사가 입주한 건물 1층에 올림픽 대회 규모의 수영

---

* 예전에 감옥으로 쓰임.

** '키시'는 베이컨, 치즈 등을 넣은 파이.

장이 있어서 편리했다. 내 책상 위의 창으로 수영장이 보여서, 난 이메일 답장을 쓰면서 아이들이 슬라이드를 타고 내려와 물보라 일으키는 광경을 보았다.

탈무드는 산헤드린 편에서 토라 학자가 사는 도시에 필수적인 시설들을 제시한다. 우선 민형사 법정. 산헤드린 편에 법 관련 토론이 나오는 이유가 설명된다. 하지만 그 외에도 아홉 가지가 더 필요하다. 자선재단, 회당, 화장실, 의사, 사혈사*, 사본 필사가, 도축업자, 교사, 공중목욕탕. 나는 수영장을 공중목욕탕으로 보았다. 토라 공부를 중시하는 예루살렘 같은 도시에 수영장이 없는 건 말도 안 되는 일이었다.

수영과 토라 공부를 동시에 할 방법은 못 찾았지만, 수영장에서도 머릿속은 분주했다. 시를 복사해서 비닐 커버에 넣어 수영장 가장자리에 두고, 헤엄치면서 시를 외웠다. 시가 한 행씩 끊어지는 특징 때문에(각 행은 정해진 자리에서 끝난다) 수영장 끝까지 가서 되돌아오는 것과 비슷하다. 난 수영장 끝에 도착하면 시의 다음 구절을 힐끗 보고 다시 물속으로 들어가, 시구를 외우면서 운율에 맞춰서 팔다리를 움직였다. 에드워드 알링턴 로빈슨의 「에로스 티라노스」를 이런 식으로 암기했다. 수영하고 돌아와, 폭풍 같은 열정이 담긴 물 이미지를 띤 시구절을 외우면 대

---

* 피를 빼서 병을 치료하는 사람.

니얼이 재미있어했다. "부서지는 파도처럼 / 혹은 변한 낯익은 나무처럼 / 혹은 앞 못 보는 이들이 떠밀려 내려가는 / 바다에 이르는 계단처럼"

어떤 날은 수영하면서 그 주에 낭송할 토라를 복습했다. 당시 동네의 남녀평등 민얀(기도 모임)에서 안식일마다 최소 한 부분을 낭독했다. 대니얼은 같은 거리에 있는 정통파 민얀에 갔지만, 한 주 내내(귀마개를 끼었지만) 내가 연습하는 소리를 들었다. 주말이 되면 낭독할 구절을 거의 외워서, 수영하면서 속으로 읊을 수 있었다. 수영하면서 복습에 그치는 게 아니라, 토라 구절을 배울 수 있는 수영장을 만드는 게 내 꿈이었다. 일곱 개의 레인을 만들어, 그 주의 토라 중 매일의 분량을 할당하면 될 터였다(토라 낭독은 '레이닝'이라고 하는데, 유대어로 독서에 해당하는 어휘다. 그러니 각 레인은 '레인'과 중의적으로 쓸 수 있었다). 공중에 프로젝터들이 조르르 달려서 토라 구절을 각 레인의 바닥에 쏘면, 물에 얼굴을 넣고 문장을 따라가면서 헤엄칠 수 있었다. 공부 중인 구절이 나오는 레인에서 수영하면 될 터였다.

탈무드의 현자들은 공부하면서 수영하는 것을 어떻게 볼까. 산헤드린에서 랍비들은 성경 구절을 세속의 맥락으로 암송하는 것을 금한다. 토라가 경박하게 취급되는 것을 방지하기 위함이다. 에로틱한 시인 아가서의 경우, 성스럽게 읽지 않으면 조롱거리가 되기에 특히 유의해야 한다. 내가 예루살렘의 수영장에서 수영복 차림으로 토라를 암송하는 것을 현자들은 못마땅해할 것이다. 토라를 향한 내 경외감은 바다도 못 채우고, 강이나 저수지도 쓸어내지 못한다고 그들을 설득하리라.

* * *

결혼 후 처음으로 교사가 되어, 미국 고교생들과 토라를 공부할 기회가 있었다. 나는 지금도 나를 교사로 보지 않는다. 도서관에서 조용히 독서하고 번역과 편집에 몰두하는 게 더 좋다. 하지만 탈무드의 현자들은 가르치는 것을 높이 평가하면서, 배우고 가르치지 않는 사람은 황량한 광야의 향긋한 도금양 나무 같다고 말한다. 숲에서 소리 없이 쓰러지는 나무에 대한 선문답 같은 말이겠지.

산헤드린에서 랍비 레이시 라키시—안식일에 대접한 키시의 주인공—는 친구의 자식에게 토라를 가르치는 일은 아이를 빚는 것과 같다고 주장한다. 사람의 모습은 배우는 토라에 따라 형성되니까. 또 다음 주해서인 마코트의 앞부분에 랍비 예후다 하나시의 명언이 나온다. 스승들에게 많이 배웠고 동료들에게 더 많이 배웠고 제자들에게 가장 많이 배웠다는 구절. 내 경우도 마찬가지였다.

난 탈무드를 가르칠 준비를 하고 갔지만, 학생들은 실존적인 종교 문제를 얘기하길 원했다. 이들은 밤새 신, 신앙, 토라의 신성함, 신정론에 대해 토론했다. 아침에 지쳐 멍한 눈으로 도착해서 이런 문제들의 답을 얻게 도와달라고 졸랐다. 신이 존재한다면 세상에 왜 이렇게 악이 많은가? 시내산에서 실제로 무슨 일이 일어났는가? 우리에게 혼이 있는가? 그리고 사후에 혼은 어떻게 되는가?

난 참을성 있게 듣고, 학생들에게 충분히 말할 시간을 주었다. 진지하고 고민 많은 아이들은 내가 스스로 답을 찾았다고 짐작했다. 그게 아니면 어떻게 이들과 다른 생각을 할 수 있을까? 난 다 좋은 질문이지만 이제 그런 문제로 밤을 새우지 않는다고 설명하려 했다. 어른이 되면 그러지 않는다. 어른이 되면 예민하게 따지지 않거나 기적적으로 답을 찾기도 한다. 하지만 릴케의 말처럼 어느 정도는 해답을 모색하면서도 나머지 생활을 해나갈 방도를 강구한다.

하지만 다행히 산헤드린의 마지막에서 이런 논제들을 다룬 덕분에, 학생들에게 해줄 말이 있었다. 극형에 대한 토론을 따라가노라면, 산헤드린의 마지막 챕터에 내세에 자리를 못 얻을 정도의 중죄들이 언급된다. 이런 죄들은 주로 믿음이 부족한 데서 비롯된다. 토라의 신성을 부인하거나 죽은 자의 부활을 부인하는 자는 내세에 자리가 없다.

난 산헤드린의 한 대목을 언급하면서, 신앙심을 측정할 수는 없지만 두 가지 이슈—토라의 신성과 죽은 자의 부활—가 내 신앙의 토대라고 설명했다. 토라가 성스럽다는 걸 믿는다고 말했다. 하지만 하나님이 시내산에서 모세에게 문서와 구전 토라를 주었다는 뜻은 아니라고 밝혔다. '전통적인' 유대 사상가들은 문자 그대로 그렇게 믿겠지만. 하나님이 모세에게 문서와 구전 토라를 주는 행위, 그것은 유대 전통이 피어나는 것에 대한 은유다.

난 시내산을 인간이 기록한 신과의 만남이라고 본다. 인간의 기록으로써 이 문서는 역사적으로 파생된 것이다. 역사적으로 특정한 순간에 기록되었고, 그 시대의 편견을 반영한다. 이 기록은 후세로 오면서, 변화하는 역사 환경과 신학적인 이해에 따라 각색되었을 것이다. 그런 각색을 미드라시—창의적인 재작업과 성경의 율법과 이야기를 적절하게 되풀이하는 것—라고 부른다.

고교 시절 배운 이론을 끄집어내서, 학생들에게 자연수와 유리수의 차이를 생각하게 했다. 자연수는 1, 2, 3… 같은 정수다. 유리수는 정수와 1.1, 1.12, 1.23378 같은 수 사이에 소수점이 있는 모든 수다. 둘 다 무한하지만, 유리수는 무한히 빽빽하고, 이것은 두 자연수 사이에 무수한 유리수가 있다는 뜻이다. 토라와 미드라시가 바로 그럴 것이다. 토라의 어느 두 단어—또는 가끔 활자들—사이에 무수한 미드라시나 재해석이 있을 수 있다. 산헤드린은 이 개념을 예레미아의 주해와 관련된 구절로 설명한다. "여호와의 말씀이니라. 내 말이 불같지 아니하냐. 바위를 쳐서 부스러뜨리는 방망이 같지 아니하냐." 현자들은 말한다. "방망이로 바위를 치면 무수한 불꽃이 튀듯, 한 구절도 수많은 의미를 갖는다*.” 학생들에게 토라를 공부할 때 불꽃을 많이 일으키는 게 가장 중요하다고 말해주었다.

하지만 때로 불꽃이 지나치게 많을 수도 있다. 산헤드린 편 마지막에 토라의 한 구절이라도 신성하지 않게 여기면 내세에 자리가 없다고 나온다. 한 학생이 “그렇군요. 한데 제 성생활을 혐오스럽다고 말하는 구절은 어쩌죠?”라고 받아쳤다. 이 학생처럼 나도 어떤 구절들은 부정하고 싶은 충동을 느꼈다. 또 평등하고 다양성이 확보된 요즘 세상에서 문제가 될 구절들도 분명히 있다. 그러나 미드라시가 ‘출구’를 제공하기에 특정 문구들을 삭제할 필요는 없을 것이다. 물론 오랜 훌륭한 미드라시의 전통도 고려해야 할 테고. 토라는 아주 촘촘하기 때문에, 저마다 독창적으로 읽어도 될 것 같다. 미드라시의 독창적인 가능성을 높이 산다고 해서, 토라에서 우리가 원하는 답을 찾을 수 있다는 뜻은 아니다. 그렇긴 해도 난 전자를 전적으로 신뢰하기 때문에 후자가 겁난다고 물러나진 않는다.

하지만 내 학생들은 만족하지 않았다.

“하지만 현대 과학과 분명히 모순되는데 어떻게 토라를 믿을 수 있죠? 성경 속 기적들은 과학적으로 불가능하지 않은가요?”

난 종교와 과학은 판이한 영역이므로 질문의 전제가 잘못됐다

---

* 산헤드린 34 a.

고 설명하려 애썼다. 세상이 어떻게 창조되었는지는 과학에, 왜 창조되었는지는 종교에 물어야 한다. 과학은 우주가 팽창하는지 수축하는지 알려줄 수 있다. 우주가 너무 휑하고 적적하지 않도록 사람들을 뜻있게 연결할 수 있는 것은 종교밖에 없다. 난 신앙에 의문을 갖거나 과학적으로 분석하지 않는다. 백문이 불여일견이니까. 신과 계속 관계를 맺기에 내 삶이 점점 풍요로워지고 의미를 갖는다.

난 신과의 관계에 집중하는 방법으로 미츠바를 지킨다. 미츠바는 신과 만날 기회다. 식전 기도는 신을 식탁에 불러내는 방법이고, 아침 기도는 하루를 거룩하게 만드는 방법이다. 가능하면 이런 기회들을 놓치지 않으려고 노력한다. 물론 모든 미츠바가 신에게 가는 길을 알려주진 않지만, 난 전체를 믿기에 일부를 의심하지 않는다.

맹목적인 믿음의 일면이 있긴 해도, 신의 명령에 따라 살면 내 삶에서 신의 존재감이 더 커질 것이다. 반대로 의심하고 질문하고 전통에서 멀어질수록, 신이 더 멀리 느껴질 것이다. 그래서 나는 매일 아침 깨서 커튼을 걷어 햇살이 들게 하듯이 매일 마음의 문을 열고 하나님이 들어오게 한다.

* * *

산헤드린이 말하는 내세에 자리를 얻지 못하는 불신의 중죄가 또 있다. 토라가 말하는 죽은 자의 부활을 근거 없다고 말하는 죄다. 탈무드의 설명대로 이것은 중벌을 받을 죄로, 내세에서 죽은 자의 부활을 믿지 않는 자는 내세에 자리가 없다.

난 죽은 자의 부활을, 이 세상만 있는 게 아니라는 의미로 이해한다. 우리가 보는 게 전부가 아니다. 혹은 헤르만 헤세가 『황야의 이리』에서 썼듯이, "생각이 너무 많아 복잡한 우리는 다른 세상이 없다면, 시간의 배경에 영원이 존재하지 않는다면 만족하며 살지 못할 것이다." 이 세상의 불의와 압제—어릴 때 아버지가 늘 읽던 책 제목과 비슷한, 선한 사람들이 악한 일을 당하는 것—를 고려하면 다른 정의로운 세계가 있다고 믿을 수밖에 없다. 그렇다고 이 세상에서 정의를 추구할 책임을 회피하는 것은 아니다. 사실 메시아의 시대가 오면 우린 인간애를 추구하기 어려울 것이다. 오히려 이 이상이 실현된다는 성스러운 언약으로 남아 있을 때 더 노력할 테니까. 탈무드도 비슷한 견해인 듯하다. 적어도 산헤드린의 멋진 이야기는 그렇다.

탈무드에서 랍비 여호수아 벤 레비는 선지자 엘리야에게 메시아가 언제 오시느냐고 묻는다. 엘리야는 "그에게 물어보라"라고 말하면서 랍비 여호수아에게 로마의 성문들을 손짓한다. 거기서 메시아가 가난한 병자들 틈에서 상처를 치료하고 있었다. 랍비 여호수아는 로마로 가서 메시아를 만나 언제 오실지 물었다. 메시아는 "오늘"이라고 답했다. 랍비는 엘리야에게 돌아와 메시아가 그날 온다는 약속을 지키지 않았다고 전했다. 엘리야는 메시아가 시편 구절 "너희가 오늘 그의 음성을 듣거든"을 인용했다고 설명했다. 메시아는 사람들이 세상에서 신의 일을 하는 그날 온다는 뜻이다. 이 일은 성문과 변두리에서 가난한 병자들 틈에 앉아 치료를 돕는 것과 관계있을 것이다. 메시아가 와서 세상이 구제되는 게 아니라, 오히려 우리가 세상을 구제할 때 메시아가 오신다.

현대 이스라엘 철학자 예샤야히 레이보비츠는 이미 온 메시아는 모두 가짜라고 썼다. 메시아의 시대는 역사의 한 단계가 아니라 열망이며 이상이다. 그래서 난 메시아의 도래가 앞당겨지도록 작은 몫을 분담하고, 모든 인간의 존엄을 인정하려 애쓴다. 산헤드린은 모든 동전은 같은 틀로 찍어 모양이 똑같지만, 인간들은 아담을 원형으로 창조되어도 똑같은 사람이 없다고 말한다. 그러니 모든 사람이 '세상이 나를 위해 창조되었다'고 말할 수 있다. 각자가 세상이 창조되는 토대로 충분하며, 나중에 산헤드린에서 배우듯 아무도 '내 피가 네 피보다 붉다'고 말할 수 없다. 모두 신의 형상으로 창조되었고, 이것은 체벌에도 반영된다고 산헤드린은 가르친다. 랍비들은 성경에 나오는 화형이나 돌로 치는 형을 실시할 때도 육신의 고결함을 고려해야 한다고 말한다.

초등학교 시절, 매년 전교생이 사진 촬영을 했다. 사진사는 각 반의 단체 사진부터 찍은 후 학생들을 따로 불러 개인 사진을 찍었다. 개인 촬영에 앞서 사진사는 조수에게 최고의 효과를 낼 배경을 설치하게 했다. 그들은 우선 내 뒤에 흰 막을 세웠지만, 내가 너무 창백해 보였다. 다음으로 빨간 막을 세웠지만 내 분홍 원피스와 충돌이 일어났다. 그러자 옅은 파랑색 막을 세웠고 사진사는 좋다고, 내게 가장 어울리는 배경이라고 말했다. 이 일은 모든 인간이 신의 형상대로 만들어졌다는 게 무슨 뜻인지 이해하게 해준다. 모두 같은 배경 앞에서 아름다워 보이는 게 아니며, 같은 상황에서 빛나는 것도 아니다. 하지만 각자 신성한 불꽃을 품고 있고, 따라서 제각기 알맞는 환경에서 두각을 나타낼 것이다. 나는 빛나는 것을 본 적 없는 사람도 존엄한 인물로 대접하려 애쓴다. 왜냐면 그가 돋보이는 상황이 있다고 확신하니까. 누구나 성스러운 불꽃을 지녔다고 믿는 것은, 신의 존재를 믿는 데서 나온다. 이것이 내 신앙의 근본이다.

타인의 존엄성과 고결함을 늘 명심하기는 어렵지만, 어찌 보면 이게 결혼의 핵심이다. 난 예전에는 결혼을 성취할 목표로 여겼다. 하지만 이제 레이보비츠의 '메시아'처럼 이상적인 결혼은 평생의 염원임을 안다. 대니얼과 내게는 확실히 그렇다. 황홀한 신혼 1년이 지나고 어려운 난관들이 이어졌지만, 이렇게 좋은 배필과 인생을 살 기회를 준 신에게 고맙다. 우리가 함께 사는 복을 누린다는 단순한 사실 자체가 내게는 신이 존재한다는 증거인 셈이다.

소설가 매들린 렝글은 회고록에 이렇게 썼다. "내가 신의 존재를 믿는 것은, 신의 존재를 믿지 않는 것처럼 살 수가 없기 때문이다." 나도 마찬가지다. 리처드 도킨스나 내 십대 제자들을 만족시킬 만큼 신이 존재한다고 증명하지는 못한다. 마찬가지로 왜 신의 계명 하나하나가 날 더 나은 인간으로, 세상을 더 나은 곳으로 만드는지 설명할 수 없다.

하지만 신을 경외하고 토라를 공부하는 삶이 나를 풍요롭게 하고 이해를 도와준다. 생의 가장 기쁘고 경이로운 순간들 속에서 신이 없는 세상은 상상되지 않는다. 이 정도 믿음이면 내세에 자리를 얻기에 충분할지 모르겠지만, 이 세상에서 매일 새롭게 신의 자리를 만들려는 마음을 내기에는 충분하다.

마코트(체벌) / 세부오트(맹세)

사라 이브레이누

마코트(체벌)와 세부오트(맹세)는 산헤드린의 법 절차에 대한 논제를 이어받아 증언과 중범죄 처벌에 초점을 맞춘다. 마코트 편 마지막에 신전이 파괴되자, 예루살렘에 올라가는 랍비 네 명이 등장한다. 예루살렘이 보이는 스코푸스 산에 도착하자, 랍비들은 옷을 찢으며 탄식한다. 그리고 성전산에 다가가다가 지성소에서 나오는 여우를 본다. 세 랍비가 울기 시작하지만, 랍비 아키바는 웃음을 터뜨린다. "왜 웃는 겁니까?"라고 다른 세 랍비가 묻는다. 그러자 랍비 아키바는 "그대들은 왜 우는 겁니까?"라고 되묻는다.

세 랍비는 우는 분명한 이유를—신과 이스라엘이 연결되는 성지를 약탈당해서—설명한다. 랍비 아키바는 이사야의 한 구절이 떠올라 웃는다고 설명한다. 선지자는 증인인 우리야와 스가랴를 부른다. 제1 성전 기간에 살았던 우리야는 멸망과 파괴의 예언을 제시했다. "시온은 갈아엎은 밭이 되고, 예루살렘은 무더기가 되고*." 스가랴는 대조적으로 희망의 예언을 제시했다. "예루살렘 길거리에 늙은 남자들과 늙은 여자들이 다시 앉을 것이다. 다 나이가 많으므로 저마다 손에 지팡이를 잡을 것이요. 그 성읍 거리에 소년과 소녀들이 가득하여 거기에서 뛰놀리라**." 랍비 아키바에 따르면 이사야가 우리야와 스가랴의 예언들을 합한 것은 후자가 전자에 의존하기 때문이다. 시온이 갈아엎은 밭이 되어야만 예루살렘은 부흥과 부활을 경험할 수 있다. 그래서 이제 우리야의 멸망 예언이 이루어졌으니, 랍비 아키바는 스가랴의 희망적인 예언도 이루어지리라 확신한다.

랍바 아키바의 낙관론은 시각장애인 친구인 사라 이브레이누를 연상시킨다. 젊은 봉사자와 외출을 못 하는 노인들을 결연해 주는 자선 단체에서 사라를 만났다. 사실 사라는 어느 쪽도 아니다. 시각장애인이지만 상당히 활동적으로 생활한다. 사무실 타운에서 안내인으로 자원봉사를 하고, 정기적으로 수업과 강연에 참석한다. 또 매주 목요일 친구와 수크에서 장을 보기에 종종 나와 마주친다.

---

* 미가 3:12.
** 스가랴 8:4-5.

나는 4년간—이혼 직후부터 첫아들 출산 후까지—비가 오나 해가 뜨나 수요일마다 사라를 찾아갔다. 우린 허름한 변두리인 그녀의 아파트 앞길에서 만났다. 거기서 같이 출발해 인근 길들을 산책하고, 마지막에는 늘 그늘진 초록색 벤치에 앉았다(사라는 보이지 않는데도 항상 초록색 벤치를 고집했다). 거기서 잠시 쉰 후 그녀의 집으로 돌아갔다.

사라는 어릴 때 이란에서 이스라엘로 왔고, 나와 다른 세계에 산다. 독실하고(내가 율법에 맞춰 입지 않았을 때는 그녀가 못 보는 게 다행스럽다) 미신에 집착한다. 또 비유대인을 두려워하고, 내가 당연시하는 쾌락을 잘 모른다. 한번은 미국에 다녀와서 빅토리아 시크릿의 향이 진한 바디로션을 선물했다. 그녀의 손에 로션을 발라주었더니, 사라는 죽어서 천국에 간 사람처럼 날 쳐다보았다. 또 어느 날은 비가 많이 와서 산책할 수 없어서, 사라를 동네 피자집에 데려가서 커피를 마셨다. 사라는 커피 옆에 놓인 플라스틱 스푼을 만지작대면서, 기념품으로 가져가도 되냐고 물었다.

그 4년간 사라는 나의 심리 치료사가 되어주었다. 정작 본인은 심리 치료가 뭔지 몰랐겠지만. 이혼 무렵, 친지들은 전문가의 도움을 받으라고 권했지만 나는 거부했다. 심리 치료의 효과를 믿을 수 없었다. 우선 치료에는 지키기 어려운 '솔직하겠다는 약속'이 따른다. 난 천성이 이야기꾼이다. 있는 그대로가 아니라 엮어서 말한다. 그러니 세부오트 편의 법정에서 맹세하는 증인들과 달리, 나는 솔직히 말하겠다고 약속할 수가 없었다.

세부오트 편은 증인의 의중이 아닌 입으로 하는 말에 따라 재판이 진행된다고 설명한다. 예를 들면 증인이 '낙타가 공중으로 날아가는 것'을 봤다고 증언한 사건을 두고 랍비들이 논쟁한다. 라비나는 아마 증인이 큰 새를 보고 낙타로 칭했다고 말한다. 랍비들은, 사람의 '마음'이 아니라 '입'에 따라야 된다고 주장한다. 하지만 심리 치료는 어떤가? 거기서 입은 마음에 담긴 것들을 밖으로 내놓는 수단이다. 심리 치료에 수반되는 불확실한 모든 게 걱정스러웠다. 심리 치료사는, 시력 검사를 해서 안경 처방전을 써주는 안과의와 다르다. 심리 치료에는 질문들이 이어지지만 처방전은 애매하고, 시간이 지나면 세상이 훨씬 더 흐려 보이기 일쑤다.

탈무드는 여자가 법적인 증인이 될 수 있는지 논하고, 성경의 해석에 기초해 불가하다고 결론짓는다. 하지만 사라는 내 인생에서 벌어진 모든 일을 목격했고, 심지어 내가 모르는 부분까지 볼 수 있었다. 그녀는 내 직장 내 정치를 파악했고 내 가족의 역학 관계도 알았다. 내가 좋아하는 남자들과 나를 좋아하는 남자들에 대해서도 알았다. 곤란한 상황에서 벗어나야 할 때는 특히 사라의 도움이 주효했다.

예를 들면, 재혼한 해에 신년제 예배에서 오므리와 대니얼이 나란히 앉게 되었다. 사라에게 이 상황을 설명하고 해결책을 의논했다. 그녀는 "인성 좋은 대니얼에게 먼저 자기소개를 하라고 해요"라고 현명하게 조언했고, 곧 일이 해결되었다.

탈무드도 난감한 상황을 다룬다. 세부오트 편에는 내가 좋아하는 사연이 나온다. 라브 후나의 미망인이 라브 나흐만의 법정에 소환된다. 재판관인 라브 나흐만은 매우 난처하다. 그녀가 등장하면 일어나야 하는지 판단할 수가 없었기 때문이다. 일어서면 그녀의 사건에 편파적으로 임하는 것으로 보일 것이다. 하지만 서지 않으면, 토라 학자들을 존경해서 '학자의 아내는 학자처럼 대접받는다'라는 계율을 어기게 된다. 라브 나흐만은 고민하다가 마침내 기발한 해결책을 떠올린다. 그는 법정 정리에게 오리가 재판장 앞으로 날아가게 던지라고 지시한다. 그가 오리를 보고 벌떡 일어서면, 미망인을 편애한다는 오해를 사지 않으면서 예도 갖출 수 있다. 사라 역시 여러 번 '날아가는 오리' 비법을 생각해내서 나—그리고 대니얼—를 곤란한 상황에서 구해주었다.

사라에게 못 할 얘기가 없었다. 한번은 내가 남녀가 나란히 앉는 회당을 방문했다고(조심스럽게 분위기를 봐가면서) 말하려 했다. 그녀의 경악하는 반응을 보자, 사실—내가 안식일 아침마다 남녀가 같이 하는 민얀에서 토라를 봉독한다는 사실—을 밝히면 안 될 게 확실했다. 그런 부분의 조언은 적당히 걸러 들어야 했다.["대니얼의 집 바닥을 닦고 그에게 매일 저녁 식사를 준비해줘요. 결혼할 때까지 그가 몸에 손대지 못하게 하고!"] 만날 때마다 그녀는 격려해주고, 매주 나를 위해 기도한다고 알려주었다. 큰 위로가 되었다. 하늘에 닿을 기도가 있다면 그녀의 뜨거운 간구만 한 게 없을 테니까.

사라를 찾아가면서 평생 책에서 배웠지만 사람들에게 배울 점이 많다는 걸 알게 되었다. 또 이것은 마코트의 메시지다. 라바는 탄식한다. "사람들은 얼마나 어리석은고. 토라 두루마리 앞에서는 일어서면서, 훌륭한 사람 앞에서는 일어서지 않으니." 사라 앞에서 일어설 이유는 아주 많았다. 그녀는 현명하고 낙관적이며 동요하지 않기 때문이었다. 성전산의 랍비 아키바처럼, 사라는 가장 힘들어 보이는 상황에서도 축복을 찾으라고 일렀다. 어느 날 둘이 거리를 걷는데 그녀의 친구가 다가와 인사하고 갔다. 사라는 내게 몸을 돌리고 말했다.

"봤지요? 내가 앞을 못 보니까 아는 사람들이 그냥 지나가도 그만이에요. 그러니 저렇게 멈추고 인사해주면 두 배로 친절을 베푸는 거지요."

다른 날 그녀는 버스 정류장이 원위치로 바뀌어서 신께 감사해야 한다고 말했다. 오랫동안 원래 버스 정류장이 그녀의 집 바로 앞이어서, 아침마다 21보만 걸으면 버스를 타고 출근할 수 있었다. 그런데 정류장이 세 블록 떨어진 곳으로 옮겨지자, 그녀는 출근할 수가 없었다. 어떻게 혼자 정류장을 찾아간단 말인가? 이웃들이 그녀를 위해 시에 청원하고, 사라의 사진이 붙은 포스터를 들고 다녔다. 그녀는 지역에서 유명 인사가 되었다. 정류장은 원상 복구되었고, 사라는 평소 일정대로 활동할 수 있었다. 그녀는 이것을 기적으로 여겼다.

내가 폴과 이혼하고 대니얼과 재혼하기까지 사라가 함께해주었다. 그녀는 우리야의 파괴 예언과 스가랴의 구원의 예언을 목격했다. 내게 낙관적인 태도가 가장 필요한 때 사라는 낙관적으로 보게 해주었고, 생의 기적을 알아보고 기뻐하라고 가르쳤다. 신혼 첫해에 우리 부부는 자주 사라를 찾아갔다. 그녀의 양쪽에서서 예루살렘 거리를 걸으면서, 스가랴의 예언이 이루어진 것처럼 지팡이를 든 노인들과 거리에서 뛰노는 아이들을 보았다. 스가랴는 계속 신의 이름으로 묻는다. "이 일이 그날에 남은 백성의 눈에는 기이하겠지만 내 눈에야 어찌 기이하겠느냐*." 사라는 기이하지 않다고 분명히 말할 것이다.

* 스가랴 8:6.

아보다자라(우상숭배) / 호레이요트(법적 결정들)

유대인으로 살아가는

우린 아이를 갖기 전에 가끔 친구들의 자녀들과 시간을 보냈고 나름의 선입견이 생겼다. 나는 "미국인 부모가 키우는 이스라엘 애들은 버릇없고 자신만만해요"라고 주장했다. 대니얼은 "지나치게 현실적이고 지적이지 않지"라고 맞장구쳤다. 충분한 근거로 이런 판에 박힌 평가를 하는지 의심스럽다. 사실 표본이 너무 적다. 아무튼 언젠가 낳아 키울 아이들에 대해 대화를 많이 했다. 제2의 고향이 된 곳에서 가족을 일군다는 게 어떤 의미일까? 탈무드의 아보다자라(우상숭배) 편과 호레이요트(법적 결정들) 편을 공부하면서 활발한 토론이 이어졌다.

아보다자라에 처음 나오는 말은 '리프네이 에이데이헴(그들의 명절들 전에)'이다. 비(非)유대 명절 전 몇 주간, 그러니까 어디 가

나 막대기 사탕과 「징글벨」이 넘쳐나던 어릴 때가 생각난다. 부모님은 고깔 사탕*이 맛있고 전나무 트리가 아름답지만 핼러윈과 크리스마스는 '우리 명절'이 아니라고 힘들게 설명했다.

아주 어려서부터 난 소수 집단에 속하는 걸 의식했다. 내 세계는 유대인과 비유대인으로 선이 그어졌다. 모든 가족, 학교와 회당과 여름 캠프의 친구들은 유대인이었다. 회당 문을 잠그는 관리인, 내 머리를 잘라주는 미용사, 거리를 청소하는 미화원은 비유대인이었다. 우리에겐 비유대인 이웃이 있었지만, 넓은 교외 지역에 살기에 이들과 친하지 않았다. 가까운 사람들은 전부 유대인이었다. 아보다자라 편—유대인이 비유대인 속에서 살 때 생기는 문제들을 다룬 주해서—은 그런 부분을 다룬다.

유대인은 비유대인 이발사에게 머리를 잘라도 되는가, 주인이 비유대인인 식당에서 식사해도 무방한가, 크리스마스 세일을 이용해도 되는가?

아보다자라 편은 외지에서 사는 내 이야기를 하는 것 같았다. 하지만 이스라엘 생활에 더 적합한 주해서는 다음 편인 호레이요트다. 이 해석서는 유대인이 통치하고 유대인 지도자들과 유대 법정 아래서 사는 유대인의 세상을 다룬다. 호레이요트 편에서 현자들은 이런 문제들을 논한다. 랍비 판관들이 여자는 남

---

* 미국과 캐나다에서 핼러윈 무렵에 먹는 고깔 모양의 캔디.

편에게 '매여 있으니' 재혼을 불허하면 어떻게 될까? 랍비 법정이 안식년을 지키는 방식에 대한 규례를 바꾼다면 어떻게 될까? '나시(오늘날 이스라엘 대통령의 직위와 같다)'의 범죄가 발견되면 어떻게 되나? 이런 질문들은 유대인이 통치하는 현대 이스라엘에도 유효하다.

결혼 1년 후 우린 아부 토르로 이사했다. 표면적으로는 다인종 '혼합 지구'였지만, 우리 거리의 주민 전원과 동네 주민 절반이 유대인이다. 아랍인은 차를 몰고 언덕을 넘어갈 때 보거나 가끔 동네 공원에서 친절하게 지나치는 게 전부다. 우리 아이들은 유대인 의사가 받고 유대인 보모가 보살피고, 유대인 미용사에게 머리를 자른다. 친구들의 자녀들처럼 우리 아이들도 유대인 전용 사립학교가 아니라, 전교생이 유대인인 동네 공립학교에 다닐 것이다. 다양한 사회경제적 배경을 가진 유대인들 틈에서—부모의 친지들뿐 아니라 슈퍼마켓 계산원 베레드, 집배원 무키, 배관공 이치크—살 것이다.

미국 롱아일랜드에서 성장할 때 내가 가진 유대인의 개념은, 인종과 계층 면에서 폭이 좁았다. 아는 유대인은 의사나 변호사인데다 모두 백인이었다. 하지만 지금 내 아이들은 유대인을 인종과 사회경제면에서 훨씬 넓은 의미로 받아들일 것이다. 그들은 에디오피아인·페르시아인·모로코인·프랑스인·유대인 속에서 자라고, 도시와 국가와 군대의 고위직뿐만 아니라 크레인을 조작하고 청소하는 이들과 매일 소통할 것이다. 내 어릴 적 세상과 무척 다르리라.

유대 학교에 9년간 다닌 후 일반 고교에 진학하니, 유대인은 나 혼자였다. 남미계·아프리카계·아일랜드 가톨릭교도·백인 개신교도인 반 친구들과 교사들에게 나는 유대 신앙과 문화의 대변자였다. 학교 연극에 출연할 수가 없었다. 그런 행사는 늘 금요일 밤과 토요일에 열렸으니까. 또 토요일 운동 연습에 참여하지 못했다. 매일 도시락을 싸가서 도서관 구석에서 혼자 먹었다.

식당에서 코셔가 아닌 고기를 조리하는 냄새가 지독했다. 그때는 코셔든 코셔가 아니든 모든 식당의 음식 냄새가 지독하다는 걸 몰랐다. 유대 축일로 결석할 때마다, 친구 에린에게 교사들에게 결석 이유를 전해달라고 부탁했다.

"일라나는 슈…… 샤부인가……. 잊었는데 그런 날 때문에 결석했어요. 또 축일이래요."

반 아이들은 나에게 유대주의에 대해 많이 배웠고, 나는 미국 다문화주의 풍조와 풍습을 접하면서 많은 걸 얻었다. 내 고유의 특성을 버리지 않고, 차이를 견디고 인정해야 한다는 것을 배웠다.

내겐 당연했지만 내 자식들은 누리지 못할 것도 많다. 난 아주 어려서부터 독서와 배우기를 즐겼지만, 이스라엘 학교의 교육 방향은 다르다. 학교는 군대 훈련소 같고, 창의력과 열정보다 규율과 통일성을 심어준다. 이런 풍토이니 우린 아이들의 지적 호기심을 자극하는 힘든 싸움을 해야 할 것이다. 아이들이 영어를 유창하게 구사해, 우리가 가르칠 영미 시들을 암송할 수 있으면 좋겠다. 하지만 우리 아이들은 자기 자녀들과 영어로 대화하지 않을 테고, 내 손주들은 여름마다 미국에 가서 친지들을 만나는 좋은 경험을 하지 못할 것이다. 그러니 내 아이들보다 손주들과 후대의 장래가 더 걱정스럽다.

내 또래는 이스라엘에 살 후손의 장래를 걱정하지만, 이들의 관심사는 더 실존적인 문제들이다. 이스라엘이 여전히 존재할까? 사회 내부로부터 해체가 일어날까, 아니면 적인 무슬림들이 밖에서 우리를 파멸시킬까? 나는 자발적으로 이스라엘을 집으로 택했고, 실존 문제보다는 지성적인 부분이 더 염려스럽다. 나 자신과 관심사는 교육의—좋아하는 소설들, 암송하는 시들의—영향을 받았다. 이제 미국에서 26년, 이스라엘에서 10년쯤 살았으니, 내 정체성이 어느 쪽에 가까운지 모르겠다. 내가 이스라엘인이 되었다면, 디아스포라는 아니지만 그걸 잘 아는 이스라엘인이기 때문이다.

호레이요트는 죄지은 통치자라면 숫염소를 속죄 제물로 바쳐야 한다고 가르친다. 이스라엘 땅에서 유대인의 지도자인 렙비는 자신이 숫염소를 바쳐야 하느냐고 묻는다. 이는 자신이 유대인의 통치자냐고 묻는 것이다. 라브 히스다는 이런 대답으로 그의 코를 납작하게 한다.

"그대의 라이벌은 바빌로니아에 있소."

이 말은 렙비가 이스라엘 유대 공동체의 지도자이지만, 바빌로니아에도 지도자가 이끄는 공동체가 있다는 뜻이다. 내가 이스라엘에 사는 까닭은 디아스포라인 유대인의 삶을 더욱 의식하기 위함이다. 또 모든 문화의 풍요로움을 알고 자녀들에게 물려주기 위해 애써야 한다는 의미이기도 하다.

호레이요트 편에 학당에서 벌어지는 권력 싸움이 언급된다. 랍비 메이어와 랍비 나탄은 족장인 랍비 시몬 벤 감리엘이 역량이 부족하다며 축출하려 한다. 족장은 이스라엘 땅에서 유대 공동체를 이끄는 지도자였다. 두 랍비는 음모를 꾸며 불시에 들이닥쳐서, 족장이 잘 모를 탈무드의 우크진(부정한 열매)에 대한 문제를 내기로 한다. 이들은 토라를 통달해야 족장 자격이 있다고 주장한다.

랍비 메이어는 시편을 인용해 논리를 내세운다. “누가 능히 여호와의 권능을 말하며 주께서 받으실 찬양을 다 선포하랴.” 이들은 이 구절이 신의 권능을 말하며, 유대 지도자는 신이 바칠 찬양을 선포할 자격이 있어야 한다고 해석한다. 즉, 하나님이 준 토라를 다 아는—애매한 우크진 편까지도—사람이어야 한다는 것이다. 이스라엘의 기준으로 보면 시인 워즈워스가 우크진 편에 해당한다. 일부 규범이 있지만 주변인 정도로 여겨진다. 후손들은 나처럼 낭만주의 시를 좋아할까? 인간의 경험을 심오하게 포착한 '틴턴수도원*'에 담긴 기억과 상실에 대해 설득력 있는 에세이를 쓸 수 있을까? 그게 아니라면 무엇이 "충분한 보상**" 일까?

보상은 여러 형태를 취한다. 무엇보다 이스라엘에 사는 것은, 토라가 우리의 정체성과 관계의 기반이라는 뜻이다. 또 우린 후손에게 이 유산을 물려주고 싶다. 시온을 유대 자치 정부의 실험이 아닌 토라를 배우는 원천으로 알게 하고 싶다. 아이들을 예루살렘에서 키우고 싶다. 광고판에 영화나 연극 포스터가 아닌, 시내 회당들에서 열리는 랍비들의 수업 안내문이 붙은 이곳에서. 아보다자라 편에서 탈무드는 연극과 서커스를 토라 공부와 비교한다. 내 아이들이 부모처럼 여가시간에는 공부에 집중하면 좋겠다. 약속의 땅에 미시나의 현자들이 학당을 세운 이 땅에 사니, 토라와 탈무드를 더 깊이 접하면 좋겠다. 아보다자라는 "사람은 마음이 가는 곳에서만 탈무드를 배운다"고 말한다. 대니얼과 나에게 이스라엘은 바로 그런 곳이다.

이스라엘은—특히 예루살렘은—우리에게 가장 편안한 종교적인 환경을 주는 거주지다. 대니얼은 남녀 좌석이 따로 있고 의례의 역할을 남자들만 맡는 정통파 회당에서 성장했다. 그와 달리 내 아버지가 이끈 보수적인 회당은 남녀가 나란히 앉아 모든

---

* 워즈워드의 시 「틴턴수도원 몇 마일 뒤쪽에서 지은 시」.

** 「틴턴 수도원」에 나오는 구절.

의례에 동등하게 참여했다. 우린 인근에 회당이 하나뿐인 미국의 교외지역에 살아서 갈 수 있는 회당이 하나밖에 없었다. 하지만 이곳 예루살렘은 어느 길에나 회당이 여럿 있어서, 우린 각자 다른 회당에서 활동하지만 사회적으로 같은 집단에 속한다.

결혼 첫해에 앞으로 낳을 아이들이 종교적으로 어떤 삶을 살게 할지 이야기했다. 회당을 남녀가 따로, 혹은 분리되어 앉는 곳으로 여길까? 성장하면서 여자들도 기도 숄을 두른다고 생각할까? 아니면 기도 숄은 남자들만 두른다고 알까? 우린 아이들이 양쪽 모델을 갖는 것도, 회당을 다양한 개념으로 이해하는 것도 괜찮을 거라고 결론지었다. 아보다자라 편에 이런 문구가 나온다. "토라를 한 명의 교사에게만 배우는 것은 축복이 아닐지니." 아이들에게 유대인으로서 뜻있고 헌신적인 영적인 삶을 사는 모델을 다양하게 제시하고 싶다. 또 그게 가능한 도시에 살아서 다행이다.

여기서 양육하면서 자식들의 삶에 유대의 리듬이 스며들기 바란다. 매주 도시가 안식일의 속도에 맞춰 느려지는 것을 보고, 상점에 진열된 상품을 보고 축일이 다가오는 걸 알겠지. 하누카 전에 빵집에 각종 젤리도넛이 진열되고, 부림절 전에는 장난감 가게마다 분장용 의상이 걸린다. 또 봄이 오면 슈퍼마켓 선반에 무교병과 딱딱한 쿠키가 진열된다. 아이들은 유대교 유치원에 다니지 않더라도 찰흙으로 하누카 촛대를 만들고, 유월절 전에는 열 가지 재앙을 다룬 연극을 할 것이다. 라그바오메르*를 맞아 모닥불에 감자를 굽겠지. 이스라엘에서 이런 일들은 딱히 유대 명절이 아닌 국가적인 문화의 일부니까. 아이들에게 유대의 삶이(연기 나는 라그바오메르 모닥불을 포함해) 숨 쉬듯 자연스럽게 전 존재에 스며드는 게 참 좋다.

또 이스라엘에서 성장하는 아이들이 크게는 유대 민족, 작게는 이스라엘 사회의 일원으로 책임감을 가지면 좋겠다. 호레이요트 편은 전투 전야에 유대 병사들을 격려하는 제사장의 역할을 논한다. 우리 아이들은 심신이 건강하다면 이스라엘 방위군에 입대할 것이다. 그들이 사회와 정치 문제에 관심을 갖고, 열띤 토론에 참여하면 좋겠다.

우리가 좋아하는 시 「한밤의 서리」에서 콜리지는 옆에서 잠든 어린 아들에게 아버지와 다른 환경에서 성장할 거라고 말한다. "너는 전혀 다른 배경에서 / 전혀 다른 교훈을 배울 거야!" 콜리지는 "대도시에서 하늘과 별 외에 아름다운 것을 보지 못하며" 자란 반면, 그는 아들을 "호수와 모래사장 옆, 오래된 산의 바위 아래, 구름 아래 시골"에서 키운다. 시인은 유토피아 같은 유년기를 아들에게 줄 수 있음에 기뻐한다. 아들은 엄격한 교사가 있는 어두운 도시의 학교를 견디는 고역을 모를 것이다.

---

* 보릿단을 세는 기간의 33일째인 소절기.

우리 아이들 역시 미국에서 나서 자란 부모와는 완전히 다른 환경에서 성장할 것이다. 하지만 언젠가 우리가 문학과 문화유산을 물려주는 게 아니라, 이들이 나서 자란 사회의 '전혀 다른 교훈'을 부모인 우리에게 가르쳐줄 것이다. 어쩌면 그들을 통해 히브리어의 은어를 배우거나, 이스라엘의 다양한 군대와 임무를 마침내 알게 될 것이다.

물론 아이들이 어느 곳을 선택해 살아갈지, 아보다자라나 호레이요트의 논제들을 깊이 고민할지는 알 수 없다. 하지만 콜리지가 "하여 모든 계절이 너에게 달콤할지니. 여름이 땅에 초록을 입히든, 지빠귀가 앉아서 노래하든……"이라고 축복하는 「한밤의 서리」의 마지막 대목이 떠오른다. 아이들이 장차 어디서 살든, 우리는 토라 공부를 시키고 풍성한 유대주의를 경험하도록 키우는 복을 누릴 것이다. 그들이 뜨거운 햇살이 쏟아지는 예루살렘에서 살든, 마당에서 지빠귀가 노래하는 미국의 뉴잉글랜드에서 살든, 인생의 계절마다 아름다움이 넘치기를.

part 4. 코다심

나는 시인과 문지기의
그 중간 어디쯤.

제바힘(번제) / 메나호트(소제) / 훌린(비제사 도살)

성스러운 식사

내 채식 습관만은 아이들이 닮지 않기를 바랐다. 대니얼과 만난 후 그의 가족과 안식일 만찬을 하기 전까지 난 내가 채식주의자라는 자각을 못 했다. 식탁에 쇠고기구이, 양갈비, 오리볶음이 올랐는데 무슨 고기인지 분간이 되지 않았다. 그의 어머니는 내 접시에 밥과 브로콜리만 담긴 걸 보고 채식주의자냐고 물었다. 난 의아해하면서 "그럴 걸요"라고 대답했다. 원칙 때문이 아니라 보기 흉해서 고기를 피했다. 신선한 퀴노아 샐러드가 있는데 왜 죽은 새의 날개 고기를 식탁에 올릴까? 1년 후 탈무드의 코다심 편을 공부한 후 난 채식주의를 선언했다. 코다심은 주로 희생제사와 도축 의례를 다룬다.

코다심의 첫 주해서 제바힘은 기본적으로 대형 바비큐다. 어떤 동물을 제단에서 태우면 되는지, 남은 고기는 누가 먹을 수 있는지 나온다. 또 너무 오래 태우거나, 부적절한 의도로 희생시키거나, 다른 희생제물과 섞이면 어떻게 되는지도 배운다.

탈무드는 기본적으로 네 가지 희생 의식을 설명한다. 동물 도축하기, 대야에 피 받기, 동물을 제단으로 옮기기, 성궤 덮개에 피 뿌리기. 희생제는 피가 흐르는 일이어서 피를 받는 구멍이 성전 바닥에 있었다. 여기로 빠지는 피는 기드론강으로 흘러들었다. 하루의 번제를 마치면 잿더미가 잔뜩 쌓였고, 그걸 치우는 일이 매일 아침 첫 작업이었다. 나는 제사장이 새의 목이 다 잘리지 않게 조심하면서 손톱으로 베는* 대목을 읽으면서, 이제부터 어머니가 해주는 닭고기 수프를 먹지 않기로 결심했다. 고기가 들어간 음식은 그 수프만 먹었다. 고깃점이 보이지 않는데다 맛도 있고, 또 내가 먹으면 어머니가 좋아하셨다. 그런데 닭고기 수프 역시 닭으로 만든 음식임을 깨달았다.

의식적으로 육식을 포기하니 하나님이 노아에게 육식을 허락하기 전으로 돌아간 것 같았다. 그 에덴동산 시대에는 나무들이 인간에게 필요한 모든 걸 공급했다. 적어도 이스라엘의 광야 시대로 돌아간 것은 맞았다. 랍비 이시마엘에 따르면, 당시 이스라엘인들은 '탐나는 고기'를 도축할 수 없었다. 즉, 희생제물이 아

* '멜리카'로 알려진 과정으로, 탈무드에 세세히 설명되어 있다.

닌 영양공급과 식도락을 위한 도축은 금지되었다. 랍비 아키바는 이견을 피력한다. 아직 의례에 따른 도축 규례가 없었지만, 동물의 코를 찌르고—그 과정을 '네히라'라고 했다—살점을 먹는 것은 허용되었다고 주장한다. 나는 의례에 따른 도축도 코를 찌르는 행위도 못마땅해서 고기를 완전히 삼가기로 했다.

그 후 동물 애호 때문에 채식주의를 고수하느냐는 질문을 자주 받는다. 나는 헛다리를 짚었다고 대꾸한다. 난 동물 애호가가 아니다. 아파트에 들어온 새들과 조깅할 때 짖어댄 개들이 두려웠다. 또 쓰레기를 버릴 때, 히브리어로 '개구리'라 부르는(크고 초록색이어서) 공용 쓰레기통에서 내려오는 고양이가 무섭다. 하지만 코다심 편에는 피가 낭자한 동물 사체와 내장 외에 꽤 재미난 산 동물들의 이야기와 전설이 나온다.

제바힘 편 끝에, 신비로운 레엠—일종의 유니콘—이 대홍수에서 살아남은 사연이 나온다. 유니콘이 노아의 방주에 못 들어간 것은 확실하다. 레바 바 하나가 "어린 유니콘을 본 적이 있는데 타보산만 했다!"고 증언했기 때문이다. 랍비들은 노아가 유니콘의 코를 방주에 밀어 넣었을 거라고 말한다. 하지만 다른 랍비가 반문한다. 그랬으면 유니콘이 물살에 휩쓸리지 않았겠냐고. 레이시 라키시는 아니라고, 그들이 유니콘의 뿔을 방주에 묶었기에 익사하지 않았다고 응수한다. 하지만 인간들이 뜨거운 죄를 지었으니, 그 벌로 홍수로 불은 물이 끓지 않았을까? 그렇긴 한데 방주 근처의 물은 식어서 유니콘이 살 수 있었다는 대답을 했다. 이렇게 랍비들은 유니콘을 홍수뿐 아니라 현자들의 집중포화에서 구제한다.

또 황제와 사자 대목도 재미난 상상의 동물 이야기다. 탈무드에 로마 황제가 현자들에게 신학적인 질문으로 맞서는 이야기가 몇 편 나온다. 이 경우 황제는 랍비 여호수아 벤 하나니아에게 하나님을 사자에 비유하는 성경 구절에 대해 묻는다. 황제는 신이 사자와 비슷하다면 어떻게 그렇게 위대할 수 있겠느냐고 쏘아붙인다. 승마의 명수라면 사자를 잡을 수 있다면서. 랍비는 하나님은 평범한 사자가 아닌, 베이일라이산의 특별한 사자와 비슷하다고 답한다. "그 사자를 내게 보이라"라고 황제가 명하자, 랍비는 이 동물을 쳐다볼 수 없을 거라고 경고한다. 하지만 황제가 고집을 꺾지 않자, 랍비 여호수아는 하나님께 기도한다. 그러자 사자가 나타난다.

사자는 저만치서 포효한다. 곧 모든 임산부들이 유산하고 로마의 벽들이 무너진다. 사자가 가까이 다가와 다시 포효하자, 황제를 포함한 모든 인간의 치아가 뽑힌다. 파라오가 재앙을 멈추라고 모세에게 간청했듯, 시내산에서 이스라엘인이 하나님의 목소리로부터 지켜달라고 모세에게 매달리듯, 황제도 랍비에게 사자를 돌아가게 해달라고 애원한다. 그래서 사자는 돌아간다.

식사 계율 주해서인 훌린의 뒷부분에 나오는 상세한 동물 내장에 대한 설명보다 사자와 유니콘 이야기가 매력적이다. 하지만 내 채식주의는—실재하건 상상이건—동물에 대한 애정보다는 미니멀리즘 성향에서 기인한다. 적은 양으로 지탱하고 싶다. 경제적인 면뿐만 아니라 미학적인 면에서도 그렇다. 거식증을 앓을 때는 극단적이 되어 거의 먹지 않고 버티려 했다. 지금도 가끔 통제하고 싶은 유혹을 느낀다. 식사 계율이 매력적인 것은, 먹을 수 있고 없는 것을 구분해서 곤란한 선택을 면해주기 때문이다. 채식주의는 이 단계에서 더 나아간다. 세상에는 콩, 곡물, 초콜릿이 넘쳐난다. 내게 햄버거는 필요 없다. 게다가 라브 나흐만의 부인인 얄타에 따르면, 금지된 모든 것에는 대체할 맛있는 코셔가 있다. 얄타는 몇 가지 예를 제시한다. 돼지고기를 금하지만, 비슷한 맛이 나는 '쉽부타'라는 물고기가 있다(그녀가 돼지고기 맛이 어떤지 어떻게 아는지 의심스럽긴 해도!). 동물 피는 금지하지만 간은 먹어도 된다. 이야기의 말미에 도전적인 얄타가 고기와 우유를 같이 맛보고 싶다고* 고집한다. 그러자 남편은 정육업자에게 "그녀에게 젖통 구이를 주게"라고 지시한다.

물론 채식주의와 식사 계율을 혼동하는 사람이 많지만, 그 둘은 다르다. 안식일 만찬에 초대받아 가면, 안주인이 "미안해요, 감자를 고기와 따로 요리해야 했는데……"라고 사과한다. 하지만 옆에서 고기가 익었다고 해서 감자를 못 먹을 이유는 없다. 채식주의의 경우 '모텐 타암'—금지된 재료의 맛이 허용된 재료

---

* 유대교 규례는 고기와 우유를 같이 먹는 것을 금한다.

에 배는 것—이 문제되지 않는다. 또 내게는 식사 계율이 더 중요하기에 채식주의는 융통성을 발휘한다. 결국 미니멀리즘과 소박함을 원칙으로 삼는다면서 채식주의 때문에 생활이 복잡해진다면 모순이다. 내게는 우선순위가 있고, 탈무드의 현자들도 마찬가지다. 이들은 다양한 종류의 생물들이 몇 가지 '징표'가 있어야 코셔로 볼 수 있는지 토론한다. 이들의 주장에는 원시적인 진화론이 반영된다.

땅에서 창조된 동물들은 두 가지 징표가 필요하다. 바로 기도와 식도가 절개되어야 한다. 습지에서 창조된 새들은(랍비들은 새의 발에 물고기 같은 비늘이 있다고 주장) 징표가 하나만 있으면 된다. 즉, 기도나 식도, 둘 중 하나가 절개되어야 한다. 하지만 물에서 창조된 물고기는 징표가 불필요하다. 물고기는 의례에 따라 죽이지 않아도 먹을 수 있다. 난 징후가 덜 필요한 음식일수록 좋다. 식물성 단백질을 먹지 못할 상황이라면 생선을 먹을 것이다. 그것도 없으면 닭고기를 고려할 것이다. 하지만 스테이크는 단호하게 입에 대지 않을 것이다.

내 입장에서는 고기가 아니어도—비슷한 이유로 술도 마찬가지—식도락거리가 많다. 값비싼 양고기보다 다크 초콜릿이 더 매력적이다. 또 술보다 김 나는 우유를 넣은 뜨거운 커피가 좋다. 커피숍에 앉아 책에 몰두하는 게 가장 좋아하는 일 중 하나다. 나 자신에게 허용한 약간의 카페인은 기력과 자신감을 준다. 늦은 오후, 집중력이 분산될 때는 특히 그렇다. 초콜릿과 커피는 내가 누리는 소박한 즐거움이다. 하지만 탈무드는, 먹고 마시는 데는 형편이 허락하는 것보다 적게, 아내와 자식에게는 형편이 허락하는 것보다 많이 써야 한다고 가르친다. 음식은 육신을 대접하고, 안식일과 다른 성스러운 날들을 대접하고, 집에 초대한 손님들을 대접하는 수단이어야 한다. 무엇보다 이런 가치들을 자식들에게 전하고 싶다.

내 식습관은 아이들에게 물려주고 싶지 않다. 나중에 스스로 채식주의자가 된다면 그 선택을 환영한다. 하지만 어릴 때는 건강하고 바람직한 식습관을 본받는 게 중요하다. 곡식 헌물을 다루는 메나호트 주해서에 벤 드로사이의 이야기가 나온다. 초기 탈무드 시대에 살았던 벤 드로사이는 산적이었다. 그는 성미가 급해서 장작불에서 고기가 익기 전에 낚아채곤 했다. 난 허기져서 집에 오면 보이는 건 뭐든 먹고 싶은 유혹을 받는다. 그럴 때면 벤 드로사이처럼 굴면 안 된다며 자제한다. 문명인답게 앉아서 음식을 먹는 기쁨을 누려야 한다고.

나중에 마탄이 음식을 던지거나 많이 남기면 "음식은 카도시야(성스러워)"라고 말해줄 것이다. 이 말을 반복하면, 나중에 회당에서 토라를 손짓하면서 카도시라고 말하면 마탄은 날 보면서 "먹어도 돼요?"라고 묻겠지. 식사 의례가 담긴 주해서가 '카도심' '성스러운 것들'인 것은 적절하다. 성전 몰락 이후 랍비들은 식탁이 제단을 닮았다고 가르친다. 희생제물이 없는 세상에서, 음식이 성스러운 것들에 다가가게 한다는 걸 일깨워준다.

시인과 문지기

결혼 1주년 무렵 저작권사에서 일한 지 5년이 되었고 난 변화를 줄 채비를 했다. 하지만 코다심 뒤쪽에 실린 주해서의 한 구절을 접한 후에야 어떤 변화여야 하는지 깨달았다. 예루살렘 성전에서 일하는 레위인의 역할들을 논하면서, 탈무드는 문지기와 시인을 구별한다. 문지기는 성전의 문단속과 관리 업무를 관장했다. 시인은 성전에서 노래하는 책임을 맡았다. 매일 희생제물을 올릴 때마다 이들은 찬송가를 불렀다. 문지기와 시인의 업무는 엄격히 구분되어야 했다. 다음 구절에 따르면, 시인은 문지기 업무를 수행하면 안 되었고 그 반대 경우도 마찬가지였다.

랍비 여호수아 바 하나니아가 랍비 요하난 벤 구드가다의 문단속을 도와주려 한 일화가 있다. 랍비 요하난 벤 구드가다가 말했다. "이보게, 돌아가게! 그대는 시인이지 문지기가 아니니![*]"

이 이야기에 나오는 두 랍비는 성전에서 일하는 레위인이었다. 탈무드에서 랍비 여호수아 벤 하나니아는 성전 파괴 전야에 스승인 랍비 요하나 벤 자카이를 관에 넣어 빼돌린 일화로 유명하지만 성전 시인이었다. 나중에 그는 지적인 창의성으로 유명한 야브네의 학당을 이끌었다. 그가 "참신한 가르침이 없으면 학당일 수 없다"고 말한 걸 보면 창의성을 중시한 것 같다.

랍비 요하난 벤 구드가다는 단순한 문제들에 엄격한 것으로 유명한 문지기였다. 훌륭한 관리자답게 규칙을 중시했다. 랍비 여호수아는 랍비 요하난을 도와 문단속을 하겠다고 나선다. 하지만 문지기—성전 문을 잠그는 일만 아니라, 모든 사람을 소임에 머물게 하는 책임을 맡은—랍비 요하난은, 문지기를 도우러 오지 말고 시인의 본분을 다 해야 한다면서 랍비 여호수아를 힐난한다.

이 이야기는 '므쇼레 세시에 움쇼아르 세-쇼아르', 즉 문단속을 하는 시인과 노래를 짓는 문지기에 대해 경고하면서, 성전에

---

* 아라힌 11b.

서 맡은 직분을 엄수하라는 탈무드의 명령이다. 뜻과 음이 멋지게 어울리는 이 어구는—그 자체가 누가 무슨 일을 할지 단속하는 시적인 명령이다—자신의 소임이 아닌 일을 하다가 결국 사형 선고를 받는 사람을 뜻한다. 랍비들이 인용하는 성서 구절에서 '이방인'은 성전에 들어온 레위인 외의 사람을 가리킨다. 랍비들의 독창적인 해석에 따르면, '이방인'은 행할 소임을 외면하는 사람을 뜻할 수도 있다.

시인인 랍비 여호수아 같은 사람은, 랍비 요하나 같은 문지기들의 영역인 관리 업무보다는 노래를 지어 불러야 한다. 탈무드는 명확한 노동의 영역에 대해 논하는 것 같다. 이 영역에서 누구나 숙명인 일을 해야 한다. 안 그러면 숙명에서, 본모습에서 멀어질 위험이 있다.

이 시와 문단속에 대한 구절을 배운 뒤, 두 영역을 더 곰곰이 생각하기 시작했다. 시인은 내용에 관심을 두는 반면, 문지기는 흐름에 초점을 맞춘다. 시인은 사물의 특징을 결정하는 반면, 문지기는 누가 그것에 접근할지 결정한다. 두 역할 모두 필수적이지만, 난 후자보다 전자를 높이 칠 수밖에 없다.

내가 알기에 시인은 독특한 재능과 능력을 끌어내는 사람이다. 시인은 창의력이 샘솟고 독창적이며, 유일무이한 결과물을 내놓는다. 두 레위인은 같은 노래를 부르지 않는다. 아니 적어도 똑같은 방식으로 부르지 않는다. 이에 반해 문지기의 업무는 정확성, 재연 가능성, 신뢰성 때문에 중요하다-누구든 그 일을 똑같은 방식으로 해야 한다.

미도트(척도) 편에 문을 정확히 잠그고 여는 방법이 나온다. 성소로 들어가는 대문에는 더 작은 문 두 개가 각각 북쪽과 남쪽으로 있었다. 아무도 남문으로 들어가지 않았다고 에스겔서는 말한다. "이 문은 닫고 다시 열지 못할지니, 아무도 그리로 들어오지 못할 것은*." 문지기 제사장은 열쇠로 북문을 열고, 성소로 이어지는 작은 방으로 들어가 성소의 문들을 열었다. 이 모든 상세한 과정이 보여주듯, 미시나는 성소의 문단속을 창의적인 일로 삼을 여지를 남기지 않는다.

나는 문지기로 사는데 친구들은 시인인 것 같았다. 이들은 박사 논문을 작성하거나 카페에 앉아 단편소설을 기획했다. 혹은 지역 신문사에서 기자로 일하거나 심지어(문자 그대로) 시를 썼다. 하루가 저물면 그들은 글을 자신 있게 가리키면서, 이 세상에 딱 하나밖에 없는 글이라고 말할 수 있었다.

반면 나는 기껏해야 서점에 들어가서 내가 편집이나 번역한 책이나—둘 다 대신할 능력 있는 사람이 수두룩하다—가리킬 수 있었다. 난 '편집자 세 번에 저자 한 번꼴'이라고 자책했다. 편집한 책이 500권 넘긴 하지만. 편집 업무가 자랑스럽거나 적절하다고 생각되지 않았다. 내가 라브 세세트처럼 반응하는 것

---

* 에스겔 44:2.

은 상상할 수도 없었다. 라브 세세트는 제자가 출처를 밝히지 않고 자신의 글을 인용하자 쏘아붙였다. "누구든 이런 식으로 나를 쏘는 자는 전갈에 쏘일진저![*]"

일이 마음에 차지 않았고, 이 불안감이 중년의 위기가 시작되는 징후인지 궁금했다. 30대인 사람들은 누구나 겪는 일이다. 이제 인생이 저만치 앞에 있지 않다는 사실을 문득 깨닫는다. 어릴 때는 세상이 가능성으로 열려 있는 것 같다. 하지만 35세가 되면—내가 다프 요미를 마칠 나이—선택한 것들이 문을 열기도 하지만 다른 문을 닫기도 한다는 걸 안다. 빅토리아 시대 영국의 사이비 과학에 관한 우수 논문 저자인 전도유망한 20세 대학 4년생이 어쩌다 이렇게 됐을까? 무슨 일이 벌어진 걸까? 바이런은 "어느 아침 깨어보니 유명인사가 되어 있었다"고 말했다. 난 깨어보니 별것 아닌 존재가 되어 있었다. 메리 올리버의 말마따나 "한 번의 거칠고 소중한 인생"으로 난 뭘 하고 있나? 사람들은 항상 문지기가 아니라 시인의 말을 인용한다.

어쩌면 시인과 문지기의 일화가 자존감을 다룬 주해서에 등장한 것은 당연하다. 주해서 제목 '아라힌 헌납물'은 '값어치'를 뜻하는 히브리어에서 나오고, 자신의 가치를 성전에 봉헌하기로 작정한 사람의 이야기가 나온다. 목숨의 가치를 평가할 수 없

---

* 베코로트 첫 산물들 31.

기에, 토라는 이런 서약의 가치를 나이와 성별에 준해서 정한다. "스무 살부터 예순 살까지 남자는 성소의 세겔을 은 50세겔로 하고[*]." 내 생명의 가치는 얼마나 될까? 어떻게 하면 내 시간을 더 가치 있게 만들 수 있을까? 더 시적인 직업을 갖는 것이 내 운명일까?

그즈음까지 저녁에 번역 아르바이트를 했다. 저작권사에서 퇴근하면, 탈무드의 랍비들에 대한 책들을 번역하는 데 매달렸다. 저녁이면 랍비 요세와 로마에 가서 황제의 궁에 있는 피가 얼룩진 성궤 뚜껑을 보았다[**]. 아니면 엠마오의 고기 장터에서 월경 중인 다섯 아내와 성관계를 맺은 남자들에 대해 신학적인 질문을 던졌다[***]. 하드리아누스의 박해기에 유대인인 걸 숨기려고 랍비 레우벤 벤 이스테로블리와 이교도처럼 머리를 자르기도 했다[****]. 랍비 여호수아와 같이 죽은 양으로 만들 수 있는 악기들을 열거하기도 했다[*****]. 종종 이런 생각에 잠겼다가, 시계를 보고 자정이 넘은 걸 알면 현자들을 남겨두고 잠자리에 들어야 했다.

타미드에서 현자들은 밤에 토라를 공부하면 신이 함께한다고 주장하면서, 미덕이라며 칭찬했다. 신에게 더 가까이 안내하는

---

* 레위기 27:3.
** 메일라 17b.
*** 케리토트 3:7.
**** 메일라 17a.
***** 121a.

일을 하니 난 행운아였다. 언제나 내 안에 성령의 불꽃이 솟는 건 아니었다. 하지만 랍비의 전기를 옮기면서 배우는 게 많아서, 공부도 하고 토라도 전파하면서 돈을 번다고 농담하곤 했다. 그러나 이것은 탈무드에서 명백한 금기 사항이다*. 하나님은 모세에게 토라를 거저 주었으므로, 토라를 가르친 대가로 돈을 받으면 안 된다. 그래도 보수를 받으니 좋아서, 번역할 만한 탈무드와 랍비 문학서들을 눈여겨보기 시작했다. 곧 번역만으로 생활비를 충당할 만큼 일을 많이 했고, 저작권사를 퇴사할지 고민하기 시작했다.

복이 많아서 회사 상사는 내 관심사를 존중하고 재능을 높이 평가해주었다. 그녀와 마주앉아 내 고민을 털어놓았고, 호의적인 반응을 얻었다. 상사는 업무만 바꿔서 계속 저작권사에서 근무하라고 제안했다. 이제 난 에이전트가 아닌 재택근무 번역자가 되었다. 바로 그 달부터 번역은 야간 아르바이트가 아닌 전일제 업무가 되었다. "주야로 이 율법책을 묵상하여"라는 여호수아의 구절대로 된 셈이었다.

번역 또한 성전의 문지기와 비슷한 신성한 소명이 될 수 있음을 알게 되었다. 유대 책들을 번역할 때, 독자들이 토라를 접하게 하는 게 내 소임이다. 원문에 충실해야 한다. 특히 대량 생산

---

* 베호로트 29a.

시대이니 내가 실수하면 모든 영어판에 그대로 실리고 만다. 트무라에서 랍비 요하난은, 유대 율법을 적는 사람은 토라를 태우는 사람과 같고, 문서로 배우는 사람은 아무 장점도 못 얻는다고 주장한다.

랍비 요하난은 구전 토라는 구전으로 남아야 하며, 잊히지 않을 방법이 문서밖에 없을 경우에만 문서로 남겨야 한다고 주장한다. 구전 토라에 대한 책들을 번역하면서—미시나와 탈무드는 원래 구전 전승되었다고 알려졌다—난 토라가 이스라엘에서 잊히지 않게 하는 작은 소임을 감당했다. 번역자로서 가당찮은 창의력을 발휘하고 싶은 유혹을 느낄 때면 두려움이 엄습한다. 랍비 요하만 벤 굿가다가 내 손을 잡으면서 이렇게 말하는 상상을 한다.

"돌아가라. 그대는 문지기일 뿐 시인이 아니니."

분명히 번역자와 저자 사이에는 넓은 간격이 있고, 내 일은 시인과 문지기의 중간쯤이다. 번역 작업을 좋아하지만 창작에 대한 조바심은 여전하다. 국립도서관에 가면 자주 이런 초조감이 솟구친다. 간소하고 기품 있는 유대 문헌 열람실에 가면, 당대의 뛰어난 학자들이 줄줄이 놓인 긴 책상에 앉아 있다. 랍비들은 토라를 공부하는 학생은 "네 눈이 네 스승을 볼 것이며*"라는 구절

* 이사야 30:20.

에 따라 스승의 얼굴을 봐야 한다고 가르친다. 하지만 노트북 화면에서 고개를 들어 너무 많은 탈무드 권위자를 보면 영감보다는 위압감을 느끼는 것 같다.

열람실에 들어갈 때마다, 성전의 치수를 다루는 미도트 편의 한 구절이 떠오른다. 랍비들은 지성소를 어떻게 청소했는가를 두고 논의한다. 지성소는 워낙 성스러운 공간이어서 대제사장이 연중 가장 성스러운 날인 욤 키푸르에만 들어갈 수 있는 곳이다. 그들은 지성소로 들어가는 위쪽 방에 들창이 있어서, 인부들이 바구니에 담겨 지성소로 내려졌다고 설명한다. 일꾼들은 '지성소를 눈요기하지 못하도록' 바구니에 들어가야 했다. 난 다시 도서관에서 일자리를 얻는—서가에 책을 꽂거나 참고도서 데스크에 앉아 있는—상상을 한다. 그러면 학계의 대제사장들처럼 내가 거기 있는 게 주제넘게 생각되지 않을 것 같다.

내 가치를 의심하니 케리토트 편의 바바 벤 부타에게 동질감을 느꼈다. 우연찮게도 그의 이름은 '문'을 뜻한다. 벤 부타는 뭔가 잘못했다고 믿고 매일 성전에 속죄 제물을 가져갔다.

나는 바바 벤 부타처럼 하루를 잘 보냈는지 불안해하며 산다. 하지만 코다심의 다음 주해서에 "토라를 받은 것은 구원의 천사들이 아니라" 최선을 다하려 애쓸 수밖에 없는 허물 많은 인간들이라는 구절이 나온다. 이 대목은 성전 건축에 쓰인 목재가 축성 후에 쓰였는지, 먼저 쓰인 후에 축성받았는지에 대한 토론에서 등장한다. 현자들은 목재가 먼저 축성받지 않았을 거라고 주장한다. 일꾼이 피곤해서 앉고 싶어 나무판에 앉을 테고, 만약 먼저 목재가 축성받았다면 그는 메일라, 즉 '절도'의 죄를 범하게 된다. 토라는 가끔 앉아 쉬어야 되는 평범한 인간들에게 주어졌다는 것이 이 구절의 의미다.

처음 번역가가 되었을 때 이 메시지를 마음에 새겼으면 좋았으련만 아쉽다. 이후 2년 새 세 아이를 출산할 터였다. 시계를 돌릴 수 있다면, 한숨 돌릴 수 있을 때 앉아 조용한 도서관을 즐기자고 스스로 다독였을 텐데.

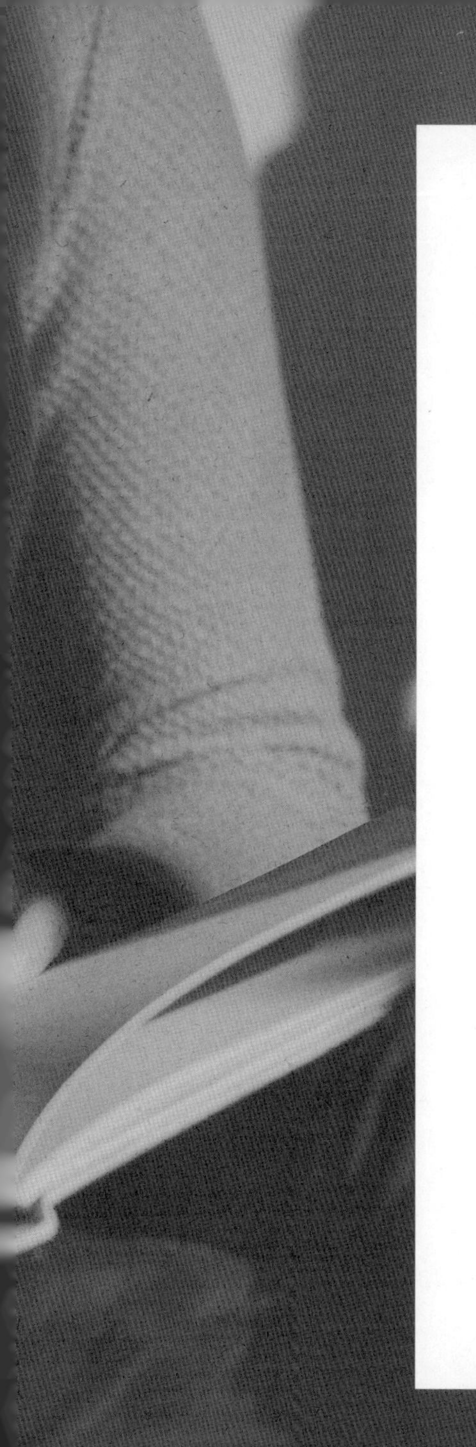

part 5. 정결

신이 가져가셨지만

신이 주시기도 했다.

니다(월경)

접은 수첩

어릴 때 내 꿈은 아이를 열두 명 낳는 것이었다. 포켓용 스프링 수첩에 상상 속 가족의 이름과 나이를 적었다. 아이들 나이가 정해져서 바뀌지 않을 것처럼 정해두었다. 밤이면 침대에 누워, 열 살 쌍둥이와 여덟 살 세쌍둥이의 이름을 떠올리곤 했다. 이름은 뜻보다 발음에 신경 써서 지었고, 학교에서 배운 단어들에서 영감을 얻었다. 셰버레이, 셰브론, 파서모니어스(검약하는), 애버리스(탐욕), 에버네슨트(덧없는).

어떻게 해야 아기가 생기는지 몰랐다. 파트너가 있어야 한다는 것도 몰랐다, 가임기가 있다는 것도 몰랐다. 임신이 자동으로 되는 게 아니라, 기회나 행운이나 신의 주재, 또는 셋 다 필요한 줄도 몰랐다. 20년 후, 열두 명의 자식을 갖는 꿈을 접고 한참 후인 서른두 살에 마침내 첫 임신을 했다. 그제야 이 얼마나 많은 것들이 협력해서 기적을 일으켰는지 알게 됐다.

월경의 순결과 출산을 다룬 니다(월경) 편을 공부하면서, 임신의 기적을 더 곰곰이 생각했다. 라모트의 산부인과 대기실에 앉아 이 주해서를 떠올렸다. 예루살렘의 변두리인 거기까지 간 것은—버스를 한 시간 넘게 타고—그 주에 초음파 검사를 받을 수 있는 가까운 병원이 없어서였다. 그런데 흥분되어 기다릴 수가 없었다.

바로 며칠 전 가정용 임신 테스트기로 검사하니 임신인 듯했다. '임신인 듯했다'고 말하는 것은, 행운이 믿기지 않았고 진단 결과가 달라 실망할까 겁나서였다. 내가 제대로 봤는지 미덥지 않아 다시 테스트하기까지 했다. 예루살렘의 슈퍼마켓에서 구입한 테스트기에 검사법이 히브리어·러시아어·아랍어로 나와 있었다. 드러그스토어에서 산 테스트기는 지시사항이 영어와 에스파냐어로 되어 있었다. 하지만 두 번 다 플라스틱 검사기의 창에 분홍 줄 두 개가 나타났고, 적어도 5개 언어로 임신했다고 말해준 셈이었다.

그래서 대기실에 초조하게 앉아서, 초음파 검사 순서를 기다렸다. 검사 결과가 나올 때까지는 임신을 사실로 확신하지 않으려고 했다. 주위에 눈에 띄게 배가 나온 여자들이 있었고, 나도 몇 달 후 그런 모습이 될지 궁금했다. 니다 편에 잉태를 책임지는 '라일라'라는 천사가 나온다. 라일라가 신에게 작은 씨앗을 가져가 "우주의 주인이시여, 이 씨앗이 어떻게 되겠습니까? 용감할까요, 허약할까요? 지혜로울까요, 어리석을까요? 부유할까요, 궁핍할까요?"라고 묻는다. 나 역시 이런 것들이 궁금했지만, 흰 가운을 입은 직원이 내 이름을 부르자 난 몽상에서 빠져나왔다. 그녀는 나를 작은 방으로 데려갔다. 의자에 앉아 바지를 내리라고 했다. 나이 든 러시아 여직원이 차가운 젤을 아랫배에 바르고 기계를 작동하자 난 부르르 떨었다. 말(馬)이 빨리 걷는 소리가 났지만, 그것은 내 배 속에서 자라는 생명의 심장 박동 소리였다.

"제발 하나님, 모든 게 정상이게 해주세요."

난 속으로 기도했고, 직원은 화면을 살피면서 은하계 우주 같은 사진을 프린트했다. 그녀가 아기가 괜찮은 것 같다고 거듭 말한 후에도 난 기도를 멈추지 못하고 입술을 달싹였다.

평소 나는 일상 대화에서 하나님을 들먹이지 않는다. "제발요, 하나님!"이나 "하나님의 도움으로" 같은 표현을 쓰지 않는다. 그런데 임신 후 모든 게 변했다. 배 속 아기가 불과 몇 밀리미터지만 내 권한 밖 존재라는 사실에 갑자기 압도되었다.

니다 편은 "하늘에 대한 두려움을 제외한 모든 것은 하늘의 수중에 있다"고 가르친다. 태아의 발달이란 맥락에서 나온 말인지는 모르겠지만 이것은 자주 인용되는 유명한 말이다. 내게 딱 맞는 말이다. 임신만큼 인간의 권한 밖에 있는 것은 없다. 관련된 가르침에서 랍비들은, 신이 어떤 전달자에게도 맡기지 않는 열쇠가 세 개 있다고 말한다*. 비의 열쇠, 출산의 열쇠, 죽은 자를 부활시키는 열쇠. 이것들은 전적으로 하나님의 통제하에 있다. 유대교의 중심 기도인 아미다의 두 번째 축복에서, 비가 내리고 죽은 자를 부활시켜달라며 두 열쇠를 간구한다. 그런데 왜 출산은 간구하지 않을까? 나는 이 기도를 할 때마다 태아들의 건강과 행복을 기원하기로 결심했다.

정식 기도를 할 짬이 나지 않으면, 배에 손을 얹고 랍비 여호수아의 어머니가 암송한 기도를 읊조렸다. 랍비 여호수아의 스승이 그를 칭찬하며 "그를 출산한 이에게 복이 있으라"라고 말한 대목이 탈무드에 나온다. 랍비 여호수아의 어머니가 동네 학당을 지나면서 현자들에게 "제 태중 아기가 훌륭한 토라 학자가 되도록 기도해주십시오"라고 부탁했다고 라사는 설명한다. 나는 그녀의 기원을 살짝 바꿔 간구했다.

"제 태중 아이가 여자든 남자든, 건강하고 좋은 머리와 마음을 갖고, 토라를 사랑하게 해주십시오."

늘 '여자든 남자든'이라고 말한 것은, 성별을 모르고 출산하기로 결정해서였다. 의사에게 성별을 아기 수첩의 뒷면에 기입해달라고 부탁했지만 그 면을 넘겨보지는 않았다. 아기의 성별을 미리 아는 걸 왜 그리 꺼렸는지에 대해서는 설명하기 어렵다.

---

* 타니트 2a.

'모든 것이 하늘의 손안에 있다'고 믿고 싶은 이유도 있었을 것이다. 병원 검사실의 눈부신 전등과 엑스레이 불빛 속에서 어두운 미지의 영역은 더욱 신비로운 듯했다. '미지'가 알아낼 수 없다는 뜻은 아니지만, 가능한 한 신비와 경이감에 싸이고 싶었다. 또 아기의 성별에 대해서는 아직 문을 열 필요 없이 신의 손에 남겨두기로 했다.

우리 부부는 임신 소식을 알리는 것도 미루었다. 니다 편은, "모든 인간의 창조에 축복의 하나님, 아버지, 어머니가 있다"고 말한다. 잠시 동안이라도 우리끼리만 알고 싶었다. 어쨌거나 이 주해서는 임신 3개월이 되어야 겉으로 드러난다고 가르친다. 근거는 창세기에 나오는 유다와 다말의 이야기다. 유다는 3개월이 흐른 후 다말의 수태 사실을 알았다*. 그때가 되어 배가 불러서 친지들에게 알리니 다들 짐작하고 있었다. 작은 돌 하나가 연못 수면에 던져진 듯 잔물결이 퍼져나갔다.

이 돌이 콩알만 하게 자라고, 차츰 블루베리, 라임만 해졌다. 미국 임신 웹사이트로 확인하니, 임신기 동안 매주 과일 크기가 되었다. '임신 9주차. 아기는 포도알 크기입니다.' 가끔 매주 업데이트 되는 과일이 혼란을 주기도 했다. 지난 주에 종자 토마토만 했는데 어떻게 바나나 크기가 될 수 있지? 그런데 종자 토마

---

* 창세기 38:24, 니다 8a.

토는 얼마만 할까? 그래서 탈무드에 나오는 크기를 믿기로 했다. 훨씬 익숙한 치수가 나온다. 처음에 아기는 올리브만 하고, 이것은 식사 후 축복해야 하는 최소 음식 양이다. 한 달 후에는 큰 대추야자만 하고, 이것은 욤 키푸르에 허용되는 음식 양이다. 몇 주일 후 아기는 달걀만 해지고, 이것은 유월절 전야 축제에 먹어야 하는 무교병의 최소 양이다. 달걀 세 개만 한 빵을 먹을 시간 내에 분만하면 얼마나 좋을까.

임신은 정해진 스케줄이 있지만, 내 경우 거룩한 리듬이 있는 듯했다. 처음 태동을 느낀 주에 매주 낭송하는 토라로 출애굽기가 시작되었다. 출애굽기는 유대 민족이 애굽 감독들에게 노예로 핍박받다가 해방된 사건을 그린다. 하지만 성경은, 이스라엘 남자들이 비돔과 라암셋(람세스)의 피라미드를 짓는 노역을 하는 동안, 부인들은 어마어마하게 많은 아이들을 출산하느라 애썼다고 말해준다. "이스라엘 자손은 생육하고 불어나, 번성하고 매우 강하여 온 땅에 가득하게 되었더라*." 본문의 "생육하고 불어나 번성하고"라는 표현은 그 수가 늘어난 경험을 강조한다. 그러니 출애굽기는 임신으로 시작되는 책이다.

출애굽기 앞쪽에, 타는 덤불 앞에서 하나님은 모세에게 이스라엘 백성의 고통을 '분명히 본다'고 말한다. 이것은 히브리어로

---

* 출애굽기 1:7.

'파카드'로 사라의 임신 경위를 설명할 때 같은 단어가 나온다. '여호와께서 말씀하신 대로 사라를 돌보셨고…… 사라가 임신하고…… 아들을 낳으니*.' 신은 이스라엘 백성을 분명히 보고 그 수가 불어나게 했다. 하지만 애굽에서 고역을 겪는 중에 하나님은 이스라엘인이 혼자가 아니라고 다독인다. 모세를 통해 "그들을 애굽인의 손에서 건지겠다"고 말한다. 성경에서 애굽은 '미츠라임'으로, '좁다'는 뜻의 히브리어에서 나왔다. 하나님은 이스라엘을 애굽의 좁은 산도에서 나오게 하겠다고 약속한다. 바다를 갈라서 장자 이스라엘을 출산시키겠다는 뜻이다.

유월절이 다가오고 배가 불러오자, 산통이 바다가 갈라지는 듯 엄청날지 궁금했다. 또 아기가 지난 적 없는 좁은 산도를 첫 아이가 지나도록 이끄는 신의 손길이 느껴질지 궁금했다. 내 신음, 한숨, 부르짖음, 비명이 새 생명의 창조자에게, 눈여겨보고 건지시는 분에게 상달된다고 상상했다.

출산 예정일을 두어 달 앞두고, 우리는 자연분만 교실에 등록했다. 성공적인 순산을 위한 방법과 요령을 수첩에 빼곡히 적었다. 하지만 니다 편의 난산으로 사흘 이상 산고를 겪는 산모 이야기가 떠올라서, 수첩을 치우고 이스라엘인답게 하늘에 직접 간구했다.

---

* 창세기 21:1-2.

결국 임신 기간을 다 채우고 유월절이 지나고 몇 주 후 분만했다. 국경일인 '욤 하지카론*' 아침이었다. 우리는 친구가 하는 대로 헤르즐산에 있는 장병들의 묘지에 가서 유가족들과 대화를 나누려고 했다. 우린 새 이주자라서 추모할 친지가 없기에, 그런 식으로 국가적인 분위기에 동참해 위로하고 싶었다. 직행버스가 있었지만 출산을 앞당기기 위해 걸었다. 한 시간 넘게 내리막길을 걸었고, 걸음을 옮길 때마다 아기가 산도를 내려오는 것 같았다. 니다 편에 이런 대목이 있다. "태아는 임신 첫 3개월간 아래쪽에, 다음 3개월간 중간 부분에 있다. 마지막 3개월간 위쪽에 있다. 그러다가 세상에 나올 때가 되면 휙 뒤집어서 나온다. 이것이 산통이다." 내 아기는 무수히 몸을 뒤집는 듯했다. 난 이게 출산의 고통이라고 상상했다.

욤 하지카론은 이스라엘의 독립기념일 '욤 하아츠마우트'로 이어지면서, 분위기가 슬픔에서 환희로 180도 바뀐다. 독립기념일 아침, 산통이 아직 30분 간격이었고, 더 격렬히 움직여야 한다는 걸 깨달았다. 그래서 매년 독립기념일에 열리는 성경 퀴즈쇼에 참여하기로 했다. 랍비들의 가르침대로 아기가 자궁에서 배운 토라를 복습할 기회를 기다린다는 생각이 들었다.

'어머니의 자궁에서 태아는 무엇과 닮았을까? 접은 공책, 그

---

* 전몰장병과 테러 희생자 추모일.

리고 초 하나가 아이의 머리 위에서 타고 있다. 그들은 아기에게 토라 전체를 가르친다. 그리고 아기가 바깥세상으로 나오면, 천사가 와서 아기의 입을 때려 토라를 모두 잊게 한다*.' 아기는 임신 기간 중 다프 요미를 300장 넘게—여러 주해서를—배웠으니, 예루살렘 극장 무대에서 제시되는 문제들의 답을 알겠지. 극장의 내 양편에 출산을 보러 온 어머니와 남편이 앉았다. 두 사람의 눈길을 의식하면서 나는 산통이 올 때마다 찡그리지 않으려고 애썼다.

다행히 퀴즈쇼에 참여한 효과가 있어서, 오후에 집에 도착하니 통증 간격이 9분으로 줄었다. 출산 수업 내용을 적는 수첩에 통증 간격을 기록했다. 바로 그 수첩의 뒷장에 아기의 성별이 적혀 있었을 것이다.

그날 밤을 꼬박 샜고, 어머니와 남편이 교대로 등을 문질러주면서 산통을 견디게 도와주었다. 성경에 묘사된 이스라엘 민족이 애굽을 떠나기 전날 밤처럼 '철야'를 했다. 애굽을 황폐하게 한 재앙들 같은 통증이 내 몸을 휩쓸었고, 난 울부짖으면서 견뎠다. "여호와께서 말씀하시기를 밤중에 내가 애굽 가운데로 들어가리니……, 애굽 온 땅에 전무후무한 큰 부르짖음이 있으리라**."

새벽이 오기 전이 가장 어둡다고 하지만, 어둠과 추위에 갇

---

* 니다 30b.

** 출애굽기 11:4-6.

힌 것처럼 부들부들 떤 것은 해가 뜨기 시작할 때였다. 한때 열 두 명을 낳겠다고 생각하다니 내가 돌았지! 다시는 이 일을 겪지 않으리라 맹세했다. "그 시간, 그녀는 출산하려고 몸을 굽혔다 벌떡 일어나며 다시는 남편과 동침하지 않겠노라 맹세한다"는 니다 편의 여인처럼. 대니얼과 어머니의 부축을 받아 병원으로 가면서, 탈무드 속 여인의 심정을 절감했다.

최대한 빨리 병원으로 달려갔다. 해가 떠올라 하늘이 불그스름하게 물들 때, 우린 차를 타고 에인 카렘의 언덕들을 달렸다. 하지만 난 주변 세상은 까마득히 잊었다. 배 속에서 볼링공처럼 묵직한 게 아래로 내려오는 느낌이었다. 바로 그 순간 아기가 나올 것 같아서, 차 뒷좌석에서 잔뜩 웅크리고 가만히 있었다. 병원에 도착하자 난 휠체어를 거부했다. 엉덩이 부위의 압박감 때문에 앉을 수가 없었다. 간호사들은 나를 들것에 눕히고 출산 시간이 됐다고 판단했다. 기본 검사를 할 시간이 없었다. 투약할 시간도, 머뭇거릴 시간도 없었다. 병원에 도착하고 20분 만에 아들이 좁은 산도를 지나 세상 밖으로 나왔다.

아기는 천사에게 한 대 맞은 후 내 품에 안겼다. 이제 아기의 머리 위에서 초가 타지 않았지만, 당황해서 깜빡이며 나를 보는 아기의 눈이 빛났다. 이 아이가 어떤 사람이 될지 궁금했다. 용감할까, 연약할까? 현명할까, 어리석을까? 부유할까, 궁핍할까? 주름진 빨간 살갗의 수첩에 아기의 인생 이야기가 적히기 시작했다.

베라크호트(축복)

기도에 대해 쓰기는 쉬워도 기도는 어렵다

나는 욤 키푸르 예배에서 회중을 인도하다가 첫아이를 임신한 것을 알았다. 갑자기 아보다—유대력에서 가장 경외감이 느껴지는 날, 무시무시한 지성소에 들어가는 대제사장을 묘사한 전례의 일부—를 암송하는데, 기운이 빠지고 별을 보면서 쓰러졌다. 그날 저녁 단식을 끝내고 식사한 후 임신 테스트기로 검사하고는, 아보다를 끝내지 못한 이유를 알 수 있었다. 돌아보면 그럴 만했다. 아기를 가지면서 축복 기도가 다르게 받아들여졌으니까. 하지만 임신 전에도 나와 기도의 관계는 복잡하고 갈등이 많았다. 임신하면서 갈등이 더 깊어지고 새로운 양상을 띠었다.

지금 앉아서 이 글을 쓰자니, 그 경험을 실시간으로 반복 중임을 알겠다. 베라크호트(축복) 편—기도와 축복을 다루는 주해서—에 대해 쓰기에 앞서, 아침 예배인 샤카리트를 암송하리라 생각했다.

그런데 그때가 새벽 6시, 배고픈 쌍둥이 딸들의 울음소리에 깬 참이었다. 세 시간 후 아이들을 먹이고 입혀서 어린이집에 보내자, 얼른 글을 쓰고 싶어 조바심이 난다. 다시 충동에 사로잡혀서 컴퓨터 앞에 앉는다. 책상에 얹어놓은 기도서보다 모니터의 번쩍이는 커서가 나를 더 다급히 부른다.

* * *

그러니 내 기도 이력은 기도한 이력이 아니라 기도할 시간과 마음을 내려고 애쓰는—보통은 실패하는—이력이다. 처음 이스라엘에 와서 자유로운 예시바(신학교)에서 공부할 때, 학당에서 다베네드를—이디시어 '기도'에 해당하고 종교계에서 흔히 쓰는 용어—했다. 벽마다 유대 종교 문헌이 있었고, 나는 서가들 옆 구석에 서서 탈무드를 배우고 기도했다. 좋은 사람들과 함께 했다. 탈무드에서 랍비 아미와 랍비 아시는 회당이 열세 군데 있는 고장에서 살았지만, 학당에서 토라를 배우는 동안만 기도했다. 하지만 이상적인 관행은 아닐 것 같다. 어느 날 예배 후 교사가 내게 다가와서 말했다.

"와, 일라나. 기도하면서 토라를 다 배웠으니 토라 학자라 해도 되겠군. 하지만 말해보게. 자네가 그런 토라 학자라면 기도하면서 토라를 배우는 걸로는 부족한 걸 알지 않겠나?"

이 질문이 늘 마음에 남아 있다. 언제든 공부와 기도—토라와 테필라 중—선택해야 한다면, 난 분명히 전자를 고른다. 토라와 기도는 큰 차이가 있고, 그 차이 때문에 난 토라에 열렬히 끌리고, 기도와는 낙심될 만큼 소원하다.

토라는 새로움과 관계있다. 새로운 영역을 정복하고, 더 많은 정보들을 통합해서, 매사에 전혀 새로운 빛을 투사할 통찰력을 준다. 반면 기도는 반복과 되돌아가는 것에 관계있다. 랍비들은 기도를 '정해진 소임'으로 삼지 말라고 주의를 주지만*, 이 명령은 그게 어렵다는 걸 보여줄 뿐이다. 매일, 매주, 매년, 이전과 똑같은 기도문을 똑같이 암송한다. 화요일에 암송하는 셰마는 월요일에 암송했던 셰마와 똑같다. 이번 주 안식일 무사프**는 지난 주 안식일 무사프와 똑같다. 이번 유월절에 지난 유월절에 올린 그 기도를 올릴 것이다.

토라 공부는 낯선 것들을 취해—탈무드의 다음 장, 새 미드라시, 새로운 해석—익숙해질 때까지 내면화하는 것이다. 반면 기도는 익숙한 것을 취해—매일 같은 구절을—똑같은 집중력과 열정으로 읊조려, 마치 매일 새 기도를 드리는 기적이라도 행하

* 베라크호트 28b.

** 안식일과 여러 절기에 암송되는 추가 예배문.

는 것 같다.

토라 공부는 계속 날을 벼리고 땅을 갈고 새로이 다지는 것이다. 토라 공부를 좋아하는 이들은, 같은 곳에 머물거나 이미 아는 것에 안주하는 데 만족하지 않는다. 이들이 창조된 목적을 알기 때문이다. 토라가 계속 나아가기를, 계속 이리저리 뒤집어보기를 요구하는 걸 알기 때문이다. 잠시라도 길가의 멋진 나무를 보려고 멈추지 말라고 요구하는 것을 안다.

대조적으로 기도는 가만히 서서 내면을 보는 것과 관계있다. 중심 기도를—랍비들이 '하테필라(기도)'라 부르는—'아미다(서있다)'라고 하는 것은, 한 곳에 천사처럼 발을 나란히 딛고 서서 암송해야 하기 때문이다. 기도하고 싶으면, 온전히 나 자신과 내 공간에 있어야 한다. 자유롭게 앉고 서고 절할 수 있게 몸이 편해야 하고, 모든 게 내 주위의 보이지 않는 좁은 원 안에서 이루어져야 한다. 집중하고 이 순간 평상심을 유지해야 한다. 친구들이 말하길 요가할 때 그렇다고 했다. 그래서 몇 해 전, 기도를 더 잘하는 요령을 익힐 요량으로 요가 수업에 등록했다.

2개월간 수련하면서—안타깝게도 그것으로 끝이었다—기도와 요가의 유사성을 알게 되었다. 난 둘 다 젬병이었지만. 먼저 기도는 요가처럼 몸과 관련된 수행이다. 기도 예배는 안무와 같다. 설 때와 앉을 때가 있고, 요가 수업의 획일화된 동작처럼 다 같이 일어나고 앉는다. 기도는 요가처럼 육체적으로 힘이 들진 않지만, 몸을 움직여서 정신 수양을 하는 것은 마찬가지다. 그래서 특별한 몸짓과 자세가 요구된다. 절하기, 세 걸음 물러서기, 세 번 발가락 끝으로 서기, 머리를 손에 묻기. 탈무드는 라브 세세트가 갈대처럼 절한 다음 뱀처럼 몸을 일으킨다고 말한다.

내 기도 자세는 그 정도로 극적이지 않지만, 기도할 때 몸이 의식되는 건 확실하다. 내 몸이 편치 않으면 예배 동안 앉아 있기가 힘들다. 여러 해 민얀에서 줄지어 놓여 있는 딱딱한 플라스틱 의자에 앉아 기도했다. 이따금 더 격식을 차린 회당에 가면, 의자에 방석이 있고 기도서를 놓는 자리가 있었다. 그래서 양손을 옆으로 내리고 편히 앉아, 기도서를 똑바로 볼 수 있었다. 난 이것이 기도하는 바른 자세라고 생각했다.

하지만 규칙적으로 기도하지 않으면 편한 의자가 무슨 소용일까? 요가와 마찬가지로 기도는 훈련이기 때문이다. 일주일에 몇 번씩 요가 수업에 참여하기가 쉽지 않았다. 매일 새벽에 깨서 기도 모임에 가는 것도 쉽지 않다. 랍비들은 기도는 강단이 요구되는 네 가지 활동 중 하나라고 가르친다(나머지 셋은 토라 공부, 선행, 직업 활동). 하지만 뭐니 뭐니 해도 규칙적인 실행이 최고다. 1년에 한 번 회당에 가는 사람은 늘 영적으로 충만할 수 없을 것이다. 그보다 새벽, 오후, 저녁에 기도하는 날이 쌓여야 결국 초월의 순간과 조우하겠지.

11세기 시인 유다 하레비는 "몸에 음식이라면 영혼에는 기도"라고 썼다. 하루 세끼 먹듯 하루 세 차례 기도해야 한다. 살면서 영혼이 감동되어 기도하고 싶을 때도 가끔은 있지만, 속을 든든히 채우지 않고 종일 간식을 먹는 결과를 낳았다.

규칙적으로 기도하기 어려운 것은 상당한 시간을 들여야 하기 때문이다. 오늘 이 챕터를 쓰기 전에 기도하고 싶었다면, 글 쓸 시간 20분간을 포기해야 했을 것이다. 기도와 '포기'하는 희생의 관계는 2차 성전 파괴까지 거슬러 올라간다. 그 무렵 기도는 희생제물의 대체물이 되었다고 베라크호트 편에 나온다. 랍비들은 어떤 일에 시간을 쓰든 기도를 우선시해야 된다고 가르친다. 베라크호트 편은 조식 전에 기도하라고 명령한다. 또 기도 전에 개인 용무를 본다면 우상을 섬기는 사당을 짓는 것으로 간주된다고 말한다. 그럼에도 기도 전에 토라 공부는 허용한 걸로 볼 때 랍비들도 기도를 우선시하기가 힘들었던 것 같아 위로가 된다.

기도를 우선시하는 것은 대니얼이 내 모델이다. 그는 매일 아침, 그날 할 일이 얼마나 많던 간에 기도서부터 펼친다. 일부는 대니얼의 성격이다. 삶의 모든 면에서 타인부터 챙긴다. 어머니와 통화할 때는 어떻게 지내시는지 다 들은 후에 우리 안부를 전한다. 저녁에 집에 오면, 아이들을 차례로 안아준 후에야 무거운 백팩을 내려놓는다. 하지만 그의 개인적인 특징만은 아니다. 개인 용무를 보기 전에 기도하라는 탈무드의 명령은, 타인의 요구부터 배려하는 것을 내면화하라는 뜻이다. 규칙적으로 시간을 써서 기도하는 것으로 대니얼은 변화를 이룬다.

기도를 규칙적으로 수행하는 대니얼과 달리 난 하루가 엉망일 때만 기도하는 경향이 있다. 기도를 정돈해주는 원리로 보기 때문이다. 출산해서 병원에 있을 때 수유, 체온과 혈압 측정이 끝없이 이어지는 것 같았다. 그래서 시간의 흐름을 알려고 하루 세 차례 기도했다. 베라크호트 편의 첫 챕터에 나오는 대로 정해진 시간에 예배하는 게 도움이 됐다. 베라크호트 편은 저녁 셰마를 시작해도 되는 시간에 대한 논제로 시작된다. 나는 규칙적으로 기도함으로써, 창문 없는 병실에서도 해가 뜨고 지는 것을 알 수 있었다.

자녀들을 홈스쿨링하는 신앙심이 깊은 가족을 만난 적이 있다. 홈스쿨링이라는 개념이 흥미로워서 질문 세례를 퍼부었다.

"아이들이 특정한 시간에 등교하지 않아도 되는데 일과 시작 시간을 어떻게 정하시죠?"

아버지는 빤한 걸 묻느냐는 눈빛으로 날 바라보았다.

"샤하리트* 시간에 깨서 아침 식사를 하고 공부를 시작하지요."

대답을 들으면서, 기도가 하루의 리듬을 만들 수 있다는 생각이 들었다. 기도는 기상과 취침 시간이 정확하고, 그 사이 시간이 무의미하게 흐르는 걸 막아준다. 아마 히브리 시인 레아 골드버그의 시도 그런 의미일 것이다. "나의 하나님, 축복하고 기도하도록 가르치소서 / 저의 오늘이 어제와 똑같지 않도록 / 저의

---

* 하루 세 번의 기도 중 첫 기도.

하루가 생각 없는 안개 속이 되지 않도록"

기도는 생각 없는 안개 속을 벗어날 탈출구다. 오늘의 기도가 어제의 기도와 다르다면, 이 순간에 무엇을 기도하는지 영혼을 다해 의식한다는 뜻이다. 기도가 의미 있으려면, 가장 긴급하고 중요한 것을 파악해 전례의 맥락 속에서 소망을 표현할 수 있어야 한다. 난 오랫동안 어울리는 배필을 찾을 수 있기를 기도했다. 아미다*의 네 번째 축복에 이 기도를 포함시켰다.

"저희에게 지식을, 이해를, 분별력의 영광을 주소서."

이 남자가 내 삶에 기적처럼 뚝 떨어지게 해달라고가 아니라, 맞는 상대를 알아볼 분별력을 달라고 기도했다.

기도의 효험을 믿는 이들은 신이 기도를 듣고 응답했다고 확신한다. 친구 리모나는 34세 생일날, 내년 생일 전에 결혼하겠노라 결심했다. 그녀는 매일 아침 서쪽 벽까지 걸어가서, 꿈꾸는 짝을 만나게 해달라고 기도했다. 당연히 결혼해서 35세 생일을 맞이했다. 리모나에게 이것은 기도가 '효험'이 있다는 증거였다. 하지만 나라면 더 깊은 의미를 볼 것이다. 리모나는 가장 깊은 열망을 깨달은 후 모든 역량을 꿈을 이루는 데 쏟았다. 그러면 기도는 꿈을 조목조목 표현하는 언어인 셈이다.

베라크호트 편에 매력적인 해몽이 길게 나오는 것도 이해가

---

* 선 자세로 낭송하는 아침, 오후, 저녁 기도의 주요 부분.

된다. 여기서 랍비들은 프로이트 같은 주장을 한다. "마음 괴롭히는 것을 꿈에서 본다." 그리고 다양한 예를 든다. 낙타 꿈을 꾸는 사람은 죽을 운명이지만 기적적으로 운명에서 구제된다. 앞니와 안쪽 치아가 빠지는 꿈을 꾸면 자식을 잃을 위험에 처한다. 셰마를 암송하는 꿈을 꾸면 내세에 자리가 보장된다.

기도는 내게 삶에서 변할 수 있고 변해야 하는 것들을 생각하게 한다. 내가 되고 싶은 모습을 늘 되새기게 하고 도전하라고 부추긴다. 변화시키는 기도의 능력은 재귀대명사인 히브리어 '르히트파렐(기도하다)'에 나타난다. 하지만 기도가 손이 안 닿는 먼 곳에 있는 느낌일 때가 많다. 힘든 시기에 서글프고 기운 없이 깨면 기도를 해야 하는 줄 알면서도, 마음을 다잡고 신에게 말을 걸 수가 없다. 또 삶이 풍요롭고 충만해서 부족함이 없고, 간구할 시간조차 없을 때도 있다. 그럴 때는 기도할 수 있는 안정감과 집중력이 있어도 기도할 마음이 나지 않는다. 기도는 보험 같은 게 아닐까. 잘되어 기도가 급하지 않을 때 해두면, 기도가 꼭 필요한 힘든 시기에 대화 통로가 계속 열려 있다고 해야겠지.

탈무드는 "사람은 좋은 일에 신에게 감사하듯 나쁜 일에도 신에게 감사해야 한다"고 가르친다. 하지만 대개 상황이 나쁠 때 신에게 매달린다. 그런 순간에 신에게 본능적으로 울부짖기 마련이다. 그러나 상황이 좋을 때에도 감사드려야 한다는 걸 기억해야 한다. 그래야 축복을 당연한 권리로 여기거나 내가 한 일이라고 자만하지 않을 수 있다.

월리스 스티븐스는 시 「일요일 아침」에서, 교회에 가서 기도하기보다, 편안한 잠옷 차림으로 집에 있기로 하는 여인의 '평온한 만족'을 말한다. 그녀는 세상을 축복의 신성한 근원과 격리된 '지지받지 못하는 곳'으로 본다. 이 시는 삶의 모든 것은 신의 지지를 받는다는 것을 일깨운다. 무수한 보이지 않는 연줄들이 우리의 간구들을 이어주는 것 같다.

* * *

대니얼과 결혼 생활을 하면서 신의 지지를 절감했다. 이런 남자가 내 삶 속에 들어와서 함께 한다는 사실이 감동적이었다. 『일요일 철학 클럽』—내가 좋아하는 시리즈—에서 난관 끝에 결혼한 이사벨 달하우지가 나인 것 같았다. 작가 알렉산더 맥콜 스미스는, 욕실에서 나온 사랑하는 하이메를 보면서 이사벨이 진짜 '그녀의 것'인지 의심했다고 말한다. 나 역시 밤에 대니얼이 샤워를 마치고 허리에 수건을 두르고 어깨에 물을 묻힌 채 나오면 궁금하다. '당신이 진짜 내 남자일까? 당신과 함께하다니 이런 행운이! 단점투성이인 나를, 공상에 빠져 사는 나를 사랑할 사람이 있을 수 있을까?' 이런 큰 환희를 누리는 게 불가능한 듯했다. 나도 모르게 현재에 향수를 느꼈다. 내 어깨에 내려앉은 이 순간이 이미 날아간 것 같았다. 대니얼이—여기 있는 그의 존재가—현실일 리 없고 어느 날 깨어보면 모든 게 일장춘몽일 것 같았다. 그가 눈부신 날개를 퍼덕이며 날아가서 다신 돌아오지 않을 것 같았다.

이사벨 달하우지는 결국 아니라고, 하이메는 그녀의 것이 아니라고 자신을 타이른다. "그녀는 하이메가 자신에게 대여되었음을 깨달았다. 어쩌면 우리 모두 서로에게 그렇듯이." 이 결론을 보니 탈무드의 현자 랍비 메이어와 아내 베루리아가 떠오른다.

잠언에 관한 미드라시에서 베루리아는 사랑하는 아들들이 안식일에 돌연사한 걸 알았다. 하지만 남편이 안식일에 절망할까 봐 그녀는 이 사실을 숨겼다. 그녀는 아들들을 침대에 눕히고 이불보를 덮은 후, 남편에게 아들들이 학당에 가고 없다고 말했다. 랍비 메이어가 하브달라*를 마치자 그녀는 물었다. 누군가 물건을 빌려주었다가 나중에 돌려달라고 하면 반환해야 하느냐고. 랍비 메이어는 당연히 돌려주어야 한다고 대답했다. 그러자 베루리아는 남편의 손을 잡고 아들들의 방으로 데려가서, 시신을 덮은 이불보를 벗겼다. 랍비 메이어가 통곡하기 시작했지만, 아내는 빌린 것을 원주인에게 돌려주어야 된다고 상기시켰다. 남편이 대답했다.

"하나님이 주셨고 하나님이 데려가셨습니다. 주님의 이름이

---

* 안식일과 절기들을 마치는 의례.

복되도다."

랍비 메이어 부부는 온전히 그들의 소유는 없으며 모든 게 신의 '대여물'임을 깨닫는다. 이것이 바로 베라크호트 편의 밑바탕이다. 감사를 느껴야만 모든 게 신에게서 온다는 사실을 깨달으니까. 주해서의 여섯 번째 챕터는 다양한 음식의 축복을 다루고, 랍비 하니아 바 파파는 주장한다. "먼저 축성하지 않고 이 세상에서 이득을 취하는 것은 복되신 성스러운 하나님에게서 훔치는 것과 같다." 세상의 모든 것은 신의 것이며, 인간은 기껏해야 관리인이 될 수 있을 뿐이다. 몇 구절 앞에서 탈무드는 상충되는 성경의 두 구절을 화합시키려 한다. "땅과 거기에 충만한 것과 세계와 그 가운데에 사는 자들은 다 여호와의 것이로다*"이면서 어떻게 '하늘은 여호와의 하늘이라도 땅은 사람에게 주셨도다**'일 수 있을까? 세상은 인간의 것인가, 하나님의 것인가? 랍비 레비의 설명에 따르면, 세상의 모든 것은 신의 것이지만, 우리가 축복기도를 하면 대여받는 복을 누리게 된다.

역설적이게도 사랑을 대여의 개념으로 받아들인 후에야, 대니얼을 잃을 걱정 없이 사랑해도 된다고 믿었다. 그가 영원히 내 것이 아님을 깨달은 후에야, 그가 지금은 내 것임을 즐길 수 있었다. 신혼 첫해에 나는 매일 먼저 깨서, 창으로 쏟아지는 햇살

---

* 시편 24:1.

** 시편 115:16.

이 그의 눈꺼풀 위에서 너울대는 것을 지켜보았다. 현실인지 확인하려고 내 살을 꼬집곤 했다. 탈무드의 명령처럼 신께 영혼을 몸에 되돌려주신 것뿐 아니라 대니얼을 주신 것을 감사했다. 거기 그가 있게 해주셔서 감사! 여기서 나와 복된 하루를 더 누리게 해주셔서 감사! 이런 태도는 W.H. 오든의 시와는 다르다. 시인은 사랑의 지속력을 오해한 어느 연인에 대해 쓴다.

그는 내 북쪽이고, 내 남쪽이고, 내 동쪽이며 서쪽이었네
내 일하는 주이자 내 일요일의 휴식이었네
내 달, 내 밤, 내 말, 내 노래였네
나는 사랑이 영원히 지속되리라 생각했네. 내가 틀렸네

시의 화자와 달리, 난 사랑이 영원하리라 장담하는 실수를 하지 않았다. 아름다운 것은 영원하지 않으니까. 아름다움의 고유한 특징은 시간에 따른 변화다. 생화가 조화보다 아름다운 것은, 생화는 결국 시들기 때문이다. 베라크호트 편에 나오는 랍비 엘라자르와 랍비 요하난의 이야기에 이런 의미가 깔려 있다. 랍비 요하난은 죽어가는 랍비 엘라자르를 찾아갔다. 랍비 요하난이 소매를 걷자 눈부신 빛이 팔에서 쏟아졌다. 이 아름다움은 탈무드의 다른 대목에서 햇빛에 반사되는 석류가 든 잔에 비유되기도 한다. 랍비 엘라자르가 울기 시작했다. 랍비 요하난이 물었다.

"왜 우십니까?"

랍비 엘라자르가 대답했다.

"이 아름다움이 흙으로 황폐해질 거라서 우는 걸세."

이 이야기는 아름다움의 특징이 무상함이라고 가르친다. 또는 월리스 스티븐스의 「일요일 아침」「죽음은 아름다움의 어머니」에도 그런 말이 나온다. 사실 아름다움은 영원한 기쁨이 아니다. 사랑하는 아름다운 대상이 영원히 내 것이 아니라는 걸 알면 사랑이 정말 소중하고 귀해진다. 우린 서로 빌린 사람들이고, 언젠가 '신이 주셨고 신이 가져가셨다'가 되리란 걸 알아야 한다. 그럼에도 우린 그 순간에 산다. 하지만 우리가 바라는 순간도 있다. 경이롭고 믿을 수 없는 '신이 가져가셨지만 신이 주시기도 했다'는 걸 알고 감사가 솟구치는 순간을 위해 사는 것이다.

* * *

이런 경이로운 감사를 알면 성경 속 한나의 기도가 이해된다. 베라크호트 편의 다섯 번째 챕터에 나오는 이야기. 사사기에서 한나는 아주 다른 두 가지 기도를 올린다. 먼저 그녀는 매년 남편과 남편의 다른 처 브닌나, 브닌나의 자식들과 실로에 와서 제단에 희생제물을 바친다. 한나가 자식을 달라고 너무도 비통하게 기도하자 대재사장 엘리는 그녀를 취객으로 오해한다. 그러자 한나는 변명한다.

"나는 취한 게 아니라 응어리를 하나님께 쏟아내는 겁니다. 나를 하릴없는 자로 오해하지 마십시오. 나는 큰 비애와 고통 속에서 기도하고 있습니다."

나중에 아들 사무엘이 태어나자, 한나는 정반대 감정에 빠져서 기쁨과 감사의 기도를 올린다.

"내 마음이 하나님 안에서 기뻐하네."

랍비들에게 한나는 기도 방법의 모범 사례다. 하지만 좀 놀라운 면도 있다. 뒤이어 미시나는 기도를 '경건한 정신 상태'에서 해야 하며, 방해에 아랑곳하지 않아야 한다고 가르치기 때문이다. 한나는 이 조건에 맞지 않는다. 그녀는 딱히 경건해 보이지 않는다. 오히려 탈무드는 한나가 상당히 당돌하게 신에게 말한다고 표현한다. "우주의 주인이여, 당신은 여인 안에 까닭 없이 만드신 게 없습니다. 눈은 보기 위해, 귀는 듣기 위해, 코는 냄새 맡기 위해, 입은 말하기 위해, 손은 일하기 위해, 다리는 걷기 위해, 젖가슴은 젖을 먹이기 위해 만드셨습니다. 하지만 당신이 제 심장에 두신 이 젖가슴은 어디 쓰입니까? 저에게 젖을 물릴 수 있는 아들을 주소서!" 또 그녀는 방해에 아랑곳하지 않는 것도 아니다. 엘리가 취객이냐고 묻자, 한나는 기도를 중단하고 변명한다. 다시 한 번 랍비들의 명령을 어긴 셈이다.

그럼에도 랍비들이 한나를 기도의 모범으로 삼는 것은, 고통과 기쁨을 통해 기도하는 능력 때문이다. 엘리에게 말하면서 한나는 자신을 '영이 굳건한 여인'으로 표현한다. 자식 없는 고통의 세월을 보내며 그녀의 영이 굳어버렸다. 오랫동안 연적인 브닌나의 조롱을 견뎠고 남편에게 위로받지 못했으니까. 하지만 한나의 고통을 표현한 성경 구절은 그녀가 신에게 어떻게 울부짖었는지 말해준다. “한나는 마음이 괴로워서, 내내도록 울면서 하나님에게 기도했다.” 괴로운 와중에도 눈물이 마를 정도로 마음이 굳어버리진 않았다. 또 고통스러운 세상을 만든 신과의 관계를 포기하지도 않는다. 오히려 계속 신과 대화하면서 삶을 지속한다. 할 수 있는 일이 신에게 화내는 것밖에 없을 때도 그녀는 계속 신에게 분개한다.

어쩌면 베라크호트 편의 같은 챕터에서 랍비들이 말하듯, 한나는 알았다. 기도의 문이 닫히고 잠길 때조차, 눈물이 경첩에 바르는 기름인 양 물의 문은 여전히 열려 있음을. 또 문이 기적적으로 빼꼼 열리는 것으로 충분하다. 하나님은 한나의 자궁을 열고, 그녀는 아들을 잉태해서 낳으며, 이 아이로 인해 감사기도를 올린다.

그래서 한나는 부족해서 또 감사해서 기도한다. 환희에 찬 시적인 구절로 된 감사 기도가 간구 기도보다 훨씬 문학적이다.

“주님 안에서 내 가슴은 기뻐하네. 나는 주님을 통해 승리했네.”

이제 굳어버린 영혼이 아니니 더 서정적이 될 수 있다. 더 이상 눈물이 줄줄 흐르지 않으니 생각을 더 정제된 형태로 표현할 수 있다. 감정을 자제할 수 있고, 이것은 시의 행을 나누는 데 필요한 요소다. 산문의 경우 참지 못하는 눈물을 흘리듯 문장이 다음 문장으로 줄줄이 이어진다. 시의 경우 각 행은 단아하게 정리된 휴지부로 끝난다. 우아한 무용수가 다시 음악이 시작될 때까지 순간적으로 정지하는 것과 비슷하다. 감사기도를 올릴 즈음, 한나는 표현과 자제의 호소력을 이미 간파했다. 랍비들이 그녀를 기도하는 법의 모범으로 삼을 만하다.

* * *

랍비들이 모범으로 삼은 한나의 기도가 감동적인 것은, 서정적일 뿐 아니라 그녀가 어머니이고 어머니의 기도는 나름대로 어려움이 있어서다.

얼마 전 딸들의 어린이집에 가느라 옛 철길 옆 공원을 지나다 낯익은 남자와 마주쳤다. 그도 나를 잘 아는 듯이 웃었다. "테힐림 부인이니까 알지요"라고 그가 말했다. 무슨 말이냐는 표정으로 쳐다보니, 그가 설명했다.

"매일 아침 부인의 테힐림 노래를 듣거든요. 대단히 독실하십니다!"

무슨 말인지 이해해보려 애썼다. 테힐림은 시편인데 내 기억에 노래한 적이 없었다. 그러다 문득 깨달았다.

매일 주중 아침, 딸들의 유모차를 밀고 어린이집에 가면서 같이 기도문을 외운다. 정식 기도와는 거리가 멀다. 기도서를 펼치지도 않고, 제대로 된 아침 기도를 암송하지도 않는다. 유모차를 미느라 때맞춰 일어서고 앉지 못한다. 그래서 걸으면서 아침 예배 중 마음에 드는 선율을 노래한다. 데레크 헤브론까지 언덕을 내려가면서 모데아니*와 마토브**를 암송한 다음, 복잡한 도로를 지나면서 아쉬레와 다른 시편들을 노래한다. 주차장을 지나 공원으로 향하면서 몇 차례 할렐루야를 외치고. 오해를 부른 이유는 이 기도들 중 시편이 많아서였다. 어린이집에 도착할 무렵, 셰마 전의 축복 대목에 이른다. 하지만 기도를 중단하고, 딸들을 유모차에서 내려 장난감이 놓인 바닥에 앉히고는 머리에 입 맞추며 인사를 나눈다.

내 아침 기도를 남이 들을 줄은 상상도 못 해서 당황스러웠다. 제대로 기도하려면 정식 예배 구성 인원이 모인 회당에서 기도서를 펼쳐놓고, 때맞춰 몸을 굽혀 절해야 한다. 하지만 나처럼 기도한 예가 있어서, 베라크호트 편의 세 번째 미시나에 유명한 논쟁이 나온다. 힐렐과 샴마이가 셰마 낭송법을 두고 설전을 벌인다. 샴마이는 밤에는 셰마를 누워서 암송하고 아침에는 서서 낭송해야 '누워 있을 때든지, 일어날 때든지'가 충족된다고 주장한다. 더 느긋한 힐렐은, '길을 갈 때든지'를 충족하려면 어떤 자세든지 허용된다고 말한다. 즉, 샴마이는 내가 어린이집에 걸어가면서 기도해도 된다고 보지만, 힐렐은 걸으면서 샤하르트를 낭송해도 문제없다고 할 것이다.

---

* 잠에서 깨면서 하는 축복기도.

** 회당과 예배소에 대한 경외심을 표현하는 기도.

'길을 갈 때' 기도하는 것은 요즘 내 생활에서 습관이 되었고, 심지어 집에서도 그렇다. 보통 아침에 옆방에서 부르는 소리에 깨니, 누워서 모데아니를 암송할 시간이 없다. 하지만 기도문을 외우면서 쌍둥이 방에 달려가면, 아이들이 나를 보고 신나서 침대 난간을 잡고 펄쩍펄쩍 뛴다. 창으로 가서 커튼을 열어 빛이 들어오게 하면서 말한다.

"밤과 낮을 구분할 능력을 주시는 이여……. 감사합니다."

베라크호트 편의 아홉 번째 챕터에 유대인이 아침에 낭송해야 할 기도구절들이 나온다. "옷을 입을 때는 '알몸에 옷 입히시는 이여'라고 말해야 한다. 일어날 때는 '굽은 것을 펴시는 이여', 땅에 발을 디딜 때는 '물 위에 흙을 뿌리신 이여'라고 말해야 한다." 오늘날 이런 기도들은 가정보다 회당에서 낭송되지만, 원래 이 기도들이 다양한 일상에 따라야 한다고 탈무드는 가르친다.

난 이렇게 실천한다. 딸들의 눈에 눈곱이 끼면, 수건으로 닦아주면서 "제 눈에서 잠을, 제 눈꺼풀에서 졸음을 없애는 우리 주 하나님, 감사합니다"고 기도한다. 물론 늘 "약한 이들에게 힘을 주시는……"이라고 속삭인다.

대니얼도 아침에 분주해서 시간을 내기 어렵다. 그래서 독창적인 해결책을 마련했다. 그는 아이들을 의자에 앉히고 아침을 차려준 후, 기도책과 성구함을 식탁에 가져와 기도한다. 딸들은 흥미롭게 쳐다보고, 아들 마탄은 즐겁게 같이 노래한다. 마탄은 아빠와 아돈 올람을 같이 노래한 후 식사하고 손 씻기 전에는 '피일린'을 만지면 안 되는 걸 안다. 대니얼은 기도할 기회가 있는 데 감사한다. 물론 언젠가 다시 회당에서 기도할 수 있기를 기대한다. 그러면 셰마와 아미다 사이, 바닥에 떨어진 시리얼을 주워야 할 염려는 없으니까.

얼마나 기도의 삶을 사는지 생각할 때면, 경건한 정신으로 기도하라는 미시나의 명령이 떠오른다. 미시나에 쓰인 표현은 '코베드 로시'로 문자 그대로 '머리가 무거운'이란 뜻이다. 하지만 남편과 내가 머리가 무겁다면, 집중해서가 아니라 아이들을 키우느라 수면이 부족해서다.

미시나에 따르면, 초기의 독실한 성도들은 신과 대화할 정신 상태가 될 때까지 몇 시간이나 기다렸다가 기도했다. 그러니 요즘 우리의 기도가 초기 신자들의 준비 시간으로 생각하고 싶다. 본 기도가 아니라, 나중에 집중할 여건이 되면 평생 기도하기 위한 준비로 보고 싶다. 기도를 완전히 중단한다면, 매일 예배하는 규례를 다시 지키기가 훨씬 어려울 것이다. 그래서 우린 '걸으면서'나 아침 식탁에서 기도한다. 기도하는 모양새를 유지하는 것만으로 충분하다. 나중에 온전한 예배를 드릴 수 있을 때, 영혼이 기도하는 법을 잊지 않을 테니.

내 경우, 멈춰 기도할 짬을 내기 힘든 와중에 다행히 해결책을 찾았다. 멈추는 대신 힐렐처럼 늘 기도한다. 나는 어머니로서 기도한다. 걸음마를 배운 아이가 눈에서 안 보이면 걱정하면서 기는 아기들이 내 다리를 붙잡고 있을 때 기도한다. 이제 회당에서 탈무드를 손에 들고 싶은 충동을 누를 필요가 없다. 어차피 빈 손이 없으니까. 이상적인 상황이 아니고, 아쉽고 구하고 싶은 게 많다. 하지만 아침에 머리칼을 나부끼며 아이들을 태운 유모차를 밀면 이만하면 충분하다고 느낀다.

주님 안에서 내 가슴이 기쁨으로 넘친다. 감사가 흘러넘쳐 기도하지 않을 수 없다.

part 6. 절기들

내가 되돌아갈 본문들과
나에게 돌아온 본문들 앞에.

샤바트(안식일) / 에루빈(안식일에 허용되는 것)

의미심장한 중단

니다 편으로 다프 요미 한 사이클이 끝나지만, 나는 도중에 시작해서 몇 편 더 공부해야 했다. 베라크호트 편으로 새 사이클을 시작해 샤바트(안식일)와 에루빈(안식일에 허용되는 것)으로 넘어갔다. 두 주해서 모두 안식일 관련 계율을 다룬다. 안식일은 휴일을 뜻하고, 샤바트 편에 이날 금지된 일 39가지 영역이 나온다. 요리, 베짜기, 집짓기, 사냥이 여기 포함된다. 하지만 샤바트와 에루빈 편을 끝낸 무렵인 2013년 2월, 쌍둥이가 태어난 후로 안식일은 더 이상 휴일이 아니었다. 가족이 셋에서 다섯으로 늘었고, 안식일의 개념은—쉬어야 한다는 개념도—이전과 달라졌다.

샤바트 편을 시작할 무렵 임신 4개월째였고 절대 안정을 취해야 했다. 의사는 양수가 새고 있다면서 적어도 2주간 최대한 몸의 수평을 유지하라고 지시했다. 소파에 누워 쿠션 세 개에 다리를 올리고, 무거운 탈무드를 들고 안식일에 집에 들이고 갖고 나가는 물건들을 공부했다. 샤바트 몇 챕터와 에루빈 편의 기본인 금지 규례는 '일곱째 날에는 아무도 그의 처소에서 나오지 말지니라*'에 기인한다. 편히 쉬면서 하나님이 엿새 동안 세상을 창조하고 이레째 쉰 것을 되새긴다. 하지만 아파트 건물을 나가는 것은 고사하고 소파에만 누워 있자니 매일이 안식일 같았다.

난 생산성을 중시하는 사람이라서, 누워서도 이룰 목표를 실천하려 했다. 여기에는 힐러리 맨틀이 올리버 크롬웰에 대해 쓴 900쪽짜리 처녀작 『울프 홀』 일독과 매일 일기 쓰기가 포함되었다. 하지만 절대 안정해야 하는 답답함은 안식일에 느끼는 답답함과 똑같았다. 늘 하고 싶은 일이 너무 많았고, 완수한 후 할 일 리스트에서 지우는 게 꿀맛이었다. 그런 사람이 강제로 가만있어야만 하면 그것만큼 힘든 고문이 따로 없다.

침대에서 아침 식사를 하는 것이 최악의 악몽이었다. 시인 테니슨의 「율리시스」에 나오는 '가만히 있는 것은 얼마나 따분한지!'라는 구절을 자주 되뇌었다. 하지만 이번에는 선택의 여지가 없었다. 그래서 빨랫감이 쌓이고 이메일에 답해야 되는 상황에

---

* 출애굽기 16:29.

서 2주간 가만있을 수밖에 없었다.

2주간 절대안정을 취하면서, 임신과 생산성의 개념을 재정립하려 했다. 사실 임신 기간은 가장 생산적인 기간이라고 자위했다. 머리가 게으름을 부릴 때조차 몸은 새 생명을 창조하고 있으니까. 그것도 두 새 생명을! 절대 안정 기간을 인내심을 쌓고 가만있는 것의 가치를 인정하는 계기로 삼으려고 마음먹었다. 그것은 오래전부터 얻고 싶은 자질이었다.

내가 좋은 연구자가 못 되는 것은, 아이디어가 숙성되는 데 필요한 시간을 할애하지 못 하기 때문이다. 또 소설을 쓰지 못하는 것은, 인물들이 나아가면서 변하는 게 탐탁지 않아서다. 컴퓨터 앞에 앉기 전에 모든 계획이 정해져야 직성이 풀린다. 이 강박증은 생산적인 성과를 내지만, 창의성 부족을 가져오기도 한다. 오로지 완수하겠다는 일념으로 집중하는 한, 두서없는 와중에 나타나는 다양한 가능성들을 수용하지 못한다. 이제 억지로나마 여러 일이—아기들, 또 생각들—무르익도록 시간을 주게 되었다. 성격상 맞지 않는 상황이었다. 하지만 랍비들의 명령대로 안식일을 지키듯, 의사의 지시대로 절대 안정을 취해야 된다고 스스로 다독였다.

참신한 결심을 했건만 실은 이를 악물고 견디면서 그 기간을 보냈다. 대니얼은 살림을 하고 마탄을 보살피고, 내게 따끈한 차와 장편 소설집들을 대령하느라 바빴다. 이 경험으로 안식일을 보내는 방식을 더 깊이 고민하게 됐다. 안식일은 단순히 화장실

전등 밑에서 금요일 밤늦도록 독서하는 날이 아니다(자주 그러긴 하지만!). 한 시간짜리 오후 산책을 하는 날도 아니다. 랍비들이 염두에 둔 안식일은 절대 안정과 같은 맥락이었다.

내 경우 장난꾸러기가 된 마탄 때문에 절대 안정을 취하기 힘들었다. 아들은 온 집을 돌아다니면서 각종 사고를 쳤다. 한시도 가만히 앉아 있는 법을 몰랐다. 전선과 스위치에 홀딱 반해 온갖 램프들을 켰다 껐다. 생후 18개월인 마탄은 "불" "켜" 같은 어휘를 알았고, 그래서 성공적으로 스위치를 누를 때마다 "불, 켜! 불, 켜!"라고 소리쳤다. 저녁에 집에 들어가서 불이 꺼져 있으면, 아이는 낙심했다. 그래서 애절하게 날 보면서 "꺼? 꺼?"라고 물었고, 난 지금은 불이 꺼졌지만 나중에 다시 켜진다고 설명하려 애썼다. "우린 하나님을 늘 보고 느끼지 못하지만, 하나님이 꺼진 것 같을 때도 여전히 여기서 우리가 다시 볼 수 있기를 기다리신단다"고. 아이의 끝없는 질문이야말로 최고의 생각거리를 준다.

마탄은 전기에 반해 안식일이나 주중을 가리지 않았다. 안식일에 아들에게 무크짜*에 대해 가르치려고 애썼다. 무크짜는 샤바트 편 열일곱 번째 챕터의 주제이다. 랍비들은 안식일에 사용하기 적합하지 않은 물건을 쓰면 안 된다고 가르친다. 무크짜에

---

* 안식일에 쓰이지 않게 치우는 물건.

는 안식일에 사용이 금지되어 '따로 두어야' 할—무크짜의 의미—물건들이 포함된다. 요즘은 가전제품이 여기 해당한다.

안타깝게도 마탄이 좋아하는 장난감 대부분이 무크짜였다. 바닥에 내려놓으라고 조르는 파란 탁상용 램프, 가슴에 안고 돌아다니는 전기 믹서, 내 품에 안겨 계단을 지날 때 마구 올리는 전등 스위치. 난 회당에 가려고 계단을 내려가면서 "무크짜, 무크짜"라는 말로 마탄의 관심을 돌리려 했다. 그런데 놀랍게도 다음날 아침 마탄이 전등 스위치를 손짓하면서 "무크짜"라고 말했다. 전등의 새 이름이라도 되는 듯이. 그래서 안식일이 끝나고, 마탄과 내가 말로 빛을 만드는 창조가 일요일에 다시 시작되었다.

* * *

샤바트 편 두 번째 챕터는 금요일 해가 지면 안식일 촛불을 켜야 된다는 규례를 다룬다. 내 경우엔 어른이 된 후 이 의무를 지키기가 어려웠다. 금요일 밤에 회당에 가고 싶었고 아무도 없는 집에 초를 켜놓는 게 맘에 걸렸다. 여자 혼자 살거나 남편과 회당에 가려는 경우, 누가 남아 일렁이는 촛불을 지켜볼까? 부모가 된 후 영성 생활을 밀어둬야 했지만, 아이로니컬하게도 이때부터 규칙적으로 초를 켜기 시작했다. 금요일 밤 부부 동반 외출은 불가능했다. 한 사람은 집에서 마탄을 보살펴야 했고, 다른 사람이—늘 대니얼인 것은 아니고—안식일을 맞아 회당에 가도 집에 촛불을 밝힐 수 있었다.

하지만 탈무드가 이 계율을 다루는 방식은 여전히 못마땅하다. 금요일 밤마다 남편은 아내에게 초를 켰는지 물어야 한다고 가르친다. 부인이 어련히 하련만 미덥지 못해서일까. 더 나쁜 것은 여자가 출산 중 죽는 죄를 받는 세 가지 죄악이다. 월경기의 정결, 빵 반죽을 따로 간수하는 것, 안식일 촛불 규례에 부주의한 것. 난 매주 초를 켜면서 여성과 관련된 규례들을 더 찬찬히 살피기 시작했다. 하나같이 껄끄러운 규례였다. 니다 편은 여자를 생산 도구로 보고, 할라는 여자의 자리를 부엌으로 간주하고, 촛불은 여자를 집에 붙들어둔다. 이런 여성관을 나에게 투영하고 싶지 않았다. 그래도 탈무드의 경고를 늘 염두에 두었고, 쌍둥이를 임신한 후로는 더욱 그랬다.

탈무드는 여자가 특히 출산 도중 벌을 받는 이유를 질문하고, 랍바는 대답한다.

"황소가 쓰러질 때 칼을 갈아라."

여자가 가장 연약할 때 위험의 제물이 되기 쉽다는 의미다. 그러자 탈무드는 남자의 목숨이 가장 위험할 때를 묻고 다리를 건널 때라고 결론 내린다. 이 구절은, "위험한 곳에 있으면서, 위험한 일이 벌어지지 않는 기적을 기대하면 안 된다"는 경고로 맺는다.

그러나 이런 기적들은 일어난다. 탈무드 뒷부분에 아내가 출산 중 죽자 유모를 구할 형편이 안 되는 남자가 기적적으로 가슴이 부풀어 아들에게 젖을 먹이는 이야기가 나온다. 하지만 난 기적에 의존하지 않을 작정이었다. 그래서 배 속에 아이가 둘이나 생기자 매주 때가 되면 촛불을 밝혔다. 상당히 전율을 느끼면서.

동시에 랍비들이 출산을 연약하고 위험한 순간으로 보는 게 못마땅했다. 출산은 위험할지 몰라도 그보다 심오한 일이다. 세상의 첫 안식일 전날 최초의 인간을 만든 창조주와 여자가 가장 비슷한 때가 출산의 순간이다. 물론 안식일은 창조주를 본받아서 일주일의 엿새 동안 일하고 일곱째 날 쉬는 것이다. 금요일 저녁 "천지와 만물이 다 이루어지니라"로 시작하는 안식일을 묘사하는 창세기 구절을 낭송해야 한다. 탈무드에서 '이루어지니'라는 '바예훌루[Vayehulu]'가 '그들이 이루다'라는 '바예칼루[Vayekallu]'일 거라고 가르친다. 신과 인간이 창조의 파트너였다는 의미다. 그러니 여자가 안식일 규례에 따르지 않는 것은, 생명을 세상에 내놓는 창조주를 모방하는 게 아닌 셈이다.

그래도 더 긍정적으로 보고 싶다. 탈무드는 초를 켜면 학구적인 자녀가 생기는 보상을 받을 것이라고 약속한다. 나는 마탄이—또 쌍둥이가—부모가 초를 켜고 회당에 참석하고 토라를 공부하는 모습을 보면서, 그런 어른으로 성장하길 바랐다.

* * *

임신하고 가을이 지나 겨울로 접어들 때까지 회당에서 안식일마다 창세기를 봉독했다. 창세기에서 수태는 하나님의 은혜고, 하나님이 세상에 간섭하는 방법 중 하나가 불임을 임신으로 바꾸는 것이다. 사라와 라헬은 오래 아이를 기다린 끝에 첫아이를 가졌다. 대조적으로 리브가는 불임의 고통 없이 곧 쌍둥이를 임신하는 축복을 누렸다.

아비바 좀베르크는 리브가의 히브리 이름이 '리브카'로 자궁 '키르바[Kirbah]'의 철자를 바꾼 것이라고 지적한다. "그리고 아기들은 그녀의 몸속[B'kirbah]에서 버둥댄다." 리브가는 쌍둥이를 잉태한 동안 정체성이 혼란스러워서 자신이 누구인지 알 수 없었다. 그래서 존재성을 의심한 끝에 '이럴 경우, 내가 어찌할꼬?'라고 묻는다. 요즘 같은 초음파 검사도 없고, 어떤 상황에서 출산할지 책을 보고 알 수도 없는 형편이었다. 대신 신이 초음파 검사이자 상담역을 맡아 그녀의 고통과 불안의 이유를 밝혀주었다.

'두 국민이 네 태중에 있구나. 두 민족이 네 복중에서부터 나누이리라.'

리브가처럼 나도 배 속에 쌍둥이가 있었지만, 임신 진단을 받자 침울한 리브가가 아니라 웃음을 터뜨린 사라와 비슷했다. 초음파 검사원이 배 속에 아기가 하나가 아닌 둘이라고 말하자, 난 믿지 못할 만큼 기뻐서 웃었다. 정말 놀랍고 불가능한 일이 생긴 것 같았다. 아기가 배 속에서 크고 있기를 바랐는데 둘이 있다니! 물론 너무 이른 시간이라 아무에게도 알리지 못했고 남편이 도서관에서 공부에 몰두하도록 몇 시간 지나서 알리고 싶었다.

그래서 병원에서 나와 버스를 탔고, 기사에게 쌍둥이를 임신했다고 말했다. 그는 미친 사람처럼 쳐다보면서 세 사람 요금을 내고 싶냐고 물었다.

* * *

배 속 아기들은 곧 존재감을 드러내기 시작했다. 처음부터 두 아이는 태동으로 뚜렷이 구분되었다. 위에 있는 아기는 주먹질하듯 갑자기 휙 움직였다. 그러면 배 전체가 출렁댔고 셔츠 위로 움직임이 보였다. 아래쪽에 있는 아기는 움씰대지도 않을 정도였고, 골반 위쪽에서 살그머니 리듬감 있게 움직였다. 아기들의 성격을 짐작하지 않을 수가 없었다. 아래의 아기는 성경에 '천막에서 머무는 단순한 사람'이라고 묘사된 야곱처럼 늘 앉아 지낼 터였다. 반면 위의 아기는 사냥꾼 에서처럼 사방을 누빌 터였다. 그래서 두 아이를 야곱과 에서로 표현하면서 배우는 성구들을 말해주곤 했다.

사바트 편을 공부할 때, 태중 아기들은 토론에 끼고 싶은 것처럼 움직였다. 이것은 탈무드의 내용과 맞아떨어지는 현상이었다. 사바트 편 열여덟 번째 챕터는 안식일의 출산을—모든 노동이 정말 금지되는가?—다루고, 열아홉 번째 챕터는 확대해서 안식일의 할례를 다룬다. 출산이나 할례는 안식일의 금기가 수반되지만, 탯줄을 묶거나 칼로 할례 하는 행위는 허용된다고 봐야 한다. 또 어처구니없는 요구라도 산모의 요구를 들어주기 위해 안식일의 금기를 깨는 것은 무방하다. 앞을 못 보는 산모가 촛불을 켜달라고 요구해도 뜻대로 해줘야 한다. 마탄이라면 신나게 불을 켰을 텐데.

난 임신 기간 동안 얼토당토않은 요구를 하지 않았다. 한밤중에 피클이나 아이스크림을 퍼먹은 적도 없었고, 평소처럼 콩과 렌틸 수프·퀴노아·빵·다크 초콜릿의 채식 식단을 유지했다. 대추야자와 견과류를 조금 곁들여 열량을 벌충했다. 또 하지정맥류가 생기거나 살이 트지 않고 몸이 잘 버텨주었다.

임신 6개월에 접어들도록 조깅을 했고, 몸이 무거워져서 뛰기 힘들어지자 수영을 했다. 가끔 사람들이 며칠 운동을 중단하고 몸을 쉬라고 권했다. 나는 "나한테는 뛰는 게 휴식인데요"라고 대답하면서, 가던 길을 서둘렀다. 출산 예정일이 다가오자, 생산적이고 살아 있는 기분이고 짜릿한 기대감이 밀려들었다.

마탄처럼 쌍둥이도 예정일보다 늦게 태어났다. 예정일이 지났지만 유도 분만을 하지 않기로 했다. 아기들이 준비되면, 바라기는 나도 준비가 끝났을 때—즉 사바트 편 공부를 마쳤을 때—나올 거라고 믿었다. 주해서가 다섯 장 남았을 때 죽기 전날 회개하라는 구절을 만났다. 랍비들은 언제 죽을지 어떻게 아느냐고 묻고, 매일 마지막 날인 것처럼 회개해야 된다고 결론짓는다. 죽는 날과 태어나는 날은 예측불가라는 공통점이 있는 듯했다. 침대에 누워 탈무드를 펼쳐놓고 묵상하던 중 양수가 터졌다.

우린 진통이 심해질 때까지 집에서 밤을 보내며 푹 자기로 했다. 대니얼은 몸을 돌리고 눈을 감자 잠들었다. 남편이 고르게 호흡하자, 나는 살그머니 협탁의 램프를 켜고 사바트 편을 펼쳤다. 끝까지 읽을 수 있을 거라고 자신했다. 끝에서 두 번째 장을 읽을 무렵, 동트기 직전이었고 산통이 점점 심해졌다.

랍비들은 아이가 태어난 요일과 성격이 관련된다고 말한다. '일요일에 태어난 아이는 강하고, 월요일에 태어난 아이는 싸움을 잘 하고, 화요일에 태어난 아이는 부유하고 간사하며…….' 랍비 여호수아 벤 레비는 각자의 운명을 창조 이야기와 결부한다. 예를 들어 창조 이틀째 물이 갈라졌듯 이날 태어난 아기는 불화를 일으키는 거래에 관여한다고 말한다.

한편 쌍둥이들이 목요일, 내 침실 창이 뿌옇게 밝을 무렵 태어난다면 사랑과 친절이 넘치는 사람들이 될 터였다. 이날은 물고기가 창조된 날이니까. 라시의 설명에 따르면, 물고기는 스스로 먹이를 찾으려 애쓰지 않고 신의 호의에 의존한다. 그래서 신은 물고기에게 필요한 모든 것을 제공한다. 무척 상서로운 말로 들렸다.

아침에 우리는 마탄을 어린이집에 데려다주고 집으로 걸어왔다. 가방을 챙겨서 택시를 불러 병원에 갈 참이었다. 집에 오는 길에 골목에서 이웃 사람이 "몸이 어때요?"라고 물었다. 그 무렵 난 10분마다 멈춰 서서, 허리를 굽히고 무릎을 부여잡고 진통이 가라앉기를 기다렸다. 다행히 이웃 부인이 인사했을 때 쇠

악의 상황은 아니었다. 억지로 웃으면서 "괜찮아요"라고 간신히 대답했다. 분만 과정이 시작되어 남에게 시시콜콜 말하기가 거북했다. 주사바늘과 모니터, 눈부신 형광등이 난무하는 병원에 서둘러 가고 싶지 않았다. 그래서 남편에게 촛불을 켜놓고 집에 있고 싶다고 말했다. 대니얼은 몇 분 더 지켜보다가 병원에 갈 때라고 결정했다.

둘 다 걱정하고 예상한 것처럼, 병원에 도착하자마자 마취과 의가 나와서 하반신 마취제를 맞으면 편안해질 거라고 얼렀다. 나는 한사코 거절했다. 마탄을 낳을 때도 어떤 투약도 하지 않았고 이번에도 그러고 싶었다. 출산의 강렬함을 고스란히 느끼고 싶었고, 경험의 한 부분도 놓치기 싫었다. 마취 주사를 거절하자 회색 수염을 길게 기르고 검은 키파를 쓴 의사가 말했다.

"이해를 못 하는군요. 세키나*를 돕기 위해 마취제를 주는 겁니다. 산모가 고통스러울 때마다 임재하는 신도 고통스럽습니다. 세키나의 고통을 완화하려고 여인의 고통을 완화하는 거지요."

맙소사, 나는 눈을 굴렸다. 의사는 종교 계율을 들먹이며 나를 설득하려 했다.

나는 현혹되지 않고, 사바트 편의 구절을 떠올렸다. 거기 십계명을 주면서 긴 여담의 와중에, 이 일을 준비하는 이스라엘의 자

---

* 신의 임재.

손들에 대한 성경 구절이 나온다. '그들이 산기슭에 서 있는데[*]'. 랍비들은 '이것이 하나님이 그들의 머리 위에 산을 양동이처럼 떠받치고 이렇게 말했음을 가르쳐준다. 너희가 토라를 받아들인다면 좋은 일이다. 그러지 않는다면 이 산이 너희의 무덤이 되리라'라고 설명한다. 나는 의사에게 이 구절을 인용하면서, 그가 내 머리 위에 마취주사를 양동이처럼 떠받치고서 떨어뜨리겠다고 위협하는 거라고 말했다. 내가 주사를 거부하면 이것이 내 무덤이 될 거라고 위협하는 거라고. 탈무드에 무덤과 자궁이 같은 단어이라는 데 착안해서 말장난을 했다. 그랬더니 그는 그냥 가버렸다.

* * *

쌍둥이를 밀어낼 준비가 될 즈음, 분만실은 파티장을 방불케 했다. 산파 두 명, 소아과의 두 명, 산과의 한 명, 코가 납작해진 마취과의가 북적댔다. 나는 고함치고 비명을 지르며 울부짖고 눈을 감았다. 두려워서 차마 볼 수가 없었다. 여아! 예쁜 금발에 파란 큰 눈을 가진 아이. 커튼 뒤에서 기다리던 친정 부모님과 남편이 아기를 맞으러 부리나케 나왔고, 의사는 아기의 상태를

* 출애굽기 19:17.

체크했다. 하지만 난 여전히 침대 위에 무릎을 꿇고서 아기를 밀어내려고 애썼다. 사람들이 아기의 긴 손가락과 깨알만 한 손톱을 보며 감탄하는 소리를 외면하려 애썼다. "지금이에요, 자, 밀어내요!" 소란한 와중에 의사가 소리쳤다. 두 번째 아이의 머리통이 불에 달군 쇠처럼 살을 찢고 나왔다. 곧 난 두 아이를 품에 안았다.

먼저 나온 금발 아기와 역시 딸인 갈색 머리 아기. 둘 다 선명한 파란 눈이었다. 쌍둥이 자매! 탈무드는 이어서 가르친다. 신은 이스라엘 자녀들의 머리 위에 산을 떠받친 후, 모든 창조에 한 가지 조건을 내걸었다. 이스라엘이 토라를 받아들이면 창조는 존속할 것이다. 받아들이지 않으면 세상은 무형의 공허로 돌아갈 것이다. 나는 병원 침상에 일어나 앉아, 창조의 경외감에 휩싸여 두 아이를 번갈아 쳐다보았다.

* * *

쌍둥이 출산 후 우리 부부는 딸들의 이름을 지으려고 대화를 많이 했다. 나는 어릴 때 장래 자녀들을 이름을 지으면서 보낸 시간을 고려하면, 고민하는 게 새삼스러웠다. 어젤리아(진달래), 랑데부(만남)와 레가타(보트경주), 세레나데(소야곡)는 너무했지만. 우리가 발음할 수 있는 이름이어야 한다는 것은 분명했다. 대니얼과 나는 미국식 억양이 있는 히브리어를 구사해서 'r' 발음이—전혀 히브리어 같지 않고—아주 이상하다. 나중에 십대 딸한테 "네 방으로 가라!"라고 윽박지르다가 "내 이름도 제대로 발음 못 하면서"라는 버릇없는 면박을 듣고 싶지 않았다. 또 미국의 친지들이 혀가 꼬이지 않고 발음할 수 있는 이름을 찾고 싶었다. 마음에 드는 여러 음절의 히브리 이름—카바체렛, 슐롬치온, 아키노암—은 안 된다는 뜻이었다.

이름 사전을 뒤적이다가, 창세기에서 야곱과 천사가 씨름하는 대목의 미드라시를 떠올렸다. 야곱이 이름을 묻자 천사는 '왜 내 이름을 묻느냐?'고 응수한다. 미드라시에서 랍바는 이 창세기 구절과 사사기의 인간과 천사가 만나는 장면을 연결한다. 삼손의 아버지 마노아가 아내가 만난 천사에게 이름을 묻자, 천사는 '왜 내 이름을 묻느냐, 그건 나의 비밀'이라고 대답한다. 천사들의 이름이 비밀인 것은, 천사들이 특정 순간에 부여받은 임무에 따라 이름이 바뀌기 때문이라고 미드라시는 설명한다.

우리도 아이들의 이름을 정하면서, 세상에서 행할 임무를 부여하는 기분을 맛보았다. 난 수천의 날개 달린 천사가 우리 머리 위에 떠있는 광경을 상상했다. 각각의 천사는 우리가 고를 수 있는 이름을 대표하고 선택받기를 기대하며 날개를 퍼덕이리라.

이 미드라시를 염두에 두고 진짜 천사들이 함께하기를 빌었다. 마탄의 이름은—본래는 마탄 아하론—대니얼과 나의 외조부인 모르데카이와 아하론에서 땄다. 또 마탄은 히브리어로 선물을 뜻하고, 탄생을 신께 감사드리는 의미가 있다.

쌍둥이 역시 사랑하는 이들의 이름을 붙였다. 리아브는 시아버지의 이름을 빌었다. 리아브는 그가 세상을 떠나고 처음 태어난 손주였다. 리아브의 어근인 히브리어 '아브[Av]'는 아버지를 뜻한다. 타겔은 내 외할머니 길라와 어근이 같고, '그녀가 기뻐하리라'라는 뜻을 갖는다. 아이들에게 이름으로 조상의 유산을 심어주었으니, 그들이 자라서 제 이름을 좋아하기 바란다. 이름이 못마땅해한다면, 아잘레아와 레가타가 아닌 걸 고마워하라고 타일러야지. 그 말에 딸들도 동의하겠지.

* * *

딸들의 이름을 짓기도 전에 난 에루빈 편을 펼치고 다프 요미를 다시 시작했다. 이 주해서는 안식일에 걸어다니고 물건을 운반할 수 있는 범위를 다룬다. 누워서 수유하면서 병원을 학당으로 상상했다. 또 내가 산모가 아니라 안식일 규례와 관련된 네 영역에 대해 토론 중인 학생이라고 생각했다. 네 영역은 공공장소, 개인 영역, 카르멜릿*, 마콤 페투르**다. 안식일에 한 영역에서 다른 영역으로 물건을 운반하는 것은 금하며, 공공장소 안에서 최소한의 거리 이상을 운반하는 것도 금한다고 랍비들은 가르친다.

---

* 공적도 아니고 사적도 아닌 장소.

** 운반의 규례에서 면제된 장소.

산부인과 병동에서 사흘간 지내면서 이런 영역들의 차이를 따져보았다. 내 좁은 병실에는 다른 산모가 둘 더 있었다. 나와 달리 그들은 하레디 파여서 아이가 적어도 다섯은 더 있었다. 침상들 사이에 환한 색 커튼이 있었다. 천장 레일에 붙은 커튼이 침대를 빠듯이 가렸다. 커튼 속에 대야 하나(혹은 둘)와 협탁이 있었다. 금요일 오전에 청소부가 와서 커튼을 걷으면, 세 개의 '사적 영역'에 대한 환상이 깨졌다. 또 우리가 가까이 있는 게 더 명확해졌다. 커튼을 둘러도 다른 산모들이 면회객들과 나누는 말소리가 들렸고, 그들도 내가 갓 태어난 딸들에게 탈무드를 읽어주는 소리를 들었다.

에루빈 앞부분을 공부하면서, '다이움딘'이라는 용어에 대한 토론을 접했다. 안식일에도 물을 길어갈 수 있도록 공중 우물가에 세운 겹 기둥들에 대한 이야기다. 두 번째 챕터의 시작 부분에 이 단어의 어원을 결정하기 위한 토론이 나온다. 랍비들은 '다이움딘'을 둘을 뜻하는 그리스어 접두사 '듀 Dyu'와 기둥을 뜻하는 히브리어 '아무드 Amud'의 결합어로 본다. 그런 다음 접두사 '듀 Dyu'와 관계된 개념들에 아담의 두 얼굴 '듀 파르추핀 Dyu partsufin'이 포함된다고 밝힌다. 아담은 앞뒤로 얼굴을 갖고 창조되었다가, 가운데로 나뉘어서 남자와 여자가 되었다.

쌍둥이 딸들은 '쿠르샨 A' '쿠르샨 B'라는 분홍 꼬리표가 붙은 바퀴 달린 요람에 있었다. 나는 침대 양쪽에 요람을 두었고, 잠든 아기가 얼굴을 돌린 방향에 따라 마주보도록 요람의 위치를 바꾸었다. 그들은 내 세상을 떠받쳐주는 겹 기둥이었다.

* * *

퇴원하고 몇 주간 집을 떠날 수가 없었다. 마탄도 첫돌 때까지 모유 수유를 했지만, 쌍둥이 수유는 차원이 다른 경험이었다. 딸들은 두 시간마다 젖을 먹었고, 각각 한 시간 넘게 걸렸다. 그러니 난 내내 젖을 먹이는 셈이었다. 어머니와 남편은 쌍둥이 수유 쿠션을 받치고 동시에 젖을 물리라고 권했지만 난 거부했다. 두 아이 각자와 시간을 보내고 싶다고 둘러댔지만, 사실 빈손이 있어야 책을 읽을 수 있어서 그랬다.

수유하면서 에루빈 편에서 이 구절을 만났다. '사랑스러운 암사슴 같고 아름다운 암노루 같으니, 너는 그의 품을 항상 족하게 여기며, 그의 사랑을 항상 연모하라*.' 랍비들은 성경에서 에로틱한 상상과 마주치면 그러듯, 이 구절이 토라를 지칭한다고 해석한다. 암사슴은 자궁이 좁아서 짝짓기 할 때마다 처음처럼 사랑받는다. 사람들도 토라 구절들을 익히고 마주칠 때마다 똑같이 처음처럼 사랑한다. 더욱이 랍비들의 설명은 이렇게 확장된다. 아기가 젖을 빨고 싶을 때마다 젖이 많이 나는 젖가슴이 거

---

* 잠언 5:19.

기 있듯, 사람들이 풍성한 이해를 맛보고 싶을 때마다 토라가 거기 있다. 나는 딸들이 젖을 먹으면서 토라를 배울 뿐만 아니라, 트림하는 것도 실은 토라라는 사실에서 위안을 얻었다.

수유 중의 다프 요미는, 모든 변화의 와중에도 출산 전 생활을 유지하는 방편이 되었다. 출산 휴가 중이라 직장 생활은 잠시 중단되었다. 아직 출산 후 회복 중이라 달리기나 수영을 할 수 없었다. 잦은 수유 때문에 외출할 수 없으니 친구들을 만나지 못했다. 직장뿐 아니라 삶이 휴가 중 같았다. 그러니 주방과 소파에 붙잡히기 이전의 삶으로 돌아갈 통로인 다프 요미가 있어 다행이었다.

집에 박혀 지내면서, 사바트 편의 쉬몬 바 요하이와 아들의 이야기를 떠올렸다. 부자는 로마의 박해를 피해 12년간 동굴에서 지낸다. 기적이 일어나 콩나무와 샘이 생겨서, 먹고살 걱정은 없다. 필요한 것은 모두 동굴에서 충당된다. 함께 토라를 공부하도록 둘만 있으면 된다. 마찬가지로 내 딸들도 젖만 먹으면 되고, 나도 젖만 먹이면 됐다. 내 몸만으로 아기들에게 필요한 영양을 공급할 수 있는 것이 기적 같았다. 나는 콩나무이자 샘이자 공부 친구 역할을 다 했다.

난 처음 몇 주간 옷을 갖춰 입지 않았다. 바 요하이와 아들도 옷을 벗고 목 아래는 모래를 덮고 앉았다. 어쩌다 쌍둥이용 유모차를 밀고 산책하러 가면, 강한 햇살이 눈앞을 가리고, 사람들이 바삐 출퇴근하고 일을 보러 가는 모습이 생소했다. 바 요하이와 아들 역시 12년 후 동굴에서 나오자, 씨를 뿌리고 땅을 가는 사람들을 보고 경악한다.

"저들은 덧없는 세상 때문에 영원한 토라의 세상을 저버리는구나."

그들은 주위를 노려보면서 경멸조로 중얼댄다. 천상의 목소리가 다른 사람들을 멸시한다고 그들을 꾸짖는다.

"너희는 내 세상을 망치려고 왔느냐?"

고백컨대 한밤중에 깨는 딸들 때문에 우리 부부가 내리 두 시간 이상 자지 못할 때 나도 몇 번 똑같은 말을 했다. 아가들아, 우리 세상을 망치려고 왔니?

하지만 물론 아이들은 우리 세상의 전부였으므로 우리 세상을 망칠 수가 없었다. 그게 바 요하이가 얻은 교훈이다. 그들 부자는 하늘의 목소리를 듣고 동굴로 돌아간다. 12개월 후 다시 나와 경치를 보면서 "너와 나만으로도 세상은 충분하다"고 결론짓는다. 소파에서 한 아이에게 젖을 물리고 한 아이는 옆에 눕히고 둘을 보면 마음이 설레고 똑같은 결론에 이른다. 너희와 나만으로도 세상은 충분하다!

* * *

딸들이 태어나고 몇 주 지났을 때, 회당의 토라 봉독은 출애굽기 끝에 이르렀다. 이스라엘 민족이 광야를 건너면서 들고 다닌 성막 '미쉬칸'이 상세히 설명되어 있다. 성막을 짓는 상세한 묘사 중에서 모세는 안식일을 지키라는 명령을 반복한다. 그 때문에 학자들은 대대로 성막과 안식일의 관계를 분석했다. 사바트 편에서 배우듯, 안식일의 금기 사항은, 성막 건설에 필요한 다양한 작업에서 유래한다. 그러니 어찌 보면 안식일은 성막과 반대되는 개념이다. 출애굽기 마지막에 나오듯 성막은 노동이나 건축, 창의력, '사고하는 작업'이다. 대조적으로 안식일은 창조적인 노동을 중단하고 쉬는 것이다. 달리 말하면, 성막은 '만들기'의 양상을 띠지만 안식일은 '존재하기'의 양상을 띤다.

쌍둥이 출산 후 주로 '만들기'보다 '존재'하면서 지냈다. 컴퓨터 작업이나 요리 등 일을 할 엄두가 나지 않았다. 수유하고 기저귀를 갈고 또 수유하고, 그런데 저녁이면 항상 기진맥진했다. 아침에 샤워하고 차려입고, 출근해서 생산적인 사회 구성원이라고 느끼는 '성막 양상'으로 복귀하고 싶었다. 처음 맛보는 감정이 아니었다. 마탄 출산 직후에도 똑같이 느꼈으니, 자녀를 가진 일하는 여성 모두 비슷할 것이다. 갑자기 삶이 중단되거나 궤도를 이탈해 완전히 떨어져나간 기분이었다.

하지만 몇 달 후 가족은 본궤도로 돌아왔다. 탈무드는 안식일의 시작을 알리는 나팔 소리에 대해 말한다. 요즘은 촛불을 켤 때가 되면 예루살렘 전역에 안식일 사이렌이 울린다. 금요일 저녁 사이렌이 울리면, 우리는 촛불을 켜려고 쌍둥이를 창으로 데려간다. 마탄은 드릴이든 전기믹서든 그즈음 마음을 빼앗긴 전자제품을 들고 따라온다. 우리가 "그걸 치워, 무크짜(안식일에 치워야 될 물건)야"라고 말하면 마탄은 알아듣는다. 수유 간격이 점점 길어져서, 딸들은 아기 의자에 앉아 잘게 자른 닭고기를 집어먹는다. 그사이 대니얼과 난 식탁에 앉아 카발라트 사바트(안식일을 시작하는 기도)를 읊조린다. 성막과 안식일은 반대 개념이지만 꼭 그렇지는 않다. 온가족이 함께 앉아 가정을 만들고 있으니까.

페사힘(유월절)

두 번 하기

다프 요미를 하면 주해서가 다루는 절기와 유대력의 해당 기간이 어긋나는 문제가 있다. 초여름에 페사힘 편을 시작해 엘룰*을 지나 9월의 축일까지 계속될 때였다. 여름이 시작될 때 집에 있는 하메츠를 찾는 법과 남은 것을 어디서 태워야 할지에 대해 배웠다. 7월경, 유월절 전날 언제, 어느 정도까지 일할 수 있는지에 대해서도 공부했다. 그러다 8월초 신월제가 다가왔고, 전통적으로 욤 키푸르에 앞서 속죄를 시작하는 시기인데도, 다프 요미는 유월절 제물 규례를 공부했다. 언

* 유대정력 12월, 교력 6월, 태양력 8-9월에 해당.

제 제물을 도살할지, 어떻게 구워야 하는지, 누가 먹을지, 누구와 먹을지.

페사힘 편의 후반부는 제물을 다룬 '코다심 성물' 장에 포함될 만한 내용이 많다. 나는 페사힘 편의 흥건한 피, 새벽까지 흔적을 남기면 안 되는 내장구이와 동물성 기름에 빠졌고, 유월절 후 몇 달이 지났는데도 여전히 페사힘 주해서를 공부하는 중이었다.

난 성전 외곽에서 지켜보았다. 이스라엘 전역의 대표들이 유월절의 희생제물을 도축하러 세 무리로 나눠 도착한다. 이들은 큰 집단을 대표해서 왔고, 나중에 구운 고기를 나눠 먹을 것이다. 각 집단이 들어가면 성전 안뜰의 문이 닫히고 나팔이 울린다. 제사장들이 제물의 피를 받을 금·은 그릇을 들고 줄줄이 서 있다. 이들이 피를 제단에 뿌리면 이스라엘인은 할렐을 노래한다. 그런 다음 동물을 쇠고리에 매달아, 나중에 구울 수 있게 껍질을 벗긴다.

새벽에 조깅하면서 회당을 지나던 일이 생각났다. 7시에 좁은 골목을 달리면 정육 트럭들이 도착해서 뒷문을 열었다. 도축한 가축이 고리에 매달려 있고 바닥에 피가 뚝뚝 떨어졌다. 근육질의 건장한 청년들이 신선한 고기를 정육점에 나르면, 푸주한은 소금에 절이고 고기를 해체했다.

나는 여름 내내 성전에 숨어 유월절 제물 준비를 목격했다. 평소 엘룰 달을 그렇게 보낸다. 어른이 된 후 미국과 이스라엘에서 늘 욤 키푸르에 무사프* 예배를 인도했다. 영적으로 충만해서 의례를 준비하려고 헤드폰을 쓰고 예배 녹음을 반복 재생하면서 생활했다. 가장 좋아하는 부분은 욤 키푸르에 대제사장의 역할을 재연하는 대목이었다. 욤 키푸르 예배의 가장 생생하고 현실적인 부분으로, 기도하는 회당이 상징적으로 예루살렘 성전이 되고 기도 인도자는 대제사장이 된다. 그는 희생제물로 염소 두 마리를 지정해서 머리에 안수한 다음, 제물의 피를 들고 지성소로 들어간다. 이 의식은 환희에 찬 곡으로 끝난다. 기적적으로 다친 데 없이 지성소를 나온 대제사장의 빛나는 얼굴을 노래하는 예배 시다.

하지만 그해—페사힘 편을 공부하던 해—에 나는 축일 예배를 인도하지 않았다. 쌍둥이가 생후 6개월인데다 마탄은 천방지축이어서, 대니얼과 나는 겨우 교대로 회당에 갔다. 그러니 회중에게 영감을 주는 것은 언감생심이었다. 10년 만에 처음으로 욤 키푸르 예배 녹음을 듣지 않고 엘룰 달을 보냈다. "누가 살고 누가 죽을꼬!"라는 울부짖음을 듣지 않고 일상생활을 하니, 큰 명절을 맞이하는 영성을 빼앗긴 것 같았다. 집에서 발효음식을 찾기보다 내 마음에서 나쁜 것을 찾아서 바로잡아야 할 것 같았다.

어느 아침, 언짢은 마음으로 식기세척기에서 세척이 끝난 그

---

* 안식일과 축일 아침 예배 직후에 드리는 추가 예배.

릇을 뺐다. 쌍둥이가 깨기 전에 조용한 시간을 누리려고 새벽 5시에 기상했다. 거기 서서 전날 쓴 그릇들을 빼면서 다프 요미 팟캐스트를 들었다. 다프는, 성전에서 매일 아침 첫 의례인 '트루마트 하데센'을 설명했다. 전날 희생제에서 남은 재를 치우는 작업. 트루마트 하데센은 식기세척기에서 그릇을 빼는 일과 다르지 않다. 이 또한 지나간 날과 밝아오는 날을 잇는 의례니까.

그릇끼리 부딪치지 않으려고 애쓰면서 부엌 창을 내다보았다. 옛날에 성전이 있던 구시가의 하늘이 햇빛으로 물들었다. 전날 짠 젖을 냉동시키고 우유병을 씻었다. 마탄이 아침 식사에 쓸 세계지도가 그려진 식탁보와 원숭이가 그려진 유아용 컵을 준비했다. 난 매일 아침 그런 활동을 한다. 사랑이 깃든 엄중하고 외로운 활동이고, 어찌 보면 성전에서 매일 아침 바치는 제물과 같다. 곧 욤 키푸르가 다가올 테지만 그전에 아이들이 뒤척이겠지. 아직 기도의 문이 열린 동안 난 기도를 올렸다. 아기의 혀에 닿는 모유처럼 달콤한 한 해가 되기를 기도했다. 매일 밝아오는 새날처럼 복과 언약이 충만한 한 해가 되기를.

* * *

페사힘 주해서의 네 번째 챕터는 지역 풍습, 특히 유월절 전날 일하는 문제를 다룬다. 이날 일하는 풍습을 가진 지역이라면 일을 해도 무방하다. 하지만 그렇지 않은 곳에서는 일하면 안

된다. 그런데 다른 곳으로 여행하는 경우라면? 랍비들은 이럴 경우, 떠나온 곳의 관습과 도착한 곳의 관습을 적용해야 된다고 가르친다. 한 곳이라도 유월절 전날 일을 하지 않으면 휴무해야 한다.

탈무드는 다양한 지역 관습을 논제로 다루며, 새로운 곳에 가는 사람은 시간을 두고 새 공동체의 관습을 익혀야 한다고 가르친다.

그해 오순절, 난 이 교훈을 몸소 경험했다. 마탄이—당시 두 살—다니는 어린이 집에서 흰 옷을 입고 과일 바구니를 들고 오라는 안내문을 보냈다. 안내문에 바구니란 단어가 '텐네'로 표기되어 있었다. 모세가 유대 민족에게 하나님에게 드릴 첫 과실 바구니를 가져오라고 명령할 때 쓴 어휘다. "네 하나님 여호와께서 네게 주신 땅에서 그 토지의 모든 소산의 만물을 거둔 후에 그것을 가져다가 광주리에 담고, 네 하나님 여호와께서 그의 이름을 두시려고 택하신 곳으로 그것을 가지고 가서*." 그러나 집에 바구니가 하나밖에 없었다. 갓난 마탄을 담아 할례에 데려갔던 바구니였다. 그래서 큰 갈색 바구니에 복숭아와 천도복숭아 몇 개를 담고, 마탄에게 흰 티셔츠와 베이지색 반바지를 입혀 어린이 집에 데려갔다. 어린이집의 지침대로 해서 마음이 놓였다. 그런

---

* 신명기 26:2.

데 천만의 말씀이었다.

어린이집에 들어가기도 전에 우리가 잘못 알았다는 걸 깨달았다. 운동장 문 밖에서 안식일처럼 차려입은 아이들이 부모의 차에서 내렸다. 여자애들은 흰 레이스 원피스를, 남자애들은 흰 세일러복(적어도 말끔한 남방셔츠) 차림이었다. 다들 같은 모양의 하얀 바구니를 들었고, 딱한 마탄이 작은 팔로 간신히 안은 바구니의 반의반도 안 되는 크기였다. 아이들의 바구니는 꽃과 나뭇잎으로 장식된 반면 마틴의 바구니는 밋밋했다. 대니얼과 나는 서로 쳐다보면서 찡그렸다. 유대인의 고향에서 새 이민자 노릇을 하기가 어렵다는 걸 또다시 절감했다. 이곳의 풍습과 관례는 무척 익숙하면서도 생경했다.

민망해서 고개를 숙이고 밖으로 나오는데 좋아하는 그림책 『몰리의 순례자』가 생각났다. 몰리는 뉴욕의 로어이스트 사이드에 사는 러시아 이민자다. 추수감사절 직전 선생님은 아이들에게 '필그림(순례자) 인형'을 만들어오라고 지시했다. 어머니는 '필그림'의 뜻을—종교의 자유를 찾아 미국에 온 새 이민자—알자, 자신처럼 머리에 스카프를 매고 긴 치마를 입은 인형을 만들어준다. 다른 아이들은 몰리의 순례자만 다르게 생겼다고 놀린다. 하지만 마음 따뜻한 선생님은 "모든 종류의 필그림이 모여야 추수감사절이 된다"고 몰리를 달랜다. 그날 오후 교사에게 마탄을 엉뚱하게 입히고 엉뚱한 바구니를 들려 보낸 것을 사과했다. 교사도 몰리의 선생님과 같은 취지의 말을 했다.

물론 오순절은 순례자의 축일이다. 유대인이 이스라엘 땅에 찾아와야 하는 3대 명절 중 하나로, 미국에 간 필그림들이 첫 수확에 성공한 후 감사 예배를 했듯이 오순절 역시 추수 잔치고 첫 열매를 하나님께 바치는 감사의 날이다. 이 축일이 유독 뭉클한 것은 우리가 이스라엘의 이민자여서다. 우린 필그림이고 마탄은 우리의 첫 결실이니까. 어쩌면 마탄이 오순절 잔치에서 그 바구니를 들고 행진한 것은 적절했다. 할례를 받으러 갈 때 담겼던 바구니니까. 그래도 두 번째, 세 번째 결실을 어린이집에 보낼 때는 지역 풍습에 더 익숙해져 있기를 바랐다.

* * *

우린 차츰 이스라엘 어린이집 제도에 적응했다. 마탄은 안고 자고 어디든 갖고 다니는 코끼리인형 '엘리펀트'만 있으면 아무 문제가 없었다.

그러던 어느 날 그 엘리펀트가 사라져버렸다. 아직 학년 초였는데—당시 여전히 페사힘 편을 공부 중이었기 때문에 기억한다—마탄은 인형 없이는 하루도 잘 보낼 수 없었다. 처음에 우린 놀라서 집, 어린이집, 그 사이의 자전거 도로를 뒤졌지만 찾지 못했다. 다행히 대니얼이 같은 인형을 찾아내서 구입한 덕에 재앙은 면했다. 새 코끼리는 더 깔끔하고 보송보송했지만, 마탄은 엘리펀트가 목욕했다는 말을 믿는 눈치였다.

그렇게 넘어가는 줄 알았지만, 며칠 후 어린이집 측이 인형을 찾아 마탄에게 주는 상황이 벌어졌다. 그때 마탄은 새 인형을 안고 있었고, 전처럼 '엘리펀트'라고 이름까지 지은 후였다.

"엘리펀트가 둘……. 하나야, 둘이야?"

마탄은 심각하게 물었다. 아이는 엘리펀트가 세상에 하나라고 믿었기에, 갑자기 두 개를 보자 당황했다. 어느 코끼리가 '엘리펀트'인가? 다행히 문제의 답이 내가 공부 중이던 탈무드에 나와 있었다.

미시나는 유월절 양을 잃어버려 대신 다른 양을 제물로 바치는 문제를 다룬다. 사실 코다심 파트에 희생제물 교체로 발생되는 문제들을 다룬 주해서가 있다. 테무라 편은 "그것을 변경하여 우열 간 바꾸지 못할 것이요, 혹 가축으로 가축을 바꾸면 둘 다 거룩할 것이며*" 구절에 기초한다. 즉, 제물로 삼은 동물을 다른 동물로 교체하는 것은 금하지만, 누군가 이 금기를 행한다면 두 동물 다 희생 규례에 따라야 한다. 원래 제물이 자발적인 헌물 '네다바'라면 두 동물 다 제단에 바쳐야 한다. 하지만 원래 제물이 차타트나 유월절 제물처럼 두 번 바칠 수 없는 것이면 대체한 동물은 잡을 수 없고, 봉헌하지 않은 동물로 취급할 수도 없다. 유일한 방법은 이 동물을 풀을 뜯게 하다가 흠이 생기면 희생제

---

* 레위기 27:10.

물로 부적합하니 팔아버리는 것이다. 그 돈으로 다른 희생제물을 구입하면 되니까.

탈무드의 가르침대로, 유월절 희생제물의 경우 원래 가축이 언제 발견됐느냐에 따라 처리 방법이 달라진다. 대체한 양이 도축되기 전에 원 제물이 발견되면, 대체물이 희생되면서 원래 동물을 '밀어낸' 것과 같다. 따라서 원래 동물은 다른 제물로 쓰일 수 없으니 초지에 둬야 한다. 대체물이 희생된 후 원래 제물이 발견되면, 원래 제물은 비슷하거나 관계된 희생제물로 쓰일 수 있다.

그러면 새 엘리펀트와 예전 엘리펀트는 어떨까? 우리의 경우 원래 인형이 새 인형이 이미 축성된 후—즉, 마탄의 사랑과 애정이 새 코끼리에게 옮겨가서 '엘리펀트'로 명명된 후—에 발견되었다. 그러니 원래 코끼리를 초지에 둘 필요 없이, 두 코끼리 다 희생제물로 쓸 수 있었다. 따라서 인형을 집과 어린이집에 각각 놔두고, 앞으로의 비슷한 사태에 대비하기로 했다.

그 주부터 어린이집에 가기 시작한 쌍둥이는 다행히 아직 애착 인형이 없었다. 하지만 내게 애착이 강해서 떨어지려 하지 않았다. 아침마다 난 딸들을 남의 손에 맡겨야 할지 고심했다. 남이 엄마를 대신할 수 있을까? 답은 그렇다와 아니다 모두인 걸 알았다. 다른 사람이 놀아주고 이유식을 먹이고 재울 수 있었지만, 모유는 오직 나만이 먹일 수 있었다. 어쩌면 아이들에게 우유를 먹이지 않은 것도 그 이유 때문이었다. 남이 나 대신 할 수 없는 일이 모유 수유밖에 없었으니까.

그해 내내 하루에 두 번씩 어린이집에 달려가 수유했다. 매일 젖이 잔뜩 불어서 어린이집에 도착할 때면 탈무드 구절이 맴돌았다. 감옥에서 시몬 벤 요하이는 랍비 아키바에게 토라를 가르쳐달라고 청했다. 로마 제국이 토라 학습을 불법화한 상황이었다. 그러자 랍비 아키바는 "송아지가 젖을 빨고 싶은 것보다 젖소가 젖을 빨게 하고 싶은 마음이 더 크다네"라고 응수했다. 하지만 딸들도 나 못지않게 재회를 반겼다. 내가 들어가면, 두 딸은 알아보고 입이 귀에 걸리게 웃으면서 양팔을 뻗고 환호했다. 두 아이는 각각 내 단 하나의 사랑이었다. 누구와도 다른 유일무이한 사랑.

* * *

어린이집에 가서 딸들을 만나면 좋았지만, 누구부터 안아줘야 할지 결정하는 게 부담스러웠다. 어린이집에 도착했을 때 타겔이 아직 자면 리아브를 안고 잠시 둘이 있었다. 그러다가 요람들이 줄줄이 놓인 낮잠 방으로 가서 타겔을 깨웠다. 하지만 보통은 내가 들어가면 두 아이가 바닥에 앉아 "엠마, 엠마"(아직 '에' 발음을 길게 못 해서, 히브리어로 엄마인 '에마'를 제인 오스틴 소설의 주인공 이름으로 발음했다)라고 다급히 외쳤다. 동시에 안을 수 있으면 좋겠지만, 두 아이는 서로 떨어져 있었다. 솔로몬 왕의 명 판결처럼 할 수 있으면 얼마나 좋을까. 두 어머니를 위해 한 아이를 나누는 게 아니라, 두 아이를 위해 한 어머니를 나눌 수 있다면.

두 딸 중 선택해야 할 때마다 '미츠바를 지나치면 안 한다'는 계율이 떠올랐다. 페사힘과 탈무드 전반에 나오는 이 계율은, 눈앞에 명령이 있으면 완수한 후에 다른 명령을 처리해야 한다는 뜻이다. 그래서 사제는 제단의 네 귀퉁이에 제물의 피를 뿌릴 때 가장 가까운 귀퉁이부터 뿌려야 한다. '미츠바를 지나치면 안 되니까.' 나는 이 계율을 바꿔서 속으로 읊조렸다.

"쌍둥이를 지나치면 안 된다."

사제가 피를 뿌리러 제단에 가서 한 귀퉁이를 지나쳐 다른 귀퉁이로 가지 않듯, 나도 한 아이를 지나쳐서 다른 아이에게 가지 않기로 했다. 그러면 멀리 있는 아이가 울음을 터뜨리고, 안아준 아이를 내려놓고 다른 아이에게 갈 즈음에는 둘 다 울고.

쌍둥이 육아의 애환을 말하면, 친구들은 동정심과 아연실색한 표정으로 "어떻게 해내는지 상상도 안 돼!"라고 반응했다. 페사힘의 열 번째이자 마지막 챕터에서 보듯, 탈무드조차 한 쌍이 연루된 일은 조심하는 것 같다. 앞의 아홉 챕터는 유월절 희생제물을 다루지만, 마지막 챕터는 유월절 의례를 다룬다. 포도주 네 잔, 무교병과 쓴 나물 먹기, 할렐 시편 암송, 마지막의 아피코만* 챕

* 미리 잘라둔 뒤 식사 후에 먹는 빵.

터 중간까지 모든 게 순서대로 설명된다. 그런데 후반부에는 랍비들이 유월절 밤 축제에서 취했는지 논제에서 벗어나 미신, 귀신숭배, 전설, 만담에 대한 토론이 여러 장에 걸쳐 나온다.

짝수의 위험에 대한 논의는, 유월절 밤 축제에서 포도주를 넉 잔 이하로 마시면 안 된다는 미시나 구절에서 시작한다. 심지어 궁핍해서 공동체의 온정으로 연명하는 사람도 해당된다. "포도주 넉 잔요?"라고 누군가 묻는다.

"어떻게 현자들이 그렇게 위험한 것을 율법으로 정할 수 있습니까? 우린 어떤 것도 두 번 먹거나 마시면 안 된다고 배우는데요."

이 토론에는 그러면 악한 힘에 당한다는 당시의 믿음이 깔려 있다. 오늘날은 미신으로 치부하겠지만, 짝수 번 행하면 위험하다는 두려움도 이런 믿음 중 하나다. 홀수 번으로 하는 게 더 안전했다. 한데 어떻게 포도주를 '두 번씩 두 번' 마셔야 한다고 할 수 있을까?

현자들은 다양하게 합리화한다. 라브 나흐만은 토라가 유월절을 '경계하는 밤'으로 묘사하므로 우리가 걱정할 필요는 없다고 말한다. 유월절이 사탄과 망령을 막아내기 때문이다. 라바는 비르카트 하마존에 사용된 세 번째 잔은 '축복의 잔'으로 미츠바의 역할을 하고, 이런 잔이 악한 목적과 결합할 리 없다고 주장한다. 또 라비나는 이런 잔들은 자유의 상징이므로, 서로 짝지어 결합하지 않고 각각 독립적으로 존재한다고 말한다.

이렇게 설명하면서도 랍비들은 여전히 짝수 번 행하는 것은 위험하다는 선입견을 견지한다. 그래서 행위를 짝수 번 하는 것을 피하는 요령에 대한 몇 가지 이야기를 제시한다. 예를 들면 아바이에이가 포도주를 마실 때마다 어머니가 양손에 술잔을 하나씩 들고 내밀었다. 아들이 무심코 술을 한 잔만 더 마셔서 악령에 당하는 것을 막기 위해서였다. 우연히 두 잔을 마신 후 악령에 씌인 걸 깨달을 경우, 탈무드는 이렇게 가르친다. 왼손으로 오른손 엄지를 잡은 다음, 오른손으로 왼손 엄지를 잡고 "너희 두 엄지와 나를 합하면 셋!"이라고 말한다. 하지만 그래도 악령을 물리친다는 보장은 없다.

탈무드가 짝수를 두려워하는 걸 배운 날, 친구 쉬라가 쌍둥이의 부모가 쓴 글을 보내주었다. 제목은 『영화와 티브이에 나오지 않는 힘든 쌍둥이 육아 팁 25가지』였다. 제목을 보자 『빨강머리 앤』에서 고아 앤이 블웨트 부인네 가서 두 쌍의 쌍둥이를 돌보라는 말을 듣는 장면이 떠올랐다. 앤은 서글프게 "쌍둥이가 내 운명인가봐"라고 한탄한다. 글은 쌍둥이를 임신하면 힘들고, 출산 후 첫 몇 달은 일이 두 배 이상이라고 경고한다. 또 첫해는 부모들이 지쳐서 어떻게 지났는지 기억도 못 한다. 한 문단을 살펴보면 글의 취지를 알고도 남는다.

> 두 명의 기저귀를 가는 일은 아기가 한 명일 때보다 두 배로 힘들 거라 짐작될 것이다. 틀린 생각이다. 실은 두 배 이상의 노력이 필

요하다. 한 아이의 기저귀를 갈면서 동시에 다른 아이의 관심을 사로잡아야 한다. 그래야 다른 아이가 새 기저귀나 젖은 기저귀를 슬쩍 가져가는 것을 막을 수 있다. 안 그러면 그 아이가 기저귀를 가는 아이의 머리로 기어오르거나, 물휴지를 빼서 바닥에 던지면서 소리치고 뛰어다니고, 엄마의 휴대 전화를 만져서 페이스북 상태를 'e29.28889xmn'으로 해놓는다.

나는 쉬라에게 답장을 보냈다. "내가 다른 이야기를 해야겠네. 쌍둥이 육아는 지치고 진이 빠지는 일이긴 해. 하지만 보상은 두 배가 아니라 몇 곱절이거든"이라고. 두 딸이 태어난 후 밤마다 요람 하나에서 잠든 아이들을 바라보곤 했다. 아이들을 각자 요람의 오른쪽과 왼쪽으로 고개를 돌리게 눕혔다. 그런데 잠들고 몇 분 지나면 둘은 고개를 돌려 코가 닿을 듯이 마주보았다. 나는 성전에 있는 천사들을 생각했다. 천사들은 이스라엘이 신의 뜻을 행할 때마다 서로 마주보았지만, 이스라엘이 죄를 지으면 서로 외면했다. 천사 같은 내 쌍둥이는 세상과 화합하고 싶어했다.

또 아이들이 짝이 있는 걸 알면 장점이 생긴다. 엄마들은 아기와 둘이 있으면 화장실도 못 가고, 혼자만의 시간을 못 내서 며칠씩 샤워를 못 한다고 하소연한다. 하지만 나에게 이런 일은 없었다. 잠깐 시간이 필요하면, 두 아이를 엎드리게 하고 가운데 장난감 몇 개를 놔주면 그만이었다. 타겔은 리아브와 눈을 맞추려 애쓰다가 리아브가 쳐다보면 까르르 웃었다. 리아브는 대개 타겔을 무시하고 장난감을 당기려고 애썼다. 자주 둘을 떼어놓아야 했다. 리아브가 힘껏 당기는 '장난감'이 사실은 타겔의 머리인 줄 몰랐으니까. 하지만 둘은 조용히 잘 놀았다. 적어도 내가 화장실에 얼른 다녀오거나, 후다닥 샤워를 할 동안은 얌전했다.

두 아이가 더 크자 소통하는 걸 알 수 있었다. 몇 달 먼저 기기 시작한 타겔은 온 집을 누비면서 책과 장난감을 리아브에게 가져갔다. 아이들이 제 손으로 먹게 되자, 의자에 나란히 앉게 하니 서로 음식을 주고받았다. 리아브는 타겔의 쟁반에 샌드위치를 놓았고, 타겔은 오이 조각으로 보답했다. 그랬다, 쌍둥이란 장점을 이용해 난 화장실에 다녀올 수 있었다. 돌아와보면 둘은 딸기 요거트를 서로 머리에 바르고 있었다. 한순간 탈무드가 짝수를 사악한 힘과 연관 짓는 게 적절하다는 생각이 들었지만, 젖은 수건으로 요거트를 닦노라면 웃음이 났다.

쌍둥이 육아가 쉬우냐고? 우리 부부는 자주 기진맥진한다. 식사 준비, 애들 목욕시키기, 기저귀 갈기 등등 일하거나 잠잘 시간이 없다. 와인 한 잔은 그림의 떡이다. 하지만 쌍둥이가 자라고 발전하고 소통하는 모습을 지켜보는 재미는 말로 표현할 수가 없다. 우리 잔이 넘치더라도 축복의 잔이라는 데는 눈곱만한 의심의 여지도 없다.

* * *

'페사힘'이란 제목에는 짝수 개념이 들어 있다. 한 번의 '페사흐'가 아니라 두 번의 '페사힘'이 있다. 먼저 '페사흐 리숀'은 보통의 유월절 잔치로 애굽 탈출 기념일에 벌인다. '페사흐 세니'는 의례를 치루기에 불결하거나 니산 월 14일에 먼 곳에 있느라 성전에 제물을 못 바친 사람들이 벌충할 기회다. 따라서 이들은 한 달 후에 제물을 바칠 수 있다. 애초에 페사흐에 참여 못 해도 한 달 후에 기회가 있는 것이다. 그래서 페사힘은 두 번째 기회와 인생의 새 출발을 상징한다. 그런 의미로 이 축일은 욤 키푸르와 공통점이 있다. 욤 키푸르 역시 죄를 깨끗이 닦고 새로 시작할 기회다.

내 인생을 돌이켜본다. 예루살렘에서 혼자 살면서 다프 요미를 시작한 때부터 세 아이의 엄마로 공부하는 지금까지 회고하면 두 번째 기회를 얻는 행운을 얻었다. 요마 편을 시작할 무렵, 다시 결혼하지 못할 거라고 확신했다. 그런데 매사 반전이 있기 마련이고 우리 사연도 마찬가지다.

가을 어느 주말, 나는 안식일 만찬에 참석했고 거기서 앤드류라는 남자를 만났다. 그날 먹은 할라를 그가 구웠다기에 난 매주 빵을 굽느냐고 물었다. 앤드류는 최근 교통사고를 당해 직장을 그만둬서 할라를 구워 팔아 생계를 꾸린다고 대답했다. 안된 마음이 들어 매주 앤드류에게 할라를 사기로 했다. 그가 금요일에 빵을 배달해주면, 난 갓 구운 빵을 맛있게 먹었다.

알다시피 난 앤드류와 결혼하지 않았다. 하지만 몇 달 지나

2009년 유월절 몇 주 전, 앤드류의 룸메이트와 우연히 만났다. 그의 이름은 대니얼이었고, 아비바 조른버그의 수업에서 본 적이 있었다. 대화는 해보지 않았지만 우린 매주 열리는 강좌를 수강했다. 대니얼은 연락하려던 참이라고 말했다. 앤드류가 수술받으러 미국에 돌아가면서 냉동실에 할라를 잔뜩 남겨두어서였다. 그는 룸메이트에게 단골손님들에게 빵을 나눠주라고 부탁하고 떠났다. 대니얼이 내게 말했다.

"유월절이 다가오는데 냉동 할라가 40개나 있거든요. 도와주시겠습니까?"

페사힘 편의 첫 두 챕터는 유월절이 되기 전, 발효된 음식을 치워야 하는 규례를 다룬다. 그러니 나는 대니얼이 계율을 지키게 도운 것이었다. 하지만 요마에서 배웠듯, "바구니에 빵이 든 사람은 그렇지 않은 사람과 비교할 수 없다." 며칠 후 대니얼이 내 아파트에 들러서 냉장고에 할라 열두어 개를 채워주었다. 혼자 사는 나는 유월절 전에 그 빵을 다 먹을 수가 없었다. 그래서 대니얼에게 샌드위치를 먹으러 오겠냐고 물었다. 그가 내 배필, 연분, 두 번째 기회가 될 줄은 미처 몰랐다. 그 후 지금까지 우린 같이 빵을 갈라 먹는다.

세칼림(세겔)

탈무드 가리개 짜기

세칼림 주해서는 예루살렘 성전의 재정 과 조직, 특히 전 세계 유대인이 매년 헌금해야 하는 반 세겔짜리 동전을 다룬다. 주해서의 결론 부분으로 7년 반에 걸친 내 다프 요미가 끝났다. 세칼림 마지막 부분에 나온 논제가 다프 요미를 시작한 요마에도 나오니 딱 좋았다. 세칼림의 마지막 챕터는 예루살렘에서 발견되는 애매하게 불결한 사물들을 다룬다. 골목길에서 침을 발견하면 어떻게 봐야 하나? 침 뱉은 사람은 정결한가, 불결한가? 예루살렘의 보도에서 이상한 쓰레기를—물건 영수증, 먹다 남은 샌드위치, 안식일에 쓰지 않은 티 캔들—봐도 놀랍지 않다. 아무튼 성전의 성물들이 불결해지는 경우에 대한 토론이 진행된다. 여기에는 성막과 지성소를 나누는 휘장 '파로

케트'도 포함된다.

우선 랍비들은 파로케트 직조의 특징을 논한다. 토라에 "청색, 자색, 홍색 실과 가늘게 꼰 베실로 휘장을 만들고*"라고 설명되어 있다. 랍비들은 휘장이 손의 폭만큼 두툼했고 72가닥으로 천을 짜고, 각각의 가닥은 청색, 자색, 홍색, 가늘게 꼰 베실 24올로 이루어진다고 주장한다. 하지만 탈무드는 성경의 꼰 베실에 대한 상세한 설명을 토대로, 한 가닥이 32올로 이루어졌다고 말한다. 꼰 베실에 더해서 세 번째 랍비는 각 가닥은 48올로 이루어진다고 주장한다. 그러니 논의가 진행될수록 휘장은 두꺼워진다.

다프 요미를 공부하는 내 경험도 마찬가지였다. 처음 읽을 때 단순하고 명확해 보였다면, 세세히 공부하지 않았다는 증거다. 또는 탈무드의 여러 군데서 어느 랍비가 동료에게 한 지적과 같다.

"그 대목을 읽었더라도 재검토하지는 않았소. 재검토했더라도 세 번 새기지 않았소. 세 번 새겼다 해도 자신에게 잘 설명하지 않은 거요."

더 찬찬히 보면서 다양한 주장을 살피면, 그제야 본문의 깊은 의미가 터득되기 시작한다. 랍비들이 24올이라고 한 것은 어디서 나왔을까? 각 가닥이 실 한 올로 만들어졌다면 성경은 한 올 '추트'라고 말했을 테고, 두 올로 만들어졌다면 성경은 두 올

---

* 출애굽기 26:31.

'추트 카풀'이라고 표현했을 것이다. 세 올로 만들어졌다면 '샤주르', 즉 꼰 실이라고 했을 테고. 하지만 성경은 '몬슈자르'라고 표현했다. 이것은 '샤주트'의 두 배고, 그러니 여섯 올이다. 더구나 성경은 네 가지 색을 제시한다. 청색, 자색, 홍색, 베실. 그러니 6곱하기 4는 24가 된다. 상당한 두께다.

미시나는 휘장이 너무 무거워서 정결 의식을 위해 물에 담글 경우 사제 300명이 들고 의례용 욕조로 옮겨야 했다고 말한다. 나도 무거운 것을 옮기는 일을 많이 도왔고, 여러 랍비와 스승에게 감사하다. 이들의 기록과 팟캐스트는 나를 다프 요미로 이끌었고, 내게 탈무드 본문의 진면목을 보여주었으니까.

탈무드는 휘장이 8만 2,000의 소산이라고 말한다. 탈무드에 나오는 '리보'는 라시에 따르면 휘장의 제작비거나 제작에 들어간 실올의 수였다. 하지만 다른 학자들은 '리보'가 젊은 처녀들을 뜻하는 '리보트'의 축약형이라고 주장한다. 토라는 휘장이 여인의 수공예품이라고 말한다. "마음이 슬기로운 여인은 손수 실을 빼고, 그 뺀 청색 자색 홍색 실과 가는 베실을 가져왔으며, 마음에 감동을 받아 슬기로운 모든 여인은 염소 털로 실을 뽑았으며*." 그러니 휘장을 짠 사람은 여인들이었다. 탈무드의 대화에서 점점 목소리를 엮어나가기 시작하는 것이 여인인 것처럼.

---

* 출애굽기 35:25-26.

탈무드 현자들과 구절들에서 내 목소리를 발견했으니 운이 좋았다. 탈무드 연구자들은 탈무드 군데군데 나타나는 똑같거나 비슷한 구문들을 '평행'이라는 뜻의 '마크빌로트'라고 부른다. 예를 들어 휘장은 세칼림뿐 아니라 훌린, 타미드, 내가 공부를 시작한 요마에도 나온다. 그래서 이 구절을 다프 요미 시작과 마지막뿐 아니라 첫 출산 휴가 때도 공부했다. 당시 휘장은 아기 선물로 받은 각종 수직 담요들을 연상시켰다. 또 쌍둥이 임신 사실을 알았을 때도, 쌍둥이를 위해 작은방을 어떻게 나눌지 궁리하면서도 마찬가지였다. 그렇게 휘장은 내 다양한 인생 단계로 들어가는 것을 알리는 너울이었다.

탈무드 연구자들은 본문이 어떻게 전달되고, 맥락에 따라 변하는지 살핀다. 나 역시 개인 상황에 따라 이 구문들을 다르게 받아들인다. 접할 때마다 본문의 의미가 달라지는 것은 새로운 울림을 주기 때문이다. 그리고 나도 본문을 접하면서 변한다.

탈무드는 휘장이 양면으로 직조되었다고 설명한다. 한 면에는 사자가 다른 면에는 독수리가 그려져서, 대제사장은 지성소에 들어갈 때와 나올 때 다른 이미지를 봤다. 양면 가리개인 휘장은 안팎이 따로 없다. 요마에서 이 대목을 처음 봤을 때 난 다프 요미에 들어가는 길이었고, 이제 세칼림은 첫 사이클에서 나오는 길이다. 대학 신입생 때 하루에 몇 번씩 드나든 덱스터 게이트*도 비슷하다. 하버드 야드로 들어가는 쪽에는 "이곳으로 들어와 지혜를 얻으라"라고 적혀 있고, 복잡한 매사추세츠 대로로 나가는 쪽에는 "국가와 인류를 위해 더 봉사하라"고 적혀 있다. 모든 입구는 출구이기도 하고, 모든 끝은 시작이기도 하다. 그래서 졸업식을 '코멘스먼트(시작)'이라고 부른다. 또 그래서 토라를 완독하거나 탈무드 공부를 마치자마자 다시 시작하는 게 전통이다.

탈무드 주해서 한 편을 마치면 '하드란Hadran alach v'hadrach alan'이라는 기도를 암송하는 관습이 있다. 현대 히브리어로 '하드란'은 앙코르를 뜻한다. 랍비들이 이 용어를 쓰는 것은, 공부를 끝마쳐도 늘 더 배울 게 있으므로 탈무드는 계속된다는 의미다.

이런 관점에서 보면 기도는 '우리가 그대에게 돌아오기를, 그리고 그대가 우리에게 돌아오기를'이란 뜻이다. 우리가 이 주해서를 다시 공부할 기회를 갖기를(왜냐면 배운 것의 일부를 잊을 테니까). 그리고 주해서가 우리에게 다시 오기를(배운 것의 일부가 늘 남아 있기를 바라니까). 지식의 힘이 세상을 끝없이 흥미롭게 만든다는 내 확신에 기도는 목소리를 더한다. 늘 더 배울 게 있다는 것은 계속 살아갈 이유가 있다는 뜻이다. 하지만 전통적인 탈무드의 재담에서 하드란은 아름다움과 영광이라는 하다르에서 파

---

* 하버드대학생들이 주로 이용하는 출입구.

생된다. 그러니 기도에는 '우리의 아름다움이 그대에게서 나오고, 그대의 아름다움은 우리에게서 나온다'라는 뜻도 있다. 개인적인 경험과 개성을 가진 우리가 탈무드 공부를 아름답게 할 수 있고, 탈무드가 우리를 아름답게 할 수 있다는 뜻이다.

세칼림 편 말미에서 랍비들은, 처녀 8만 2,000명이 휘장을 짰으며 사제 300명은 그것을 성전산 꼭대기에 펼쳐 온 나라가 그 아름다운 솜씨를 감탄하게 했다고 가르친다. 나는 똑같이 하려고 노력해왔다. 내가 되돌아갈 본문과 나에게 돌아온 본문을 한데 엮어 떨리는 손으로 여러분 앞에 펼친다.

요마-앙코르

쌍둥이의 첫돌 전날 이 글을 쓴다. 탈무드로 되돌아가는 전통을 지켜 다프 요미를 재개한 지 한참 지났다. 지난주 요마 편을 두 번째로 마쳤다. 요마를 다시 배운 것은 긍정적인 경험이었다고 할 만하다. 또 골절상을 입은 것은 애석하지만. 7년 반 전 처음 요마를 배울 때 새벽에 조깅하다가 발이 부러졌다. 그런데 두 달 전 예루살렘에 국제적인 뉴스가 된 유례없는 폭설이 내렸을 때, 쓰레기를 버리러 나갔다가 빙판에 미끄러져 팔이 부러졌다.

7년 반 전과 달리 이번 부상은 불편한 정도가 아니라 끔찍했다. 남편과 나는 팔 세 개로 아이 셋을 봐야 한다고 농담했다. 한 팔로 쌍둥이를 안고, 한 손으로 야채를 자르고, 팔꿈치를 동원해

빨래를 개는 법을 익혔다. 그러면서 대제사장을 따라 성전의 방과 뜰을 누비며, 그가 지성소로 가져갈 향을 모으는 것을 지켜보았다. 대제사장은 오른손에 팬을, 왼손에 국자를 들었다. 양팔을 못 쓰는 나로서는 할 수 없는 일이었다. 또 엄지와 새끼손가락을 벌리고 가운데 세 손가락의 아랫부분으로 향을 퍼내는 '케미차'도 못 했을 것이다. 랍비들은 케미차를 성전 의례 중 가장 까다롭다고 말한다. 그러니 팔꿈치에서 손 관절까지 깁스를 했다면 더 말할 것도 없겠지.

팔이 나으려면 뼈가 고정되어야 한다. 그래서 요마 편을 두 번 만나는 동안 내 삶에서 무엇이 고정되었는지 따져본다. '요마'라는 단어는 '날'이라는 아람어고, 당연히 유대력에서 가장 큰 명절인 욤 키푸르를 말한다. 하지만 히브리어 '날'인 '하욤'은 '오늘'이기도 하다. 이것은 그때와 지금의 요마 공부에 큰 차이를 지적한다.

7년 반 전 처음 요마를 배울 때, '오늘'을 어떻게 보낼지 아무 의심이 없었다. 아침마다 공부 파트너와 탈무드를 공부하고 출근했다. 저녁에 예루살렘 곳곳에서 열리는 다양한 강좌에—어느 날은 성경 강의, 다음 날은 유대 철학 토론—참석했다. 늦게 귀가해서 다프 요미를 한 다음 침대에 쓰러졌다. 다음 날 조깅을 하려면 일찍 깨야 하니까. 매일 나름의 스케줄이 있어서 욤 키푸르에 사제들의 일정처럼 착착 진행되었다. 또 매일 즐거운 활동—토라 공부, 책 작업, 운동, 강의 참석, 친구 만나기—이 이어졌다.

그런데도 내 인생이 어디로 가고 있는지 알 수 없었다. 발이 부러져서만은 아니었다. 직장 일을 계속하게 될지, 다시 사랑할지, 엄마가 될지, 이스라엘에 거주할지 알지 못했다. 굵직한 질문들에 대한 답을 알 수 없었다. 매일 즐겁게 보냈지만 장차 어떤 삶을 살지 묘연했다.

사실 2006년에 다프 요미를 시작한 이유는, 더 늙는다는 사실 말고는 모든 게 불확실한 미래가 두렵기에 의지할 게 필요해서였다. 한 사이클이 끝나면 난 35세일 터였다. 27세 때의 생각으로는 35세라는 나이는 아주 나이 들어 보였다. 그때까지 아이가 없으면 결국 그렇게 끝나겠지. 또 만족스런 커리어를 못 쌓는다면, 직업적으로도 다 끝나겠지, 라고 생각했다. 앞으로 해마다 욤 키푸르는 기회를 놓쳤다는 자책에 휩싸여 자신을 용서하지 못하는 날이 되리라.

그사이 일곱 번의 욤 키푸르가 지나고 다시 요마 편을 공부하니 모든 게 달라 보인다. 욤 키푸르 전야에 젊은 사제들은 대제사장이 못 자게 하는 책임을 맡았다. 그가 잠들었다가 정액이 나와 불결해지면 큰일이니까. 대제사장이 졸기 시작하면, 사제들은 손으로 때리면서 일어나서 찬 바닥에 누워 정신을 차리라고 일렀다. 욤 키푸르 아침에 해 뜨는 시간을 결정하는 것도 젊은 사제들의 소임이었다. 그들은 헤브론 방향의 하늘을 지켜보다가 소리쳤다. '바크마이' 태양이 빛난다!

이것은 마탄이 이른 아침에 하는 일과 비슷하다. 남편은 마탄에게 해가 뜰 때까지 잠자리에서 일어나면 안 된다고 가르쳤다. 우리는 마탄이 일어날 시간을 결정하도록 밤에 커튼을 조금 열어둔다. 아들은 아래위가 붙은 잠옷 차림으로 안방에 뛰어 들어오면서 외친다.

"해가 떴어요! 놀 시간이에요! 일어나요, 엄마."

헤브론 도로에서 차 소리가 나거나, 내가 눈을 뜨기도 전에 마탄은 내 이마를 톡톡 치면서 퍼즐을 맞추자고 조른다. 내가 침대에서 빠져나올 새도 없이 쌍둥이가 요람에서 내려달라고 요란을 떤다. 기저귀를 갈고 젖을 먹이고, 딸들에게 분홍색(리아브)과 자주색(타겔) 옷을 입히면서 아침 시간이 흘러간다. 전날 밤 남은 할라 빵을 계란과 우유에 적셔 구워둔 프렌치토스트를 데우고, 검지·중지·약지로 계피가루를 펴서 뿌린다.

요즘 내가 '오늘'을 보내는 방식은 무척 의심스럽고 불안정하다. 아이들을 어린이집에 데려다주면 데리러 갈 때까지 잊어버릴 수 있으면 좋을 텐데. 한데 길 건너에 있는 사무실에서 편집하고 번역하면서도 줄곧 아이들을 생각한다. 업무가 지적 자극과 도전 의식을 주지만, 필생의 직업을 찾았다거나 성스러운 봉사에 전념한다고는 못 하겠다. 욤 키푸르 새벽, 대제사장이 미크

바[*]에 들어간 때부터, 밤에 이스라엘인들이 함께 집에 갈 때까지 탈무드는 대제사장의 일과를 상세히 밝힌다. 요마 편은 하늘을 섬기는 쪽으로 향하는 게 뭔지 가르쳐주는 모델이다. 이런 면에서 난 갈 길이 멀다.

한편 각각의 '오늘'과 모든 '오늘'을 보내는 방식이 흡족하지 않아도, '언젠가'라고 하는 더 중요한 문제는 저절로 해결된 것 같다. 요마에 사제들에게 다양한 소임이 배정되는 행운에 대해 나온다.

대니얼과 결혼한 것이 운수대통임은 확실하다. 그보다 친절하고 현명하고, 사랑 많은 동반자는 없을 것이다. 지금은 남편에게 그 말을 해줄 짬이 나지 않지만. 아이들은 예쁘고 밝다.

물론 밥투정하는 아들이나 아직도 걷지 않는 딸이 걱정스럽긴 하다. 하지만 우린 예루살렘에 가정을 꾸렸고, 뒤창으로 대제사장이 욤 키푸르 예배를 집전한 성전상이 보인다. 대제사장이 욤 키푸르에 지성소에 들어가듯 내게도 짧은 기도를 할 기회가 온다면, 그 소중한 시간을 모든 축복을 주신 신께 감사하는 데 쓰겠다.

다프 요미를 두 번 한 뒤에야, 마침내 요마의 교훈을 안 것 같다. 요마는 '하이욤'의 두 뜻이 합해진 개념이다. 이것은 '오늘'

---

* 종교 의례로서의 목욕, 목욕탕.

이 유대력에서 '가장 중요한 날'이라는 가르침이다. 하지만 매일 벌어지는 일이라는—이 순간의 삶이 장차 어느 날의 서막이 아니라 바로 그날이라는—가르침이기도 하다.

바르카이, 해가 떴어요, 엄마! 나는 부리나케 침대에서 나와 양팔을 뻗어 아들을 안았다. 그리고 남은 삶으로 발을 내딛었다.

2014년 2월 13일

예루살렘에서

사랑은 끝났고 여자는 탈무드를 들었다

펴낸날 **초판 1쇄 2018년 6월 30일**

지은이 **일라나 쿠르샨**
옮긴이 **공경희**
펴낸이 **심만수**
펴낸곳 **(주)살림출판사**
출판등록 **1989년 11월 1일 제9-210호**

주소 **경기도 파주시 광인사길 30**
전화 **031-955-1350** 팩스 **031-624-1356**
홈페이지 **http://www.sallimbooks.com**
이메일 **book@sallimbooks.com**

ISBN 978-89-522-3936-5 03840

※ 값은 뒤표지에 있습니다.
※ 잘못 만들어진 책은 구입하신 서점에서 바꾸어 드립니다.

이 도서의 국립중앙도서관 출판예정도서목록(CIP)은 서지정보유통지원시스템 홈페이지(http://seoji.nl.go.kr)와 국가자료종합목록시스템(http://www.nl.go.kr/kolisnet)에서 이용하실 수 있습니다.(CIP제어번호: CIP2018017498)

책임편집·교정교열 **문수정**